BRETONISCH MIT STURM

Gabriela Kasperski war als Moderatorin im Radio- und TV-Bereich und als Theaterschauspielerin tätig. Heute lebt sie als Autorin mit ihrer Familie in Zürich und ist Dozentin für Synchronisation, Figurenentwicklung und Kreatives Schreiben. Den Sommer verbringt sie seit vielen Jahren in der Bretagne.
www.gabrielakasperski.com

GABRIELA KASPERSKI

BRETONISCH MIT STURM

Kriminalroman

emons:

Bibliografische Information der Deutschen Nationalbibliothek
Die Deutsche Nationalbibliothek verzeichnet diese Publikation
in der Deutschen Nationalbibliografie; detaillierte bibliografische
Daten sind im Internet über http://dnb.d-nb.de abrufbar.

© Emons Verlag GmbH
Alle Rechte vorbehalten
Umschlagmotiv: mauritius images/Sandra Radl
Umschlaggestaltung: Nina Schäfer
Gestaltung Innenteil: DÜDE Satz und Grafik, Odenthal
Lektorat: Susann Säuberlich, Neubiberg
Druck und Bindung: CPI – Clausen & Bosse, Leck
Printed in Germany 2023
ISBN 978-3-7408-1661-2
Originalausgabe

Unser Newsletter informiert Sie
regelmäßig über Neues von emons:
Kostenlos bestellen unter
www.emons-verlag.de

À Nadine A.

Für Nicole L.

Der Leuchtturm

Der Felsen wächst ins Meer hinaus,
Und aus der Spitze, Meilen entfernt,
Erhebt sich des Leuchtturms Gemäuer,
Ein Kissen aus Feuer bei Nacht, aus Wolken bei Tag.

Sogar von weit weg kann ich sehen,
Wie am Fuß die Gezeiten tosen und brechen,
Unsäglicher Zorn, auf und ab,
In weißer Gischt, mit zitterndem Gesicht.

Und wenn es dann Abend wird, schau!
Wie das Licht im Purpur der Dämmerung erstrahlt,
Wie alles glänzt und scheint und blendet,
So hell, als wäre es nicht von dieser Welt!

Henry Wadsworth Longfellow
Übersetzung: Gabriela Kasperski

Prolog

Ouessant, Phare du Stiff, 16. Juni 1896

Ich erwache mit einem Ruck. Der Turm bebt, ganz tief im Inneren, wie er es sonst nur bei zehn Beaufort tut. Der Löffel zittert, die Lampe rutscht, ein Klirren in der Luft. Ich reibe die Augen, stehe auf und trete ans Fenster. Wie ein dichter Vorhang hat sich der Nebel ausgebreitet und wabert um den Turm. Mir ist kalt, das Herdfeuer ist erloschen, die Kaffeekanne leer. Die Uhr ist um zweiundzwanzig Uhr zweiundfünfzig stehen geblieben. Ich verlasse die Küche und steige am Maschinenraum vorbei nach oben. Der Sturm am Vortag war heftig, eine der Fensterscheiben in der Lukarne weist einen Riss auf. Ich trete hinaus auf die Galerie. Es ist, als ob ich auf einem Segelmast stehen würde, um ins unendliche Niemandsland zu segeln. Ich muss husten.

»Das Wetter ist Gift für deine Lunge«, hat mich Vovone gemahnt. Sie keift viel in letzter Zeit, sie ist unglücklich.

»Eines Morgens, wenn du heimkommst, ist sie mit dem Boot davongerudert«, sagt Fanch.

In Richtung Süden blitzt es. Ein kurzer schmutzig gelber Strahl, vielleicht fünf Meilen entfernt, in der Nähe der Pierres Vertes, der »Grünen Steine«. Ist das ein Schiff?

Ich blinzle, schaue noch mal hin. Da ist diese Nebelwand. Sie kommt näher, sie pulsiert. Sie winkt mir zu. Hierher, hab keine Angst, trau dich. Aber ich weiß, der Nebel ist schlimmer als jeder Sturm, gefährlicher als jedes Unwetter. Er kommt heimlich, überrascht dich von hinten, zieht die Farbe aus den Blumen und den Glanz aus den Augen. Und wieder ist da dieser Knall.

»Ich muss zum Arlan-Strand, es ist ein Unglück passiert.«

Ich steige die Treppe hinunter. Trete hinaus. Immer geradeaus über die Wiese bis zur Straße. Ich durchquere die Landspitze und erreiche den Strand. Er ist schmal, aber flach. Es ist Flut, regelmäßig schieben sich die Wellen ans Ufer. Ich ziehe die Schuhe aus, hole die Taschenlampe aus dem Sack. Fanch hat sie mir geschenkt, Fanch hat immer die neuesten Sachen. Ich gehe über den feuchten Sand, der Strahl der Lampe verliert sich im Nebel. Ich stolpere über eine Planke. Über einen Porzellanteller, über ein Stück Stoff. Feinen gewobenen Stoff, in Grün, Schwarz und Hellrot. Eine Jacke und Schuhe. Hier liegt ein Mensch. Noch einer. Noch einer. Ich beuge mich zu ihm. Es ist ein junger Mann, mit abstehenden Ohren. Neben ihm ein Offizier, das schwarze Haar glänzend unter der Mütze, die aus irgendeinem Grund nicht weggeschwemmt wurde. Er trägt einen dunklen Anzug, sein Gesicht ist zu einer Fratze verzerrt. Er ist tot.

1

»Gabriel Mahon lässt mich sitzen, ich hätte es wissen müssen.«
Suchend sah ich durch die Frontscheibe des Elektromobils.
Von Mahons Royal Enfield Bullet, einem Motorrad von nostalgischem Charme mit lautem Motor, war weder etwas zu sehen noch zu hören. »Er wollte um sechs hier sein. Irgendwas unglaublich Wichtiges wird ihm dazwischengekommen sein. Einmal mehr.«

Schon vor einem knappen Jahr hatte mich Gabriel Mahon, der örtliche Commissaire, mit dem ich einige Abenteuer erlebt hatte, eingeladen, ihn auf die Insel Ouessant zu begleiten, die westlichste und stürmischste Insel Frankreichs. Der Sohn eines Freundes sollte heiraten. Das Fest und damit der Ausflug waren immer wieder verschoben worden, aber nun sollte es wunderbarerweise endlich so weit sein.

Wir hatten uns direkt am Quai von Camaret-sur-Mer verabredet, wo die Fähre am äußersten Pier des Fischerhafens zur Abfahrt bereitstand. Obwohl es unanständig früh war, hatte sich schon eine Schlange gebildet, plaudernde Menschen, voller Erwartung auf die Überfahrt, die eine gute Stunde dauern sollte.

»Wer zu spät kommt, kriegt nur noch die miesen Plätze, hat Gabriel gedroht«, sagte ich zu Isidore Breonnec, der den Fahrersitz neben mir verlassen hatte, um sich an der Ladefläche des Elektromobils zu schaffen zu machen.

Isidore war mein Mann fürs Grobe, ein Handwerker, der buchstäblich alle Probleme löste, selbst die unlösbaren. Seit meiner Ankunft auf der Halbinsel vor zwei Jahren war er mir bei der Renovierung der »Villa Wunderblau« behilflich gewesen.

»Pech für ihn, würde ich sagen.«

Isidore sah mich an. »Wieso seid ihr denn nicht zusammen gekommen?«

»Ich bin nicht mit ihm liiert, wie du weißt.«

Sein Grinsen war unmissverständlich. Mit einem ächzenden Laut hievte er den Koffer auf den Boden. »Mensch, Tereza, was hast du denn alles mitgenommen? Ist doch nur für vier Tage.« Er rückte sein blaues Käppi zurecht und holte die E-Zigarette hervor.

»Eine Frau muss vorbereitet sein«, sagte ich, packte die legendäre Boule-rouge-Tasche, die ebenfalls aus allen Nähten platzte, und stieg aus. Als Merguez, der Hund, eine liebenswürdige Trottoir-Mischung, mir folgen wollte, hielt ich ihn zurück. »Stopp, mein Lieber. Du bleibst bei Isidore.«

In meiner Abwesenheit würde er den Hund hüten, während meine Mitarbeiterin Sylvie – eine Deutsche aus Heidelberg, hier gestrandet wie ich – den Rest übernahm. Dabei handelte es sich um das »DEJALU«, die erste deutsch-englische Buchhandlung der Bretagne.

»Genieß es, Tereza«, hatte Sylvie gesagt. »Seit unserem Shakespeare-Festival klebst du hier fest.«

Die dramatischen Umstände um »*Un goût de Shakespeare – Salon littéraire de Camaret-sur-Mer*« hatten unserem Laden letzten Sommer ganz ordentliche Aufmerksamkeit verschafft. Von überallher kamen seither die Touristinnen und Touristen, um Bücher zu kaufen, Kaffee zu trinken und zu plaudern. Das Geschäft mit antiquarischen Trouvaillen war gewachsen, kein Tag verging, ohne dass nicht jemand anrief und mich um eine Einschätzung bat. Die vielen Originale, die auf bretonischen Dachböden und in Kellern auftauchten, entpuppten sich zwar meist als Kopien oder Fälschungen, aber eine Schrift vom Ortspoeten Saint-Pol-Roux hatten wir so erfolgreich veräußern können, dass sich unsere finanzielle Lage verbessert hatte – anstatt schief lag sie nur noch halb schief. Was es mir erlaubt hatte, im Winter nicht wie sonst für Aushilfsarbeiten nach Zürich zu fahren, sondern hierzubleiben. Mit dem Resultat, dass ich im Garten der »Villa Wunderblau« zu Beginn der Hauptsaison in einer Woche das Gästehaus eröffnen würde, mit hauseigener Quelle und inmitten von Lavendel, Thymian und Brombeerbüschen.

Ein Schiffshorn tönte über den Platz, der sich vom ehrwürdigen, etwas baufällig wirkenden Hafengebäude bis zu den Landungsplätzen erstreckte. An einem kleinen Kiosk gab es ein Gedränge, und der Duft nach Kaffee und frischen Croissants erinnerte mich daran, dass mein Frühstück ausgefallen war. »Die Fähre fährt in einer Viertelstunde.« Isidore blickte zum Pier, wo die Leute dabei waren, über einen steilen Steg ins zweistöckige Fährschiff einzusteigen.

»Das sind sicher mehr als zweihundert«, stellte ich fest.

Er nickte. »In der Hauptsaison ist das jeden Morgen so. Ouessant ist beliebt, obwohl man es sich erkämpfen muss. Und heute herrscht noch mehr Seegang als üblich. Bist du wellentauglich, Tereza?«

»Hallo? Ich bin am Zürichsee aufgewachsen. Schwimmen ist mein zweites Naturell. Außerdem übertreibst du. Das Meer sieht friedlich aus, eine flache Scheibe, kaum aufgewühlt.«

Mit der Expertise konnte ich Isidore nicht überzeugen. »Die Überfahrt hat es in sich, am schlimmsten ist die Passage zwischen Ouessant und dem Archipel von Molène. Das ist die vorgelagerte Inselgruppe, die aus einer bewohnten Insel und vielen kleinen Inselchen besteht. Auch gestandenen Seefahrern wird da schlecht.«

Mal sehen, wie Gabriel sich schlägt, dachte ich.

Isidores Handy klingelte. Seine Freundin wollte wissen, wo er blieb. »*En route, chérie.*«

Er machte Anstalten, meinen Koffer zur Anlegestelle zu schleppen.

»Lass mal, dafür gibt's die praktischen Rollen. *Merci mille fois* und gibt acht auf Merguez.«

»Aber sicher, Tereza, bring mir dafür Fotos von den Leuchttürmen mit. Von jedem eines.« Ouessants Leuchttürme waren weitherum bekannt. »Sean ist der Helikopterpilot der Insel. Er zeigt euch bestimmt die Umgebung von oben. Wenn du Glück hast, lädt er dich auf einen *café au lait* im Laternenraum ein, dreihundertsechzig Grad Wasser und Windstärke fünf.«

»Bewahre, ich mag Boden unter den Füßen. Und Sean hat

vermutlich anderes zu tun, er will heiraten. Es soll ja eine typisch bretonische Hochzeit geben.«

»Die Hochzeit, die hätte ich doch glatt vergessen.« Isidore verzog das Gesicht, als hätte er in eine Pariser Gurke gebissen. »Am 16. Juni, ausgerechnet, ein besseres Datum hätte ihnen nicht einfallen können. Ich hoffe, dass dann auch alles wie geplant über die Bühne geht.«

»Warum nicht? Was meinst du damit?«

Isidore ließ die Frage in der Luft hängen, indem er mir die obligaten drei Küsschen gab. »Vergiss, was ich gesagt habe, Tereza. War blöd von mir.« Er machte sich ans Einsteigen. »Grüß mir meinen Cousin, den schlimmen Auguste Breonnec.«

»Den schlimmen Auguste? Wie erkenne ich ihn?«

»Auf Ouessant kennt jeder jeden.«

Damit war Isidore weg, das Letzte, das ich sah, war Merguez' wedelnder Schwanz.

Was er wohl mit dem Hinweis auf das Hochzeitsdatum gemeint hatte?

Ich wusste über die Brautleute nur das, was Gabriel mir erzählt hatte. Also fast nichts. Sean war der Sohn seines Freundes Patrick, den Gabriel bei seinem ersten Besuch auf Ouessant vor vielen Jahren kennengelernt hatte. Er war sofort von der Insel fasziniert gewesen und immer wieder hingefahren, seine Ex-Frau hatte die Begeisterung geteilt. An dem Punkt hatte ich mich freiwillig aus dem zähen Gespräch ausgeklinkt, wie immer, wenn sie erwähnt wurde.

Ich musste Isidore missverstanden haben, entschied ich. Auch wenn ich die Sprache mittlerweile sehr gut beherrschte, die verschiedenen Bedeutungen der Wörter und vor allem die Zwischentöne, der Text unter dem Text, waren mir oft noch fremd. Außerdem hatte ich keine Lust, mir meine Laune verderben zu lassen.

Im Westen leuchtete der letzte Abendstern, während der Himmel im Osten von lichtem Blau war, darauf verstreut feine Schäfchenwolken, bald würde die Sonne aufgehen.

»*Bonjour*, Tereza.« Ayala stoppte ihr Rad neben mir. Ich machte große Augen. »Du hier? Ich dachte, du kommst erst nächste Woche.«

Ayala und mein Sohn Kai waren ein Paar, er lebte in Berlin, sie lebte hier, die beiden pendelten, und wenn sie weg war, hütete ich mit Begeisterung ihre Tochter Mathilde. Die Kleine nannte mich Omi Tereza und beriet mich in Sachen Kinderbuchliteratur. Ich liebte sie so abgöttisch wie meine anderen beiden Enkel, die Kinder meiner Tochter Lovis. Sie hatten sich in Australien niedergelassen, aber schon in einer Woche würden sie herkommen, zum traditionellen Sommerurlaub und zur Eröffnung des Gästehauses.

»Ab dem Wochenende ist herrlichstes Surfwetter angesagt.« Ayala hatte eine Surfschule in der Nähe von Camaret-sur-Mer, den Sommer über war sie sehr gefragt. »Ich habe den Saisonstart aufgrund der Wetterlage vorverlegt, und die Workshops sind voll.«

Sie war wie immer eine Augenweide, die gelben Turnschuhe, die sie zur bunt gemusterten Latzhose trug, bildeten einen Kontrast zu ihrer dunklen Haut, ihr Haar war kunstvoll zu dichten kleinen Zöpfen geflochten. »Aber ein Platz lässt sich immer frei machen, falls du Lust hast.«

Schwungvoll zog ich den Haltegriff aus dem Rückteil des Koffers. »Schade, so ein Pech, aber ich bin nicht hier.« Dass ich mich mit dem Surfen schwertat, war ein Dauerthema zwischen uns.

»Wanderst du aus?«, fragte Ayala mit Blick auf mein Gepäck.

»Wir fahren zu einer Hochzeit.«

»Mit ›wir‹ meinst du …«

»Gabriel und mich.«

Ihr Zwinkern wirkte spöttisch. »Und wo ist der Ring?«

»Der Sohn seines besten Freundes heiratet. Gabriel ist mit der Familie sehr verbunden. Patrick, der Vater, fährt auch eine Royal Enfield Bullet. Und Sohn Sean ist als Helikopterpilot manchmal für die Police nationale in Brest im Einsatz.«

»Ich weiß«, sagte Ayala. »Ich kenne die Braut, Nathalie Dumoulins.«

Mir blieb der Mund offen stehen. »Hättest du mir gleich sagen können, bevor ich die Familiengeschichte deklamiere.«

Sie ging nicht darauf ein. »Wo steckt Gabriel überhaupt?«

»Er kommt gleich.« Ich fixierte Ayala. »Was ist mit der Hochzeit? Du hast so eigenartig geklungen.«

»War nicht meine Absicht.«

Im Lügen war sie sehr schlecht. »Ayala, spuck es aus. Die Fähre fährt gleich los.«

»Frag Gabriel.«

»Das ist eine gute Idee, er wird mir sicher alles ausführlich darlegen.«

Sie verstand meine Ironie. »Details kriegst du auch von mir nicht.«

»Ayala …«

Sie gab nach. »Zwischen Sean und Nathalie war es anfänglich ein *coup de foudre.*«

Also eine Blitzliebe. »Das kann ja sehr romantisch sein. Ich denke da an Tom Hanks und Meg Ryan.«

»In ihrem Fall geht's mehr in Richtung Romeo und Julia.«

»Klingt nach Drama.«

»Na ja, es gibt auf der Insel gerade eine Art Klimastreit.«

»Du meinst, Streik?«

»Nein, Streit. Patrick, Seans Vater, ist nicht im selben Lager wie Nathalie.«

»Der Bräutigam-Vater gegen die Braut?«

Sie schickte sich an, auf ihr Rad zu steigen.

»Hiergeblieben. Jetzt wird's interessant. Was ist mit Gabriel?«

»Der versucht zu vermitteln.«

Hatte ich mich verhört? »Darin ist er ja stark.«

»Könnte ein Grund sein, warum er dich dabeihaben wollte.«

»Und nicht, weil er mich so scharf findet? Da fühle ich mich echt geehrt.«

Ihr Lachen war ansteckend. »Es wird sicher alles gut laufen, Nathalie postet zumindest auf Instagram Bilder vom Kleid, von der Kirche, vom Dorfplatz. Ich wollte am Samstag auch rüberkommen.«

»Wie toll, dann habe ich jemanden zum Reden. Falls Gabriel sich in Männerschweigen an der Bar hüllt.« Etwas wollte ich noch wissen. »Woher kennst du Nathalie?«

»Ich habe mal einen Kurs bei ihr besucht, ökologisches Windsurfen. Sie ist Pariserin. Umweltwissenschaftlerin.«

»Sie ist aus Paris? Und Sean ist ein Ouessantin? Das wird ja immer besser: Die Pariser gegen die Bretonen, der Konflikt ist unüberwindbar.«

»Du bist der beste Gegenbeweis. Keine drei Jahre hier und schon kaufen auch die Französinnen bei dir ein.« Damit radelte Ayala endgültig davon. »Schöne Überfahrt! Viel Wind ist angesagt!«, rief sie über die Schulter zurück. »Es könnte stürmisch werden!«

Ich sah ihr nach. Ein Sturm, ein Klimastreit und die Braut aus Paris – das klang genau nach meinem Geschmack.

Ich machte mich auf zum Pier, der plötzlich wie leer gefegt war. Die Rollräder erwiesen sich wegen der vielen Kiesel als unpraktisch. Gabriels Informationen über die Kleidergebräuche bei einer bretonischen Hochzeit waren sehr spärlich gewesen, worauf ich Sylvies Rat eingeholt hatte.

»Du musst für alle Fälle vorsorgen«, hatte sie gemeint. Das Resultat war ein viel zu schwerer Koffer.

Am Anfang des Piers schob ich eine Pause ein, um Atem zu schöpfen. Die letzten Fahrräder wurden ins Schiff verladen. Ein Vater scheuchte seine vier Kinder, vom Kleinkind bis zum Teenager, an Bord.

»Spielt nicht rum, bei Mama tut ihr das auch nicht.«

Ein Horn verkündete die baldige Abfahrt.

Keuchend kam ich beim Steg an und traute meinen Augen nicht, als er direkt vor meiner Nase hochgeklappt wurde.

»Stopp, *arrêtez*! Ich will auch noch mit.«

Drei Kerle in Windjacken und gelben Westen hielten inne.

»Haben Sie eine Reservierung?«, fragte mich der eine. Laut, um den Schiffsmotor zu übertönen.

Ich schüttelte den Kopf. »Nein, die hat mein ...« Ja, was war Gabriel Mahon denn nun? »... mein Begleiter.«

Der Älteste der drei, mit blauer Kapitänsmütze und geringeltem Shirt unter der schweren Windjacke, holte eine Liste hervor. »Sind Sie Tereza Berger?«

Ich nickte.

»Mahon hat Sie angemeldet.«

Immerhin. »Wo ist er denn?«

Vom Oberdeck blickten unzählige Gesichter auf mich herunter, zuvorderst der Vater mit den vier Kindern.

»Mahon ist bereits auf der Insel«, sagte der Kapitän. »Ich soll Ihnen ausrichten, dass Sie zum Hotel kommen sollen.«

Das war doch mal ein Anfang. »In welches?«

Er ließ den Steg wieder runter. »Einfach rumfragen. Auf Ouessant führen alle Wege ans Ziel.«

Halb zog, halb schob ich den Koffer über die Planken und betrat die Fähre.

»Und so wollen Sie überfahren?«

Die drei betrachteten mein luftiges Sommerkleid, die Jeansjacke, die sich nicht schließen ließ, und die Flipflops.

Die übrigen Passagiere waren alle wettertauglich gekleidet, fiel mir auf, mit Windjacken, Schals und Rucksäcken. Sogar gestrickte Mützen waren darunter. Das sah mehr nach einem Trip nach Spitzbergen aus als nach einem sommerlichen Bootsausflug. Hättest dich eben informieren und nicht alles dem abwesenden Reiseleiter überlassen sollen, dumme Nuss.

»Und das sollen wir Ihnen auch noch übergeben.«

Es war ein dickes gelbes Couvert.

»Ein Geschenk, für mich?«

»Von Mahon mit einem Gruß. Sie wüssten dann schon, was Sie damit anfangen sollen.«

Ich steckte das Couvert ein, beeilte mich, ins Innere zu kommen, und betrat die großräumige, gänzlich leere Fährkabine mit mehr als genug Raum für den Koffer und freien Fensterplätzen. Wie komfortabel und wie gut, dass die anderen sich oben auf dem Deck um die Aussicht im Fahrtwind stritten.

Darauf konnte ich verzichten, ich würde auf der Insel bestimmt genug davon bekommen.

Ich setzte mich und schrieb Gabriel eine lapidare Nachricht: »Ich bin hier, du nicht.«

Die Antwort kam postwendend. »Sorry, ich bin schon gestern Abend rübergefahren, meine Anwesenheit war erforderlich.« Den Grund führte er nicht aus. »Ich hole dich am Hafen ab.«

»Und was ist in dem Couvert?«

»Eine Art Geschenk.«

Das Brummen wurde lauter, alles begann zu vibrieren, langsam verließ das Schiff das Hafenbecken und tuckerte die Halbinsel entlang. Der Blick auf Camaret-sur-Mer war phantastisch. Die Segelschiffe, im frühmorgendlichen Schlaf schaukelnd wie Schwäne. Die Tour de Vauban, der restaurierte altrosa Wehrturm, die Hafenzeile der bunten Häuser, die Bäckerei, die Crêperie, die Kunstgalerien, auf dem Hügel die traditionell weißen oder schiefergrauen Häuser, der felsige Vorsprung, der Wald, das Leuchtturmkloster und über alldem das federleichte Blau der bretonischen Himmelskuppel ... nie hatte Camaret malerischer ausgesehen. Ziemlich nahe rauschten wir an einem kleinen Turm vorbei.

»*La balise*, der kleine Bruder vom Leuchtturm«, erklärte eine geschäftig wirkende Frau mit kurzem grauem Haar, Regenzeug und den blauesten Augen der Welt, die nach mir die Kabine betreten hatte. Samt einem prallen Einkaufswagen steuerte sie einen Platz ganz vorn in der Mitte an.

»Da schaukelt es am wenigsten.« Sie wies auf die zerkratzten Plexiglasscheiben. »Sicht hat man hier drin wenig, leider.«

»Das ist kein Problem für mich«, sagte ich. »Ich habe ein Geschenk bekommen.« Ein Beben erfüllte mich. »Ziemlich unerwartet. Das will ich mir jetzt anschauen. Das Meer läuft mir ja nicht davon.«

Ein Nicken, die Frau vertiefte sich in »Ouest-France«, die bretonische Tageszeitung, während meine Finger einen Moment über dem Couvert verharrten. Theaterkarten, ein Fotoalbum ... ein Liebesbrief?

Es war ein Buch. Kein sehr originelles Geschenk für eine Buchhändlerin. Auf dem Buchdeckel war ein zweimastiges Schiff abgebildet, halb versunken in einem stürmischen Meer, während drei Menschen darum kämpften, sich über Wasser zu halten, ein Mann, eine Frau und ein Kind, alle mit verzerrten, schockstarren Gesichtern.

Der Titel lautete:»Reise in die Hölle – eine Novelle von M.Abel.«

Super. Deutlicher konnte ein Wink mit dem Zaunpfahl nicht sein. Den beiliegenden Zettel hätte ich gar nicht gebraucht.

»Kannst du das lesen, Tereza, und mir sagen, was du davon hältst?«

Ein letzter Blick nach draußen, einmal den Anblick der Iroise, wie das Meer hier genannt wurde, in mich aufsaugen, bevor ich mir die höllische Geschichte zu Gemüte führte.

Reise in die Hölle/Kapitel 1 AUFBRUCH IN KAPSTADT

Kapstadt, 28. Mai 1896

In Alice Wilkinsons kleiner Kehle gurgelte es bedrohlich, bevor sie die Milch in einem Bogen ausspie, ohne dass Mabel, ihre Gouvernante, irgendetwas dagegen tun konnte. Die Flüssigkeit hätte auch einfach das Holztäfer an der Wand bespritzen können, wo das Missgeschick leicht zu beseitigen gewesen wäre. Mit geradezu unheimlicher Präzision traf sie jedoch alles, was die Schiffsreise antreten sollte. Die Seemannsmütze von Alices Bruder, den Lackschuh ihrer Schwester, die Griffe der drei Handkoffer, sogar ein Ohr von Pudel Honey. Das meiste aber landete auf dem Oberteil von Mabels Arbeitgeberin, der Mutter der drei Kinder, Celia Wilkinson. Der Fleck breitete sich auf dem dunklen Stoff der taillierten Reiserobe aus wie auf Löschpapier.

Celias graue Augen weiteten sich, sie blickte nach oben, zur Galerie aus Zedernholz, dann zu Mabel. Das Wichtigste für Celia war, die Kinder zu schützen. Mabel verzieh ihr dafür ihr gelegentliches Gehabe.

Hilf mir, Mabel. Der nicht ausgestoßene Schrei ihrer nachgezogenen Lippen erzählte vom Schmerz der Nacht, den Striemen auf dem Bauch, den Narben unter den langen Ärmeln. Gleich würde Colin Wilkinson herunterkommen. Gnade ihnen Gott, wenn er das Missgeschick entdeckte.

Alice klammerte sich an die Glasflasche. Sie war die Jüngste, bald drei Jahre alt. Ihre beiden Geschwister, George und Fiona, zwölf und zehn, stellten sich hinter Celia, Honey winselte. Erneut erklang das bedrohliche Gurgeln.

»Beruhig dich, Alice.« Celia versuchte, die Kleine auf den Arm zu nehmen. Alice ignorierte ihre Mutter, rührte sich nicht von der Stelle.

»Was sollen wir tun?« Celia sah verzweifelt aus.

Mabel war um vier Uhr morgens aufgestanden, hatte dafür gesorgt, dass die am Vortag gepackten Koffer und Körbe auf den Wagen verladen wurden, hatte die Kinder angezogen und Proviant bereitgestellt, da es bis zum ersten Abendessen an Bord viele Stunden dauern würde. Nun wollte sie bloß noch die Kutschenfahrt zum Hafen überstehen, das Schiff besteigen und sich in irgendeiner Ecke zusammenrollen.

Aber Celia blickte zu Mabel, ihre Kinder blickten zu Mabel, sogar Honey blickte zu Mabel.

»Wir müssen das putzen«, sagte sie schließlich. »Warum ist in Alices Flasche überhaupt Milch?«

George stotterte eine Antwort. »Va... Vater hat sie g...gemacht. Zum Frühstück.«

Dass Alice keine Milch vertrug, wollte Colin Wilkinson nicht einsehen. »Wir sind Farmer. Da ist Milch wie Gold.« Und gleich darauf pries er jeweils seine Verdienste als Handelskaufmann, er sei der Erste der Wilkinsons, der es wirklich zu etwas gebracht hatte.

»Was ist da unten los?« Wie befürchtet, ertönte seine Stimme laut und vorwurfsvoll von der Galerie. »Ihr solltet längst im Wagen sitzen. Oder hast du es dir anders überlegt, Celia, meine Liebe?«

Panik breitete sich aus wie grüner Atem. Alice unterdrückte

ein Schluchzen, verloren stand sie da, eine kleine besudelte Gestalt auf weiß-schwarzem Marmorboden.

»Mabel«, sagte Celia, »sieh nur, was du getan hast.« Ihr Blick flehte: Nimm es bitte auf dich.

Eigentlich hätte sich die ganze Familie in Kapstadt niederlassen sollen, Fiona und George besuchten eine britische Schule, sie waren in die städtische Gesellschaft eingeführt worden. Aber Celia vertrug das feuchttropische Klima nicht, bekam Atemnot, und der Arzt hatte dringend zur Heimreise geraten.

»Sputet euch. Ich muss ins Büro.« Wilkinson polterte die Treppe herunter. Mit dem Prachtbau in Bellville, einem der besten Stadtteile Kapstadts, konnte er die Leute vielleicht täuschen, nicht aber mit seinem Gang, der den Schaffarmer immer verraten würde.

»Dann stellt euch mal auf, für den großen Abschied.«

Wilkinson hielt unvermittelt auf halber Treppe inne, im Strahl der Morgensonne, im Blickfeld von Familie und Personal, das sich vor dem großen Portal aufgereiht hatte. Mabels Kolleginnen bildeten das unterste Ende, traurig die eine, missmutig die andere.

Dass Mabel mitfuhr, war dem Zufall geschuldet. Das Los hatte entschieden, wer Mutter und Kinder auf der Schifffahrt begleiten durfte. Mabel freute sich, drei Wochen Freiheit auf der Drummond Castle, dem Segelschiff, das am 17. Juni in London ankommen sollte. Wie es für sie weiterging, davon hatte Mabel keine Ahnung. Nur dass sie niemals nach Afrika zurückkehren würde.

Durch die geschnitzten Pfeiler des Geländers sah sie Wilkinsons Gurt. Er war aus Leder, die Messingschnalle schien matt, schmutzig, mit einem dunklen Film überzogen. Als Wilkinson weiterging und vor der letzten Treppenbiegung für einen Moment aus ihrem Blickfeld verschwand, öffnete Mabel blitzschnell ihr einziges Gepäckstück, mehr Seesack als Koffer. Ganz oben waren die Geschenke für ihre Mutter und ihre Schwester.

»Fangt auf.«

Sie warf das orange Halstuch Celia zu, das grüne Fiona. Die kleine Alice hüllte sie in den altrosa Seidenschal mit Fransen ein, nahm sie auf den Arm und ließ das »Eau Impériale«, für das sie ein Monatsgehalt hergegeben hatte, zu Boden fallen. Die Parfumflasche zerschellte in tausend Scherben. Alle erstarrten und schauten zu, wie die Flüssigkeit sich ausbreitete. Der Vorgang war ein ähnlicher wie eben. Nur gewann das Zitronenparfum gegen den Gestank der gespienen Milch.

Welches war die beste Strafe für diese ungeschickte Gouvernante? Diese Frage las Mabel in Wilkinsons Miene. Ihm hier zu Diensten zu sein oder drei Wochen lang ohne Tageslicht und ordentliche Toilette in der dritten Klasse der Drummond Castle dem Geschaukel der atlantischen Wellen ausgesetzt zu sein?

»Ein Missgeschick, Sir«, sagte sie laut und wich seinem Blick nicht aus. »Ich habe dafür Ihre Gürtelschnalle geputzt.« Das hatte sie leise angefügt, sodass nur er es hören konnte.

»Da ist jetzt ein Fleck. Meine Frau wird es Ihnen vom Lohn abziehen.« Damit stieg Wilkinson über die Scherben und schritt zum Eingangsportal.

Ich habe ein wenig gewonnen, dachte Mabel. Ihr feines Lachen war das Zeichen zum Aufatmen. Die Kinder flüsterten, Honey schwänzelte, das Personal räusperte sich, alle kamen in Bewegung.

Danke, Mabel, signalisierten Celias Augen.

Es folgte ein Hin und Her, bis alle draußen waren und sich vor dem Wagen aufgestellt hatten, damit Wilkinson jedem Kind einen Nasenstüber geben konnte, während das Handgepäck verstaut wurde. Dann wandte er sich an Celia.

»Die besondere Aufgabe, die ich dir anvertrauen wollte.«

Er gab einem Diener ein Zeichen. Der brachte eine hölzerne Kassette, vielleicht zwanzig Zentimeter lang und zehn Zentimeter hoch. Wilkinson beugte sich zu Celia und flüsterte ihr etwas ins Ohr. Sie wurde noch blasser, als sie ohnehin schon war.

Er küsste sie auf die Stirn. »Der Schmuck ist sehr wertvoll. Nicht dass du auf die Idee kommst, den zu tragen.« Er hatte es ganz leise gesagt und doch laut genug, dass Mabel es gehört hatte.

»Kommen Sie, Mylady. Das Schiff wartet«, sagte sie.

Sie stiegen ein, die Tür klappte zu, und der Fahrer fuhr los.

Adieu, Wilkinson, dachte Mabel, auf Nimmerwiedersehen.

Durch das Rückfenster sah sie, wie er immer kleiner wurde.

✳✳✳

Am Hafen herrschte konzentrierte Aufregung. Das zweimastige Dampfschiff, aus dessen Kamin in der Mitte dunkle Rauchwolken stiegen, war zur Abfahrt bereit. Wegen der Gezeiten hatte der Kapitän auf eine vorgezogene Abfahrt gedrängt, die Besatzung und alle anderen Reisenden waren bereits eingestiegen. Der Schiffsoffizier an der Brücke hatte den Tisch zusammengeklappt und musste der Wilkinsons wegen die Passagierliste nochmals aus der Mappe holen. Brummend schaute er nach, hakte Celia und die Kinder ab. Blieb noch Mabel.

»Sie kommt zu uns in die erste Klasse«, befand Celia.

»Nope. Sie ist für die dritte Klasse gebucht.« Der Offizier spie etwas Tabak auf den Boden.

»Mein Mann wird den Zuschlag übernehmen, keine Sorge.« So würdig hatte Mabel sie selten erlebt.

»Aber …«

»Das ist ein Befehl.«

Mit einer ärgerlichen Geste steckte der Offizier die Liste ein, nachdem er Mabels Namen durchgestrichen hatte. »Machen Sie, was Sie wollen. Auf diesem Schiff ist diese Person nie gewesen.«

»Danke«, sagte Mabel. »Für die erste Klasse bin ich gern unsichtbar.«

Auf dem Weg nach oben erblickte sie am Rand des Zwischendecks einen jungen Mann mit Offiziersmütze und schwarzem Haar, der seinen Seesack deponierte, bevor er an die Reling trat und gierig schnupperte.

»Kohle, Salz und Meer … der Duft der Freiheit.«

»Wohin reisen Sie?«, rief ihm Mabel zu, in einem Anflug von Kühnheit.

»Nach London.« Mit einer wendigen Bewegung übersprang

er das Geländer und landete neben ihr auf der Brücke. *Nur etwas weiter links, und er wäre viele Meter in die Tiefe gefallen.*

»Und Sie, Mylady?«

Er denkt, ich bin ein feines Fräulein. »Mein Name ist Mabel Blair. Aus Glasgow.«

»Orel Pindy, aus Brest. Ich bin der Fünfte Offizier.«

»Und was macht ein Fünfter Offizier?«

»Es ist erst meine zweite Anstellung. Ich bin für die Rettungsboote zuständig und für den Ausguck.«

»Und wonach gucken Sie aus?«

»Nach dem Glück.« *Er deutete einen Luftkuss an.* »Und nach spitzen Felsen, Untiefen und Raubfischen, damit Sie heil in London ankommen.«

Mabel wurde rot. »Oh, dann werde ich Sie nicht weiter ablenken. Nicht dass wir untergehen.«

2

Ich ließ das Buch sinken. Warum in aller Welt schickte Gabriel mir eine Novelle über eine Schiffsreise, die, wenn man dem Titel Glauben schenkte, in einem Untergang endete? Ich war zutiefst konsterniert. Andererseits interessierte es mich, was mit dieser Mabel passierte und vor allem mit der kleinen Alice. Bei dem Gedanken an die gespuckte Milch wurde mir ein wenig übel. Das lag aber nicht nur an meiner Phantasie. Nachdem mein Schiff, die Fähre, richtig Fahrt aufgenommen hatte, war es nämlich vorbei mit der angenehmen Reise. Ich begriff, was Isidore mit seiner Frage nach meiner Wellentauglichkeit gemeint hatte. Das hier war La Mer d'Iroise, wo Atlantik, Nord- und Keltische See sowie der Ärmelkanal aufeinandertrafen und wo die Meeresgöttin Morwen lauerte, immer bereit, einige schiffbrüchige Männer in den Abgrund zu reißen. So zumindest wurde es in der mir bekannten Sage kolportiert.

Durch einen Riss im Plexiglas landeten salzige Spritzer auf meinem Gesicht, vom Motor her zog der Dieselgeruch in Schwaden in die Kabine. Isidores Ratschlag, etwas zu frühstücken, fiel mir ein. Auch damit hatte er recht gehabt.

»Gut durchatmen.« Die Frau mit dem Runzelkranz um die blauen Augen sah mich an. »Und nicht lesen. Lesen ist Gift.«

Zu schwach für Protest, packte ich die Novelle ein und holte die Wasserflasche raus, die mir in der Folge fast aus den Fingern fiel. Der ganze vordere Teil des Schiffes stieg an, nur um gleich darauf wieder zu fallen und erneut zu steigen.

Fallen, steigen, fallen, steigen.

Mit höchster Konzentration hielt ich den Vorgang noch einige Male durch, bis sich mein Magen synchron zum Bootsboden hob und ich es nur knapp auf die Passagiertoilette schaffte. Danach war sie sauberer als davor, zum Glück hatte ich die nötigen Putzutensilien in der Boule-rouge. Im Spiegel über dem winzigen Waschbecken studierte ich meine Gesichtsfarbe, grünlich blass beschrieb sie am besten.

Als ich wieder draußen stand, kam der geringelte Schiffer vorbei und riet mir, aufs Oberdeck zu gehen. »So wie die anderen auch, so wie das eigentlich jeder vernünftige Mensch tut. Die Kabine überleben nur echte Ouessantininnen.« Ein ungeschriebenes Gesetz offenbar. Und noch etwas fiel mir auf, trotz des vernebelten Hirns: Die »Ouessantine« schien eine eigene Spezies zu sein, eine Unterform der üblichen Bretonin. Mehr als schwierig für diese Pariser Braut, da reinzukommen, dachte ich.

Den Versuch, nach oben zu gelangen, gab ich auf, als mir auf der Treppe der Saum des Sommerkleids um den Kopf geweht wurde und ein Ratschen die reißende Naht verriet. Rückwärts ging ich wieder hinunter und stellte mich neben einen Träger in die Meeresluft. Als der Kapitän einen Halt ankündigte, freute ich mich zu früh, die malerische Insel, an der wir anlegten, war Molène. In der aufgegangenen Morgensonne sah ich zweistöckige Häuser, die sich entlang eines kleinen Hafens gruppierten, im Zentrum eine schiefergraue Kirche mit spitzem Turm. Einige Passagiere stiegen aus, einige stiegen ein, wir warteten länger als geplant.

Nun komme überhaupt erst das Schlimmste, kündigte der Kapitän an.

»Hier stürmt es immer. Die Gezeiten schlagen Saltos, und die Strömung ist die stärkste der Welt. Dafür bieten drei Leuchttürme, die auf Felsen mitten ins Meer gebaut wurden, einen spektakulären Anblick.«

Der mir leider vergönnt blieb. Über die folgende Viertelstunde legte ich den Mantel des Schweigens. Eine Achterbahnfahrt war ein Klacks dagegen.

»Letzter Halt vor Amerika!«, scherzte der Kapitän, als wir endlich in den Hafen einbogen. »Herzlich willkommen auf Ouessant, am Port du Stiff. Wir freuen uns, Sie bei der Rückfahrt wieder an Bord begrüßen zu dürfen. Beachten Sie bitte bei Ihrem Aufenthalt, dass ein Wetterwechsel ansteht.«

»So ein Blödsinn.« Die Stimme gehörte dem Familienvater mit dem vollgepackten Rucksack, der Schlafmatte und dem Zelt, der von seinen vier Kindern umrahmt wurde. »Meine App sagt, es bleibt schön.«

»Woher kommen Sie?«, fragte der Kapitän.

»Aus Paris.«

»Keine Ahnung, die Meteorologen da.«

Bis ich meinen Koffer endlich von Bord hatte, hatte sich die Menschenmenge, die gleich nach der Ankunft den winzigen Hafen überschwemmt hatte, wieder aufgelöst. Von Gabriel weit und breit keine Spur, was mir nicht unrecht war, ich brauchte eine Dusche und frische Kleider.

Aus der Boule-rouge holte ich ein Band, um mein Haar zusammenzuhalten. Als ich die Sonnenbrille hochschob, trieb mir der Wind Tränen in die Augen. Ich zerrte den Koffer bis zum Quai, wo nur noch die Kinder und der Vater standen, in eine Auseinandersetzung mit dem Chauffeur eines Elektro-lieferwagens vertieft.

»Aber ich meine nicht die Campingplätze, wir wollen in der Natur übernachten, unter freiem Himmel.« Sein Französisch war unterirdisch schlecht, mit einem unüberhörbaren Schweizer Akzent.

Der Chauffeur blieb bei seiner Meinung. »Wild campen ist so verboten wie eine Windkraftanlage. Unsere Insel ist ein Naturschutzgebiet und basta.«

»Aber ich habe das früher immer so gemacht. Und Tom Harper hat mir gesagt –«

»Tom Harper, der blaue Maler?«

»Wieso blau? Er ist sehr seriös.«

»Der hat keine Ahnung von den Inselgesetzen. Er ist ein Auswärtiger.«

»Er lebt und arbeitet hier seit zwanzig Jahren …«

»… und hat in der Zeit kein einziges Bild fertiggebracht.« Der Tonfall des Chauffeurs sagte, was er davon hielt.

»Komm, Papa.« Das älteste der Kinder, ein Mädchen mit wilden Locken und oranger Trainingsjacke, zog den Vater mit sich.»Wir müssen unsere Fahrräder abholen. Und dann suchen wir ein Airbnb. Ich will endlich den ersten Posten finden.«Sie ging voraus, die Geschwister hinterher.

»Wann kommt der Sturm?«, fragte der Vater den Chauffeur leise.»Ich will die Kinder nicht beunruhigen, wissen Sie. Meine Ex-Frau hat ihnen diesbezüglich Angst eingejagt.«Das stimmte den Chauffeur milder.»Gegen Abend. Machen Sie Geocaching? Ihre Kinder sind ja bestens ausgerüstet.«Tatsächlich, an sämtlichen Rucksäcken baumelten Fahrradhelme, plastifizierte Landkartenausschnitte, Stifte, Ferngläser und Kompasse.

Der Vater stellte sich als David Zürcher vor, ein Schweizer wie ich, der seit Kurzem in Paris lebte.»Mein alter Freund Tom weiß nichts von meinem Besuch. Wir wollen ihn überraschen.«

»Dann sehen Sie sich mal vor. Tom ist ziemlich unflexibel. Liefere ich ihm die Getränke nicht genau zum verabredeten Zeitpunkt, krieg ich ein Problem.«

Damit tippte der Chauffeur sein Käppi an, David folgte den Kindern in Richtung Fahrradverleih, und ich nutzte den Moment, um nach einem Taxi zu fragen.

»Hier ist fast alles autofrei«, erklärte der Chauffeur.»Sind Sie seine neue Frau?«

Er meinte David.»Nein, ich bin Tereza Berger.«

»Tereza? Sie? Wirklich?«Er schien von mir gehört zu haben. »Ich hatte Sie mir anders vorgestellt.«

»Ah ja?«Schöner, größer, jünger?

Er nahm das Käppi vom Kopf.»Herzlich willkommen auf der Insel.«

Nachdem ich die Halbglatze bemerkt hatte, fielen mir auch die schwieligen Hände und der gekräuselte Bart auf, und ich ahnte, wen ich vor mir hatte.

»Sie müssen Isidores Cousin sein.«

»Sie sprechen vom schlimmen Breonnec aus Camaret?«Sein eigener Witz brachte ihn zum Schmunzeln.»Richtig. Ich bin der Breonnec von Ouessant. Auguste für meine Freunde.«Wir schüttelten die Hände. Es zeigte sich, dass er über den Verlauf der Renovierungsarbeiten an der »Villa Wunderblau« bestens informiert war. »Nur noch die Naturdusche und die Gäste können eintrudeln. Danach stehen dann die neuen Regale für den Laden an.«

Ich nickte. »Mein Haus bleibt eine Baustelle.«

»Isidore freut's. Hier gibt's übrigens auch eine kleine Buchhandlung, ›Finis Terrae‹ heißt sie. Das Ende der Welt. Einfach der Nase nach, alles sehr überschaubar auf Enez Eusa.« Die Art, wie er die bretonische Bezeichnung der Insel aussprach, klang wie eine gutturale Opernarie.

»Der Name soll von einer griechischen Göttin stammen?«

»Göttlich auf gute und schlechte Weise. Wir sind die Insel des Lichts, der Frauen und der Schiffsunglücke.« Er musterte das verschmutzte Revers meiner Jeansjacke. »Sie hatten auch eines.«

»Nicht der Rede wert«, beeilte ich mich zu sagen. »Sie können mich nicht mitnehmen, stimmt's?« Ich deutete auf das vollgestopfte Auto.

»Leider.« Er schüttelte den Kopf. »Bei mir passt keine Sau mehr rein.«

Merci. Er merkte nichts von seinem Fauxpas. »Alles voller Getränke. In Lampaul vorn wird eine Hochzeit gefeiert. Drei Tage lang dauern die Festlichkeiten. Heute die Vorfeier, morgen die Trauung, am Samstag das große Fest.«

»Deswegen bin ich ja hier. Hat Isidore das nicht gesagt?«

»Er erwähnte nur eine charmante braunlockige Lady mit einer Gabe, Geheimnisse zu lüften.«

Das ging mir runter wie bretonische Butter. Nur eine Fahrgelegenheit brachte es nicht ein. In dem Punkt unterschied sich Auguste von Isidore. Was nicht ging, das ging nicht.

»Mieten Sie ein Fahrrad bei Rosies Fahrradverleih. Das brauchen Sie ohnehin. Ich hoffe, Sie haben gute Schuhe und einen Regenschutz dabei. Es wird stürmisch.«

»Das ist es doch schon jetzt.« Der Wind zerrte so, dass ich die Boule-rouge an mich drücken musste.

»Ach was, das hier ist unser tägliches Brot, heut Nacht geht's dann richtig los, sagt mein linker Zeh. Der kann das Wetter besser voraussagen als ›Yaelles Météo‹. Und das will was heißen, Yaelles täglicher Bericht ist auf Ouessant Kult. Sie arbeitet außerdem auf dem Leuchtturm Stiff. Und Rosie ist ihre Mutter. *Kenavo*. Bis bald. Bei Seans Hochzeit.« Er brauste davon, eine Staubwolke hinterlassend. Ich musste kurz rekapitulieren, was er mir da mitgeteilt hatte. Die Mutter einer Wetterfrau namens Yaelle hatte einen Fahrradverleih, und sie könnte mir eines ausleihen.

***

»Bicyclette Rosie«, stand auf der gezimmerten Bretterbude. In der Senke war es wunderlich warm und windstill, selbst die drei Flaggen wirkten schlapp. Die linke zeigte das schwarz-weiße bretonische Wappen, in der Mitte gab es eine fahrradfahrende Rose, und die dritte war so zerknittert, dass ich die Buchstaben nur mit Mühe entziffern konnte. »*Eolienne, non merci*«, stand da. Was zu Deutsch so viel hieß wie: »Windkraftanlage, nein danke«. Auch Auguste hatte eben die Windkraft erwähnt. Ob man dafür war oder dagegen, schien ein Thema zu sein auf der Insel. Vielleicht handelte es sich dabei um den von Ayala erwähnten Streit.

»*Bonjour?*«, rief ich.

In dem Moment schob sich eine Wolke vor die Sonne, der Schatten wanderte über die platt gedrückte Wiese und den staubigen Kies und landete bei einer schlanken Frau mit Stirnfransen und Tattoo auf dem Unterarm, in kariertem Hemd, Trekkingboots und Weste.

»*Bonjour.*« Es war besagte Rosie. »Haben Sie reserviert?« Es sei hier so üblich, per App.

Als ich verneinte, runzelte sie die Stirn.

»Ich kann Ihnen leider nur noch das hier anbieten.«

Ein viel zu großes und ziemlich abgewracktes E-Bike.

»Die vordere Bremse funktioniert verzögert, benutzen Sie den Rücktritt.«

Während sie einen Anhänger montierte, suchte ich nach meiner Kreditkarte. Vergessen, sie musste zu Hause auf dem Küchentisch neben dem nicht getrunkenen Milchkaffee liegen. »Macht nichts«, meinte sie. »Sie können abends vor der Rückfahrt bezahlen.« Ich klärte sie darüber auf, dass ich keine Tagestouristin sei. »Dachte ich mir schon, bei dem Koffer. Ferien?«, fragte sie, während sie meine Angaben in ein Tablet übertrug. Nachdem ich die Hochzeit erwähnt hatte, hielt sie mit Tippen inne.

»Sie meinen die Hochzeit von Sean?«

Als ob eine Kreissäge auf Metall ausgerutscht wäre, so hatte ihre Stimme geklungen, und wie Auguste erwähnte sie nur den Namen des Bräutigams. Eine Pariserin heiratete einen Ouessantin, so wie es aussah, war der angekündigte Sturm längst da. Es lag mir auf der Zunge, mich nach der Braut zu erkundigen.

»Und wer sind Sie?«, fragte Rosie.

Ich stellte mich vor. »Mein Begleiter ist bereits hier. Er hätte mich abholen sollen.«

Darauf gab Rosie keine Antwort. Mit einer Beißzange beugte sie sich wieder über die Anhängerkupplung. Ihre Bewegungen waren kräftig, die Unterarme angespannt, das Muskelspiel brachte die Rosenblätter des Tattoos zum Zittern.

»Gehören Sie zur Familie des Bräutigams?«, fragte ich, bemüht um Konversation, da wir im Verlauf der Hochzeitsfeierlichkeiten vielleicht als Gäste am selben Tisch sitzen würden.

»Mein Mann Ludovic war Seans Onkel. Er ist vor zwei Jahren gestorben.«

»Das tut mir leid.«

»Schon in Ordnung.«

»Es ist bestimmt nicht einfach, allein auf so einer Insel.«

»Das war ich vorher auch.« Das klang nicht fröhlich. Das ganze Gespräch entwickelte sich in eine ungute Richtung. Ich suchte einen neuen Ansatz.

»Sie haben eine Tochter, hat mir Auguste erzählt.«

»Yaelle.« Es war die richtige Frage gewesen. Ihre Stimme

wurde warm und weich. »Sie und Sean kennen sich, seit sie Babys waren. Außerdem ist sie unsere Wetterfrau.«

»Ihre Sendung heißt ›Yaelles Météo‹, habe ich gehört.« »Zum Glück kann ich mir Namen gut merken.

»Genau.« Rosie lachte stolz. »Und sie ist Leuchtturm-Chefin auf dem Stiff.« Sie zeigte nach oben zum Hügel. »Der liegt dahinten. Ist mein Lieblingsturm. Wir haben ja fünf. Die fünf Leuchttürme von Ouessant. Der Créac'h, der Nividic, der Jument, der Kéréon und der Stiff.«

Sie hatte die Namen ausgesprochen, als ob es ihre Geschwister wären.

»Und den Stiff sieht man von hier?« Noch während ich das Handy rausholte, stellte ich mich auf die Zehenspitzen. Von jedem Leuchtturm ein Foto für Isidore, lautete mein Auftrag.

»Nein. Aber er muss Ihnen bei der Anfahrt aufgefallen sein.«

»Vermutlich war ich da gerade auf der Toilette«, sagte ich und steckte das Handy wieder ein.

»Dann sind Sie die mit dem Missgeschick? Ich hab's schon gehört.«

Auch sie wusste es also. Hier reisten die Neuigkeiten noch schneller als in Camaret-sur-Mer.

»Kann jedem passieren«, sagte sie mit einem Blick auf meine verschmutzte Jacke.

Ein Wechselbad, dieses Gespräch.

Sie hob den Koffer in den Anhänger und erklärte mir das Gangsystem. Einen Fahrradhelm hatte sie nicht im Angebot, dafür gab es eine weiße Schirmmütze mit der gleichen Anti-Windkraft-Aufschrift wie auf der Flagge.

»Oute ich mich so als Gegnerin?«, fragte ich. »Ist das riskant?«

»Es ist die einzig richtige Haltung. Wir sind eine kleine Insel, eine Windkraftanlage wäre verheerend.«

»Sie sprechen von einem Windrad, das Energie erzeugt?«

»Der Mast wäre fünfundvierzig Meter hoch, mit den Rotorblättern siebenundsechzig. Ein Schandmal.«

»Dafür hätten Sie Elektrizität. Ein gesuchtes Gut heutzutage.«

»Sind Sie dafür?« Ihr Blick war vernichtend.

Ich hatte mich zu weit vorgewagt auf ein Terrain, von dem ich keine Ahnung hatte. Der einzelne Sonnenkollektor auf dem Dach der »Villa Wunderblau« war wohl nicht zu vergleichen mit einer Anlage dieses Ausmaßes. Andererseits, für erneuerbare Energien konnte man schon mal ein Opfer bringen.

»Also keine Befürworterin?«, wiederholte sie die Frage.

»Noch nicht. Ich bin kaum eine Stunde hier.«

Sie reagierte nicht auf meinen Scherz, während ich mein Haar unter die Mütze stopfte. Die Schrift spiegelte sich im Fenster der Bretterbude. »*Eolienne, non merci.*« Etwas zu gut leserlich für meinen Geschmack. Ich würde das Ding loswerden, sobald ich außer Sichtweite war.

»Und bitte.« Rosie gab dem Bike einen Klaps auf den Sattel.

Einmal noch das Handy kontrollieren. Keine Nachricht von Gabriel.

»Hier ist ein Funkloch«, sagte Rosie. »Das ist typisch Ouessant. An völlig unerwarteten Orten haben Sie Empfang, an anderen gar nicht. Passen Sie auf, dass Sie nicht verloren gehen.«

War das eine Drohung gewesen? Ihr Lächeln blieb freundlich, auch wenn es die Augen nicht mehr erreichte.

»Am besten fahren Sie direkt zu Ihrem Hotel.«

Ich erzählte, dass ich keine Ahnung hätte, wo ich untergebracht war.

»Probieren Sie es im ›Comtesse‹, die meisten Hochzeitsgäste sind da.« Rosie ging in die Bretterbude und kam mit einem Paket zurück. »Können Sie das Sophie-Anne mitbringen? Sie ist die Besitzerin und weiß Bescheid.«

Mein Versuch, das Rad in Bewegung zu setzen, scheiterte. Eine ziemliche Leistung bei einem E-Bike. Die Vermutung, dass der Akku defekt war, wies Rosie von sich. Auch der zweite Versuch ging daneben. Die Straße war zu steil, zu sandig und der Anhänger zu schwer.

Rosie schlug mir vor, die ganze Aktion abzubrechen und Koffer samt Anhänger dazulassen. »Monsieur Mahon kann ihn ja später abholen.«

Ich hatte seinen Namen nicht genannt.»Sie kennen ihn?«
Ihr Nicken erstaunte mich nicht.»Er hat dauerhaft ein Zimmer im ›Comtesse‹ gemietet.«

Davon hatte er mir nichts erzählt.

»Außerdem hatte ich dienstlich mit ihm zu tun.« Rosies
Handbewegung ging zu der Flagge mit der Nein-Parole.»Erst
haben unsere Gegner die Flagge da zerfetzt, danach wurde eine
ganze Kiste gestohlen.« Sie zeigte in Richtung eines Schuppens.
»Wir lagern sie hier, und nun sind sie weg.« Sie erklärte mir, dass
sie die Präsidentin des gegnerischen Komitees sei, es gäbe zum
Glück nur wenige Befürworter, und die würden ihre Meinung
auch noch ändern, notfalls unter Androhung von Gewalt.

Das fand ich einseitig und ziemlich krass.»Windkraft ist
doch eigentlich was Gutes. Gibt's keinen geeigneten Flecken,
um so was aufzustellen? Einen Ort, an dem der Mast und die
Rotoren niemanden stören?«

»Sie stören überall. Jede Pflanze ist geschützt. Und jedes
Tier. Eine Windkraftanlage zerstört das Land, auf dem sie gebaut wird, und massakriert die Vögel.«

Dass Windkraft Vögel gefährdete, hatte ich mir nie überlegt.
Es war keine angenehme Vorstellung.

Rosie trat so nah zu mir, dass ich die Goldfüllung eines
Zahnes sehen konnte.»Passen Sie auf, Tereza Berger. Sie betreten eine eigene Welt. Die Welt der Stürme, der Gezeiten,
der Feen, der Teufel, Himmel und Hölle zugleich. Solche wie
Sie kommen an, um wieder abzureisen. Und diejenigen, die
bleiben, machen die Gesetze.«

»Aber gibt es keine Möglichkeit, die Vögel zu schützen?«
Meine beiden Kinder hatten sich dem Umweltschutz verschrie-
ben. Die Debatten hatten auf mich abgefärbt.»Es könnte doch
interessant sein, wenn die Insel autark würde.«

»Nicht so.« Sie duldete keinen Widerspruch.»Wir werden
uns durchsetzen. Und wer sich uns in den Weg stellt, ist dran.«

3

Das Gespräch ging mir nach, als ich den Berg hinaufradelte. Dass der Konflikt die Leute von Ouessant beschäftigte, zeigte sich in den vielen Flaggen mit Aufschrift, die die Häuser am Wegrand schmückten. Als mich oben der Gegenwind mit voller Wucht traf, vergaß ich die Sache vorübergehend. Der Elektromotor funktionierte nicht, wie ich merken musste, irgendetwas war mit dem Bike nicht in Ordnung. Außerdem hatte ich keine Ahnung, wo ich war. Ich stieg ab und orientierte mich an der Karte auf dem Handy – zum Glück war der Empfang hier tadellos. Die Insel hatte eine Länge von sieben Kilometern und die Form eines Krebses, der Hauptort Lampaul lag am Schnittpunkt der vorderen Scheren, kaum zu verfehlen.

Ich stieg wieder auf und genoss das Gefühl, dass mein Hirn durchgelüftet wurde. Die Fahrt ging durch platt gewehte, satte Wiesen, an verwinkelten Mauern entlang und vorbei an stachligen Büschen. Bei einem Weiler bemerkte ich weitere weiße Protestflaggen.

An der nächsten Kreuzung zeigte ein Wegweiser den Ort Lampaul in der Gegenrichtung an. Eigenartig, fand ich, aber wer war ich denn, die Inselgeometer in Frage zu stellen.

Links und rechts war das Meer, auf der einen Seite von sandigem Hellblau, auf der anderen von tintenfarbener Düsterkeit, während vor mir ein weißer Leuchtturm in den wolkenlosen Himmel ragte. Das musste der Stiff sein, den Rosie erwähnt hatte. Ein Gebilde aus zwei Türmen, mit einer Kuppel wie eine große Strickmütze, mächtig in seiner Stabilität.

Ab da verwandelte sich die Straße in einen Weg, der wegen der leichten Steigung und der unregelmäßigen Schieferkiesel anstrengend zu fahren war. Beim nächsten Weiler stieg ich ab, um zu verschnaufen und einen Schluck Wasser zu trinken. Der

Handyempfang war an der Stelle gleich null, ein Auf und Ab, wie Rosie es prophezeit hatte.

Da die Gegend sehr wild und keineswegs wie die Vorstufe zu einem Hauptort wirkte, beschloss ich, jemanden nach dem Weg zu fragen, und lehnte das Rad an eine Wand. Von Nahem betrachtet waren die geduckten Steinhäuser, die in der Bretagne Pentys genannt wurden, ziemlich zerfallen, in den Ritzen wucherte Efeu, es gab weder Autos noch Fahrräder, keine Wäsche an Leinen oder andere Zeichen von Zivilisation. Dafür war es ruhiger, ich hörte Bienen und den Singsang der Möwen, die über mir kreisten, etwas gottverlassen Magisches lag in der Luft.

Das dem Meer am nächsten gelegene Häuschen war eine regelrechte Ruine mit offenen Löchern anstatt Fenstern, von denen eines einen Durchblick auf die Hinterseite und eine Flagge bot. Der Wind traf sie seitlich, sie war voll entfaltet, die Schrift gut lesbar: »Eolienne, non merci«. Windkraft, nein danke. Also lebte hier doch jemand.

»Hallo?«

Ich entdeckte einen Pfad, der sich hinter der bröckligen Mauer ins Gebüsch schlängelte, wo an einer Brombeerranke erneut eine Flagge hing. War das eine Kommune des Widerstands? Rosies Haus? Wobei ich automatisch angenommen hatte, dass sie in der Bretterbude unten lebte.

Weder waren meine Sandalen geländetauglich noch schützten mich Jeansjacke und Sommerkleid vor dem Wind. Trotzdem zog es mich über einen dünenartigen Wall zu einer Gruppierung von Felsen in bizarren Formen, eine Fee, ein Zwerg, ein Teufel. Viel Grün, viel Rauschen, aber kein Meer. Dieses zeigte sich erst, als ich zwischen zwei knorrigen Kiefern hindurch eine kleine Ebene erreichte, wo mir der Wind die Mütze mit einem heftigen Stoß vom Kopf auf die Wasseroberfläche wehte und sie eins wurde mit den Schaumkronen.

Adieu, dachte ich und war nicht traurig über den Verlust, vergaß ihn auch sofort wieder, gebannt von dem Schauspiel der Natur. An den Felsen brachen sich die Wellen hoch und höher, bei jedem Aufklatschen wurde Gischt in meine Richtung geschleudert, ich spürte eisgekühltes Salz, mal von links, mal von rechts, ein Hexenkessel von entfesselter Brandung. Auch hier entdeckte ich eine Protestflagge. Das war doch nicht zu glauben. Die waren echt in Aktion. Sie wehte von einer Felsnase, die aussah wie der Flügel einer Windmühle. Daneben baumelte etwas, das sich beim Näherkommen als Vogel mit bräunlichem Gefieder und gelbem Schnabel entpuppte, seine Flügel klappten auf und ab. Würde ich mich strecken, könnte ich die Füße berühren, gelbliches Fleisch mit schmutzigen Krallen. Es war schwierig zu erkennen, ob er noch lebte.

»Halte durch!«, schrie ich in den Wind. »Ich rette dich! Gleich fliegst du wieder!«

Wegen meiner Sandalen kletterte ich hintenrum, wo der Felsen sanfter anstieg, und fand tatsächlich ein Nest, das in eine kleine Vertiefung der leicht überhängenden Felswand gebaut war. Ich legte mich flach hin, robbte bis zum Rand und blickte nach unten. Was ich sah, ließ mir den Atem stocken.

Der Vogel hing unter mir, sein Gesicht war mir zugewandt. Die Augen waren gebrochen, der Hals vom Gestein durchbohrt, die Flagge daneben völlig zerfetzt und blutverschmiert.

Das war kein Unfall, keine Laune der Natur. Es fühlte sich an wie ein brutales Statement.

***

»Du hast mich falsch verstanden, es handelt sich nicht um eine vorwitzige Möwe. Es ist ein Adler …« Ich stand unterhalb des Felsens, im Schutz eines Vorsprungs, und telefonierte mit Gabriel Mahon, die Boule-rouge-Tasche als Windschutz vor mich haltend. »… und er wurde massakriert.«

»Du übertreibst.«

Du übertreibst. Das war alles, was Gabriel auf meine äußerst präzise und nur wenig hysterische Zusammenfassung zu sagen hatte.

»Hallo, Tereza, bist du noch da?«

Eine Entschuldigung für sein Nichtauftauchen hatte er auch nicht formuliert. Immerhin sprach er mich per Du an, diesbezüglich hatten wir ein jahrelanges Hin und Her gehabt. Einige Male hatten wir uns auch geküsst. Es war aber so lange her, dass ich nicht sicher war, ob ich mich vielleicht getäuscht hatte. Ganz im Sinne von Sylvie, meiner Mitarbeiterin, die immer behauptet hatte, die Einladung zur Hochzeit auf Ouessant sei ein Fake.

»Wie oft hat er dich versetzt? Er ist der klassische einsame Wolf. Ich sage dir, lass dich mit keinem Klischee ein, altes bretonisches Sprichwort.« Und das aus dem Mund einer eingewanderten Heidelbergerin.

»Tereza? Hallo?«

Ich hörte immer auf Sylvie, nur nicht, wenn es um Gabriel Mahon ging. Und darum gab ich ihm zum letzten Mal eine zweite Chance.

»Hier ist ein Verbrechen passiert, Gabriel. Mitten in den Vorbereitungen für eine Inselhochzeit.«

»Ich tendiere zu einer natürlichen Erklärung. Gibt es ein Nest in der Nähe?«

»Weiter oben, es sieht bewohnt aus.«

»Wie willst du das beurteilen?«

»Eine Mutter kennt sich mit Teenagerbuden aus. Ob bei Menschen oder Vögeln.«

»Jungadler verlassen ihre Nester nach hundert Tagen. Für immer.«

»Falsch. Manchmal kehren sie nach Streifzügen wieder dahin zurück.« Ich hatte das nachgeschaut, bevor ich ihn angerufen hatte. Ebenso hatte ich einen Artikel über den Ouessantiner Windkraftkonflikt überflogen.

»Und dabei ist er aus dem Nest gefallen?«

»Wie oft soll ich es noch sagen? Er wurde massakriert.«

»Ein Seeadler? Von einem Menschen?«

»Spar dir den Zynismus.«

»Die lassen keinen an sich ran. Was machst du überhaupt da oben?«

»Darum geht es jetzt nicht. Die Frage ist, ob die Befürworter der Windkraftkampagne so weit gehen würden, einen Adler zu töten und mit einer zerfetzten Flagge zusammen als Symbol ihres Widerstands zu präsentieren. Was sagst du dazu?«

Er räusperte sich. »Es gibt auf der Insel zwar widersprüchliche Meinungen ...«

»Das ist eine Untertreibung! Ich bin gerade mal eine Stunde hier, und das Thema ist omnipräsent.«

»... aber das Kriminellste bislang war der Diebstahl einer Kiste mit Flaggen. Die Debatte verläuft sehr zivilisiert und wird das auch weiterhin tun.«

»Stimmt, ich habe gehört, dass du sehr gut informiert bist.«

»Wer hat dir das geflüstert? Ein Seeadler?«

»Die Fahrradvermieterin.«

»Rosie? Der musst du nicht alles glauben.«

»Sie schien mir ziemlich authentisch. Bereit, für ihre Überzeugung zu kämpfen. Und sie hat mir aus der Patsche geholfen, während du mich nicht abgeholt hast.«

»Ich war da.«

»Das wüsste ich aber.«

»Auf dem Schiff, vor einer guten Stunde, ich habe in der Toilette nach dir gesucht. Und ein leeres Schweizer Desinfektionsmittel gefunden.«

Mince. »Da haben wir uns wohl knapp verpasst, nachdem ich mich frisch gemacht hatte, bin ich zum Hafen gegangen.«

»Auguste, der eben die Getränke geliefert hat, hat erzählt, dass du –«

»Nicht nötig, dass du es wiederholst, ich war dabei.«

Konnte man hier nicht mal in Ruhe sein nicht gegessenes Frühstück in Fischfutter verwandeln?

»Du solltest nach Lampaul kommen. Außerdem gibt's da oben einen Wegweiser.«

»Der zeigt falsch rum. Wäre ich in die Richtung weitergeradelt, wäre ich im Meer gelandet und an der Küste zerschellt. Warst du das? Wolltest du mich loswerden?«

»Noch brauche ich dich.«

»Was meinst du mit ›noch‹?«

Keine Reaktion.

»Es hängt mit dem Buch zusammen, dieser Novelle, nicht wahr? ›Reise in die Hölle‹. Erst dachte ich, es sei ein Geschenk. Nach dem Lesen des ersten Kapitels wurde mir klar, dass du meinen Expertinnenrat willst. Wieso, Gabriel?«

Er ließ sich Zeit. »Der Zauber, liebe Tereza, liegt darin, dass du es nicht weißt. Und mir nach der Lektüre einige Fragen beantwortest.«

Es war typisch. Er hüllte sich in Schweigen, während ich sprechen sollte. Das Bild des baumelnden Jungadlers ging mir nicht mehr aus dem Kopf.

»In Ordnung. Du kriegst, was du willst, wenn du untersuchst, was mit dem armen Vogel passiert ist. Wenn du mit Befürwortern der Windkraft sprichst und mit Gegnern. Wenn du Spuren, Motive und Alibis untersuchst.«

»Du klingst wie eine Hobbyermittlerin. Ich denke, der arme Vogel war einfach zu neugierig und hat nicht mit der Wucht des Windes gerechnet. Das passiert denen so wie uns.«

»Und ich sage es ein letztes Mal: Es handelt sich hier um einen Vogelmord.«

Stille. Bis auf den Wind.

»Tereza …« Gabriel hatte seinen Ton geändert, so sprach ich mit Mathilde, wenn sie mit dem Kopf durch die Wand wollte. »Auf dieser Insel sieht die Phantasie, was sie sehen will, das ist der Effekt von Ouessant. Wenn du dich erst daran gewöhnt hast, wirst du es verstehen.«

Ohne Verabschiedung legte ich auf. Er konnte sagen, was er wollte, ich blieb bei meiner Meinung. Nicht umsonst hatte ich mehreren Ermittlungen beigewohnt, ich konnte einen Tatort sehr wohl von einer Unfallstelle unterscheiden.

Ich machte einige Fotos, bevor ich erneut zum Felsen hochkletterte und die Flagge herunterholte, um sie in eine Plastiktüte – die gehörte in meine Boule-rouge wie Hustenpastillen und Nagelschere – zu stecken. Das war ein Beweisstück. Ich war mir sicher.

4

Der Wind hatte gedreht, ich spürte ihn im Rücken und radelte mit hohem Tempo, um den ganzen Ärger abzuschütteln. Ich passierte silbergraue Häuschen, verwinkelte Mauern, geduckte Ställe, blaue Zäune, die meisten behängt mit den mir nun bekannten Flaggen. Immer wieder hatte ich Aussicht auf das Meer, mal links, mal rechts, es glitzerte und gleißte. Dann wieder näherte ich mich einem schmalen Fluss und sogar einem winzigen See. Ein einziges Mal musste ich einem Blechauto ausweichen, nur um auf einen Mann zu stoßen, der in einem Hof saß und strickte. Seelenruhig und hoch konzentriert. Ein strickender Mann.

So abgelenkt war ich, dass ich die Schafherde übersah, die aus dem Nirgendwo kommend plötzlich auf der Straße stand. Ich bremste viel zu schnell, kämpfte um meine Balance, bis das schwerfällige Rad kippte und mich mitten in der Herde unter sich begrub.

»Sie versperren die Straße«, sagte eine Stimme. »Ich meine nicht die Schafe, sondern Sie.«

Als ich hochblickte, sah ich einen Typen mit metallisch glänzendem Helm, Sonnenbrille, Bügelfalten, hellblauem Schal und Rolex-Uhr, der, einen Rucksack auf dem Rücken, locker an seinem Bike lehnte, während ich vergeblich versuchte, mich aus meiner misslichen Lage zu befreien. »Können Sie mir helfen?«

»Ich würde Ihnen keinen Gefallen tun. Sie sollten Ihr Bike selbst im Griff haben, außerdem hätten Sie die Schafe passieren lassen sollen.«

»Danke für den Tipp. Nächstes Mal halte ich mich an die örtlichen Vortrittsregeln.«

»Und anderes Schuhwerk würde ich auch empfehlen. Habe ich mir schon am Hafen gedacht.«

Er musste mich gesehen haben. »Waren Sie auch auf dem Schiff?«

»Ich bevorzuge den Helikopter.«

»Au.« Ein Schaf war mir auf den bloßen Zeh getreten.

»Tut es weh?«, fragte er.

»Ach wo, das spüre ich kaum. Niedlich, die Dinger.«
Die Schafe waren kaum kniehoch und braun-weiß.

»Die kleinsten Schafe der Welt, und die eigenwilligsten«,
erklärte er. »Sie mögen es gar nicht, wenn sich Touristen in
ihren Weg stellen.«

»Solche wie Sie, meinen Sie?«, fragte ich. »Mir scheint, auf
Ihrer Stirn steht groß das Wort ›Pariser‹.«

»Und auf Ihrer steht ›Schafsmordende Aktivistin‹.« Er deutete auf die Plastiktüte mit der Flagge, die bei meinem Sturz
aus der Boule-rouge gefallen war. »Jeder, der so was mit sich
führt, muss mit meiner schlechten Laune rechnen.«

Hielt er mich etwa für eine Windkraftgegnerin? Da waren
wir mittendrin im Auge des Taifuns. Nichts da mit Overkill
der Phantasie, wie mir das Gabriel eben hatte einreden wollen.
Seit meiner Ankunft hatte ich gut hundert gegnerische Flaggen
gesehen, mit einer Gegnerin gestritten und einen massakrierten
Vogel gefunden. War das mein erster Verdächtiger?

»Sind Sie für die Windkraft?«

»Wie jeder vernünftige Mensch. Wir stecken mitten in einer
globalen Energiekrise.«

»Die meisten Inselbewohner sind dagegen. Sie mögen es
vermutlich nicht, wenn man sie als unvernünftig bezeichnet.«

»Idioten«, meinte er.

»Sie haben gute Gründe.« Ich rief mir Rosies Argument in
Erinnerung. »Die ganze Insel ist Naturschutzgebiet.«

»Quatsch. Hier ist so viel Platz, da kann man ein paar Qua-
dratmeter hergeben. Es geht um Ökologie. Um den Umgang
mit erneuerbaren Energien. Um die Zukunft unserer Kinder.«

»Der Kinder von Ouessant? Oder um den Betrieb der Edel-
sauna in Ihrer Ferienvilla?«

»Woher wissen Sie ...?« Er schien verblüfft, einen Moment
aus dem Konzept geworfen. »Mein Apartment ist nach dem
neuesten Standard umgebaut, Niedrigenergie. Ganz unten im

Süden. Mein Name ist übrigens Loic Martin, und ich leite die Firma, die hier die Windkraft umsetzen wird. Wir bringen den Fortschritt auf die Insel, es gibt neue Jobs, wir investieren in die Vogelforschung …«

»Vögel? Mögen Sie Vögel?«

Er folgte meinem Blick zum Himmel, wo einige Möwen kreischend den Wind überwanden.

»Oder hassen Sie sie?«

Er verstand meine Frage nicht. In dem Moment kam ein zweites Rad um die Kurve geschossen und hielt vor den Schafen, die sich von mir ab- und dem Fahrer zuwandten.

»Was ist denn hier los? Ein Unfall?«, fragte er.

Loic murmelte etwas, das klang wie »Die dumme Pute hat deine Schafe niedergemäht«.

Der Junge boxte ihm in die Seite. »Du kennst doch meine Herde. Hohoho, ihr frechen Chicas. Macht mal Platz!«

Er stieß gutturale Laute aus, die Schafe gehorchten, während ich den Moment nutzte, um endlich aufzustehen. Als die ganze Herde auf der Wiese gegenüber versammelt war, schloss der Junge das Tor. Er war nicht besonders groß, aber athletisch, mit sandfarbenem, länglichem Haar, in Hemd und Flipflops an den braun gebrannten Füßen – komplett eins mit sich selbst. Und kein Junge mehr, wie sich zeigte, sondern ein Gentleman. Er stellte mein Rad auf und präsentierte sich als Sean, der Bräutigam.

»Gabriels Freunde sind meine Freunde.« Mit dem breitesten Lächeln der Welt zog er mich in eine Umarmung, bevor er kommentierte, das E-Bike sei zu groß für mich, und mir empfahl, bei Rosie einen Austausch vorzunehmen. »Heute Abend, wenn die Touristen abgereist sind, hat sie jede Menge Auswahl.«

Loic Martin mischte sich ein. »Was machst du eigentlich hier oben, Sean? Sie haben längst angefangen, sagt Yaelle.«

Yaelle? So hieß die Wetterfrau und Tochter der Fahrradverleiherin. Die Sean seit Kindesbeinen kannte, wie sie erwähnt hatte.

»Du meinst die Probe?«

»Zu deiner Trauungszeremonie, genau. In der Kathedrale.« Loic hatte süffisant geklungen, Sean wirkte plötzlich gestresst.

»Mir würde ja eine Felsspitze reichen. Oder ein Leuchtturm.« Loic klopfte ihm auf die Schulter. »Tu nicht so. Nathalie sagt, dass du dir eine typisch bretonische Hochzeit gewünscht hast.«

Sean seufzte. »Sie will mich damit überraschen. Ich denke, mein Vater steckt dahinter, er hat ihr diesen Floh ins Ohr gesetzt.«

»Der alte Patrick. Er mag's gern traditionell, da hast du recht.«

»Und wieso sind Sie zur Hochzeit geladen, Loic?«, entwischte es mir. »Um Werbung für Windräder zu machen?« Er deutete eine Verbeugung an. »Als CEO von ›Ecovent‹ bin ich auch der Boss von Nathalie.«

»Meine Braut«, erklärte Sean. »Nathalie, sie ist Ingenieurin. Vor einigen Monaten ist sie hier angekommen, im Auftrag von ›Ecovent‹, Loics Firma. Sie soll die Windkraft umsetzen. Dabei haben wir uns verliebt.«

Was hatte Ayala gesagt? Liebe auf den ersten Blick? Irgendwie war davon in Seans Beschreibung wenig zu spüren.

»Und hat sie dich überzeugt?«, fragte ich ihn. »Von der Windkraft, meine ich.«

Er zuckte die Achseln. »Sie ist beharrlich und versteht ihren Job. Das werden alle einsehen, auch mein Vater.«

»Patrick, richtig?«, fragte ich im Versuch, mich im insularen Beziehungsgeflecht zu orientieren. Patrick war Gabriels Freund und der Vater von Sean. »Stell ich mir ganz schön schwierig vor, wenn Ihr Vater gegen das Projekt Ihrer Braut ist.« Wobei ich »schwierig« untertrieben fand. An solchen Fragen zerbrachen nicht nur Familien, sondern ganze Länder.

»Er braucht seine Zeit.« Der Klang seiner Stimme strafte seine Worte Lügen. Zuversicht hörte sich anders an.

»Mag er Vögel?«

Beide Männer sahen mich an.

»Was haben Sie denn dauernd mit Ihren Vögeln?«, fragte Loic.

Ich beschloss, den toten Adler für mich zu behalten. »Die könnten alles entscheidend sein in der Debatte. Es geht nämlich auch um Vogelschutz. Jeder Vogel, der in eine Windturbine gerät, ist einer zu viel.«

»Ach was, ein kleiner Kollateralschaden.«

»Dann war es eben gelogen, als Sie sagten, dass Sie in die Vogelforschung investieren? Haben Sie schon mal einen Vogel massakriert?«

Loic blieb der Mund offen stehen. »Was soll das?«

»Hohoho.« Sean benutzte dieselben Laute wie eben bei den Schafen und sah von Loic zu mir. »Können wir die Windkraft für dieses Wochenende bleiben lassen, bitte? Schließt Frieden, ihr beiden. Und duzt euch, schließlich seid ihr beide meine Gäste.«

Ein Blickwechsel. Waffenstillstand, dachte ich. Maximal bis nach der Hochzeit, sagten Loics Augen.

»Ich muss nämlich eine lebenswichtige Entscheidung treffen.« Sean zog einen Beutel aus der Hosentasche. »Es geht um Nathalies Hochzeitsgeschenk.«

Geschenkberatung war meine Spezialität. »Was steht denn zur Auswahl?«

Ein glatt geschliffener Bernstein glänzte in seiner schwieligen Hand. »Was meint ihr?«

»Strandgut«, sagte Loic. »Schenkst du Nathalie nicht dauernd solches Zeug?« Und an mich gewandt: »Sean ist der berühmteste Strandgutsammler Ouessants. Er sammelt alles, Holz, Planken, Muscheln, Algen – den ganzen Krempel, der hier täglich angeschwemmt wird.«

Sean grinste charmant. »Ouessant besteht nur aus Krempel. Man nennt es ›pense‹.«

Was für ein schöner Name für Strandgut. »Das gibt die persönlichsten Geschenke.« Ich besah mir den Stein genauer.

»Sind das die Konturen der Insel? Ein Krebs mit vier Scheren. Du könntest in der Mitte ein Loch anbringen ... für einen Anhänger. Bernstein bringt Glück.«

Loic schüttelte den Kopf. »Viel zu banal, so ein Stein.«

»Ich habe noch mehr davon.« Sean holte einen weiteren Stein aus dem Beutel, dunkel geschliffen, massiv. »Sieht er nicht aus wie ein Rabe? Raben stehen für Inspiration, und Nathalie ist die inspirierteste Person, die ich kenne.«

Loic sah mich an und verdrehte die Augen. Diesmal musste ich ihm recht geben. »Der Rabe steht bei den Kelten für den Kontakt mit den Toten. Vielleicht nicht ideal für eine Braut.«

»Du kennst dich aus mit keltischen Sagen?«, fragte Loic.

»Ich bin Buchhändlerin. Geschichten sind mein Metier.«

»Da hast du es, Sean.« Er boxte den Jungen in die Seite. »Wenn die Expertin spricht, musst du ihr folgen.«

Sean packte beide Steine wieder ein, er wirkte enttäuscht.

»Was hat sich Nathalie denn gewünscht?«, fragte ich.

»Sie ist wunschlos glücklich, sagt sie.«

»Damit meint sie, sie hätte gern ein Collier aus Gold«, sagte Loic. »Und Diamanten.«

»Nathalie ist nicht so.« Sean sah verletzt aus.

»Wer kennt sie länger? Du oder ich? Na also, sie ist eine ganz normale Frau.«

»Niemand will eine normale Frau sein«, sagte ich. »Ist da vielleicht noch was drin?« Ich sah auf Seans Lederbeutel. Aus dem er nun einen Ring zog. Er war silbern, das Metall an manchen Stellen angelaufen, mit feinen Verzierungen und einem einzigen Stein. Er war nicht grün, nicht blau, nicht grau, nicht braun, nicht schwarz. Er war ...

»... glaze«, flüsterte ich.

»Woher kennst du den Namen?«, fragte Sean. »Wie eine echte Bretonin.«

Und, was soll ich sagen, er hatte mein Herz erobert. »Sieht wunderschön aus. Den solltest du ihr schenken.«

Sean schien hocherfreut. »Würdest du ihn mal anziehen? Damit ich ihn sehen kann.«

Der Ring verwandelte meine Hand in die einer Göttin. Allerdings ging er nicht mehr ab, sosehr ich es auch probierte.

Zum ersten Mal lachte Loic. »Was macht ihr denn da? Willst du Sean heiraten, Tereza?«

5

Sophie-Anne Brassens, die Besitzerin des Hotels »La Comtesse«, in dem ich untergebracht war, hatte kinnlanges Haar mit viel Grau. Sie trug eine weiße Bluse zum schwarzen Rock, darüber die Andeutung einer Schürze. Ihre Eleganz war unerwartet und passte zur Ausstrahlung des Hotels, gehoben und trotzdem gemütlich, in den Farben Weiß, Blau und Braun gehalten.

»Hätten Sie ein Stück Seife?«

Sophie-Anne hob eine Augenbraue, worauf ich ihr den Ring zeigte. »Der hat sich an meinen Finger verirrt. Eigentlich gehört er der Braut.«

Die Seife nützte nichts, der Ring steckte fest.

»Erinnert mich an eine Filmszene.« Sophie-Anne sah sich die Bescherung von Nahem an. »Er sieht schön aus. Vielleicht ist das ein Zeichen.«

Kaum. Eine Heirat stand nicht auf meiner Agenda.

Sie riet mir abzuwarten, bis die Schwellung zurückging. »Zumindest bis nach dem Fest.«

Das »Fest« war die hochzeitliche Vorfeier, zu der das ganze Dorf eingeladen war und für die ich mich gern umgezogen hätte. Leider stand mein Koffer immer noch bei Rosie, und Sophie-Anne war zierlicher als ich.

»Ihr Kleid ist doch wunderbar«, fand sie, als ich die Sachlage erklärt hatte. »Ich mag den Flatterlook.« Damit meinte sie die zerrissenen Enden, die im Wind um meine Beine wirbelten. »Es könnte als Pariser Chic durchgehen.«

Auch eine Option.

»Meine Turnschuhe würden Ihnen passen und wären vielleicht praktischer als die Flipflops.«

Flugs holte sie ein Paar. Ich griff in die Boule-rouge und nahm das Paket heraus. »Das hat mir Rosie vom Fahrradverleih für Sie mitgegeben.«

Sophie-Anne strahlte. »Sie schickt echt der Himmel. Kommen Sie mit.«

Nach einer kurzen Tour durch den weitläufigen Frühstücksraum und ein gemütliches Kaminzimmer führte sie mich in eine niedrige Küche. Die Armaturen waren professionell und modern, während die Schränke aus dunklem Holz und das blau-weiße Porzellan antik wirkten. Auf kleinstem Raum, so schien es mir, kamen hier Tradition und Moderne zusammen.

Sie legte den Inhalt des Pakets auf den Tisch. »Das ist ein echter Far breton, ein bretonischer Kuchenteig. Rosie kann den im Schlaf, und ich bin vieles, nur keine gute Köchin.« Sie bot mir einen Kaffee an.

»*Avec énormément de lait*, bitte.« Mit ausgesprochen viel Milch, so wie ich ihn immer bestellte.

Sophie-Anne wies mich darauf hin, dass die korrekte Bezeichnung dafür »*un grand crème bien blanc*« sei. »Ihres klingt charmanter, ist aber falsch.«

Wieder was gelernt.

»Mit Milch unserer Schafe gemacht«, sagte sie und stellte eine Tasse vor mich auf den Tisch. Ihr Stolz war dezent, aber unüberhörbar.

Sie fing an, den braunen Teigklumpen auszuwallen.

»Wir planen einen meterlangen Kuchen, jede Familie trägt dazu bei.«

»Es wird also ein richtig großes Fest heute Nachmittag. Ob sich Nathalie damit einen Gefallen getan hat? Ich hatte den Eindruck, Sean ist eher der zurückhaltende Typ, nicht sehr erpicht auf viele Gäste.«

Sophie-Anne sah das nicht so dramatisch. »Auf die Männer sollte man da nicht unbedingt hören. Ich finde, Nathalie macht es gut. Sie bezieht die Inselbewohner mit ein, das ist wichtig.«

»Sie mögen sie?«

»Sie meinen, obwohl sie eine Pariserin ist?«

»Wenn Sie mich so direkt fragen … diesbezüglich habe ich in Camaret-sur-Mer schon einiges erlebt.«

Sie wusste genau, wovon ich sprach. »Aber seit Nathalie um Seans Hand angehalten und damit eine ouessantinische Tradition bedient hat, hat sie viele Punkte gutgemacht.«

»Hier haben die Frauen das Sagen?«

»Ja klar.« Sie nickte. »Bootsbauerinnen, Bäuerinnen, Bürgermeisterinnen – es waren die Frauen, die die Süßwasserquelle der Insel entdeckt, Schafe gezüchtet und Kinder großgezogen haben. Auf Ouessant herrscht das einzige wahre europäische Matriarchat.« Sie zeigte um sich. »Es ist ein Erfolgsrezept, das Hotel läuft gut, was will ich mehr?«

Einen Partner vielleicht, dachte ich. Es war auffallend, wie wenig die Männer in den Erzählungen vorkamen.

Ein schepperndes Geräusch riss uns aus dem Gespräch.

Auf der Terrasse, von der Küche aus über eine große Glastür zugänglich, hatte sich ein Sonnensegel aus der Verankerung gelöst, das Flattern erinnerte mich unvermittelt an die Flügel des kleinen Adlers.

Später, dachte ich, überwältigt von der Aussicht auf die Bucht von Lampaul.

»Kann man abends draußen sitzen?« Nur so für den Fall, dass sich mit Gabriel ein Tête-à-Tête ergab.

»Nicht heute.« Sophie-Anne deutete zum Himmel, wo eine fluffige Wolkenformation vorbeizog.

»Ich weiß, der drohende Sturm.« Ich konnte es mir fast nicht vorstellen. »Übertreibt ihr da nicht ein wenig?«

Sie wurde ernst. »Wir müssen uns wappnen. Die Natur steht immer an erster Stelle, sie diktiert unser Tun und nicht umgekehrt. Wir befinden uns auf einem Felsen inmitten der Gezeiten. Wollen sie uns Übles, sind wir weg, bevor wir einmal geseufzt haben.«

Ich folgte ihrem Blick zu den beiden Flaggen, die den Vorplatz von der Straße abtrennten. Einmal bretonisch, einmal eine Frau mit strengen Gesichtszügen, einem gestickten Revers und bretonischer Haube.

»Meine Urgroßmutter«, erklärte Sophie-Anne. »Besitzerin des ersten Inselhotels. Sie wurde nur ›Comtesse‹ genannt.«

»Sie haben keine Flagge gegen die Windkraft?« Ich erzählte ihr nun doch vom Vogel und davon, wie ich ihn in der Nähe des verlassenen Weilers gefunden hatte. »Er hing direkt darunter, an einer Felsnase. Es sah nach menschlicher Gewalt aus. Auch wenn ich es möchte, das Bild lässt mich nicht los. Dem sollte man nachgehen.« Ich erwähnte Gabriel nicht. Keine Ahnung, wie gut die beiden sich kannten.

Sie war bleich geworden und wollte nichts davon wissen, dass dieser Vogel zusammen mit der Flagge aufgehängt worden war, um ein Zeichen zu setzen. »Es war sicher ein Unfall. Wir von der Insel sind manchmal nicht einer Meinung, aber wir raufen uns immer zusammen.«

»Das halte ich in dem Fall für eine Illusion«, sagte ich. »Wie ich erfahren habe, ist Sean dafür, sein Vater Patrick dagegen.«

»Sie werden das hinbekommen.«

Sie wollte nicht mehr darüber reden, das sah ich ihr an. »Haben Sie denn Sean schon kennengelernt?«

»Ein netter Typ, sehr hilfsbereit.« Ganz mochte ich das Thema noch nicht bleiben lassen. »Seine Familie scheint sehr verankert zu sein auf Ouessant.«

»Die Malgornes? Ein ehrwürdiges Geschlecht hier.«

Ich erfuhr, dass sich die Familie Malgorne Anfang des 18. Jahrhunderts auf der Insel niedergelassen hatte.

»Der Leuchtturm Créac'h im Westen der Insel wurde 1862 zum ersten Mal gezündet. Patricks Urgroßvater war Leuchtturmwärter dort. Die Windmühle hat seine Frau betrieben, sie war als Müllerin den ganzen Tag auf den Beinen, er saß im Lampenraum und hat das Meer beobachtet.«

Die Malgornes hatten eine Windmühle? »Dann wäre ihr Land vermutlich geeignet für eine Windkraftanlage.«

Keine gute Bemerkung. Sophie-Annes Stirnrunzeln war enorm. »Ich verstehe nicht ... sind Sie eine Abgesandte von Nathalie?«

»Um Gottes willen.« Wenn ich diese Sache aufklären wollte, musste ich ab sofort subtiler vorgehen. »Es interessiert mich, weil wir bei mir zu Hause das gleiche Problem hatten. Am

Ende haben wir uns für Sonnenkollektoren und eine Regenwassersammeltonne entschieden.«

Das leuchtete ihr ein. »Sie werden es ja doch herausfinden. Patricks Grundstück, die Pointe d'Arlan, ist ein möglicher Standort für eine Anlage. Als Nathalie das Land geologisch und geotechnisch untersucht hat, haben sie und Sean sich kennengelernt.«

»Hat Patrick das zugelassen? Die Untersuchungen, meine ich.«

»Das ist ohne sein Wissen passiert. Patrick ist Fischer und Schreiner, die Mühle ist seine Werkstatt. Er will da bleiben.«

»Das verstehe ich gut.«

»Die Familie Malgorne hätte eigentlich noch ein weiteres Stück Land mit zwei Gebäuden. Aber für Patrick muss es die Pointe d'Arlan sein, er wird niemals nachgeben.«

»Also nichts mit Friede, Freude, Eierkuchen und wir finden eine Lösung.«

»Aber das tangiert die Hochzeit nicht. Vater und Sohn trennen beruflich und privat.«

Das konnte ich kaum glauben. Wenn diese Debatte mal friedlich geführt worden war, hatte sich das verändert, so schien es mir. »Was finden Sie denn? Sind Sie dafür oder dagegen?«

Unsere Blicke trafen sich. Als sie den Mund öffnete, ertönten Stimmen aus dem Entree.

»Entschuldigung«, murmelte sie und floh, ohne zu antworten.

Sie verbirgt etwas, dachte ich. Ich nahm mir vor, bald nachzuhaken.

David, der wilde Camper vom Schiff, war angekommen. Er wollte Mineralwasser und ein Picknick zum Mitnehmen kaufen. Seine älteste Tochter hatte offenbar den ersten Geocache-Hinweis geknackt, nun waren sie auf dem Weg zum zweiten. Die Kinder und die Fahrräder standen auf dem Vorplatz, die drei Kleinen wirkten erschöpft.

Sophie-Anne holte einige Flaschen und bereits vorbereitete kalte Galettes aus dem Kühlschrank.

»Die Campingplätze sind in der anderen Richtung«, meinte sie mit Blick auf die vielen Satteltaschen und das Zelt. »Die Kinder sehen müde aus. Wollen Sie vielleicht eine Pause einlegen?« Sie wies in Richtung Terrasse.

David lehnte ab. »Wir campen beim Leuchtturm Stiff ...«

»Wild? Das ist verboten.« Er tat so, als hätte er ihr Französisch nicht verstanden. »... und müssen das Zelt noch aufbauen vor dem Sturm.« Er bezahlte schnell, packte Flaschen und Galettes ein, ging hinaus und trieb die Kinderschar auf die Räder.

Sophie-Anne schüttelte nur den Kopf. »So ein Idiot.« Unerwartet derb.

»Er will seinen Kindern alles bieten. Vermutlich ist er frisch geschieden.« Die Zeichen hatte ich erkannt: die Art, wie er die Mutter erwähnt hatte, die Unbeholfenheit mit den Kindern.

»Er hätte nur fragen müssen«, meinte Sophie-Anne. »Ich hätte sie auf mein Feld gelassen, genauso wild wie das Terrain beim Stiff und mit Blick auf den Nividic. Auf Privatgrund ist Campen nämlich erlaubt. Nun muss ich mich mit dem Teig sputen.«

Ich folgte ihr zurück in die Küche. Die Bauweise mit dem Schrank und dem angrenzenden Holztisch erlaubte es ihr, gleichzeitig den Teig auszuwallen sowie die Temperatur des Ofens und die vorbeiführende Straße im Blick zu haben. »So sehe ich, wer abreist und wer ankommt. Das Dorf füllt sich.«

»Achthundert Einheimische und die auswärtigen Hochzeitsgäste ... die Kirche wird platzen morgen.«

»Unterschätzen Sie unsere Kirche nicht. Da haben schon viele wichtige Ereignisse stattgefunden, traurige und fröhliche. Das Wichtigste war die Spende des Glockenturms durch Queen Victoria nach dem Untergang der Drummond Castle.«

Das Schiff? Ich hielt den Atem an. Wie seltsam, dass Sophie-Anne dieses Thema erwähnte. Ich dachte an Gabriels Novelle in der Boule-rouge, an den Titel »Reise in die Hölle«.

Sophie-Anne wirkte gedankenverloren. »In der Passage du Fromveur hat sie Schiffbruch erlitten.« Sie machte eine Kopfbewegung. »Direkt vor der Küste, keine zwei Kilometer von hier.«

»Da wurde mir heute schlecht. Ab der Hälfte war die Überfahrt ein Alptraum.«

»Sie sind nicht die Erste, der es so geht. Aber Sie haben es überlebt.«

»Im Gegensatz zu den Leuten damals. Ich habe von dem Unglück gehört. Können Sie mir sagen, was passiert ist?«

»Natürlich. Ich mache Führungen dazu, einmal in der Woche, auf Molène.« Sie nahm einen Schluck Wasser. »Die Drummond Castle war ein hundertzehn Meter langer Fracht- und Passagierdampfer der britischen Reederei Castle Line. Sie hat Kapstadt in Südafrika auf dem Weg nach London am 28. Mai 1896 verlassen. Und am 16. Juni ist sie vor Ouessant eingetroffen.«

Die Novelle von M. Abel erzählte also eine wahre Geschichte. Mein Herz schlug ein wenig schneller. Gab es einen Zusammenhang mit der Hochzeit, den Gabriel ahnte? Steckte eine Warnung dahinter, die ich herauslesen sollte?

»Es ist lange her.«

Sie nickte. »Das Unglück ist hier immer noch so in den Köpfen der Leute, als ob es sich gestern ereignet hätte. Es herrschte dichter Nebel, der Kapitän dachte, er sei bereits an Ouessant vorbei, und nahm Kurs auf das, was er für den Leuchtturm Créac'h hielt.«

»Aber er hat sich geirrt.«

»Wie gesagt, es war neblig. Anstatt in den Kanal einzubiegen, steuerte er direkt auf das Pierres-Vertes-Riff zu. Das liegt am Eingang der Passage du Fromveur, zwischen Ouessant und der kleinen Insel Bannec. Kurz vor dreiundzwanzig Uhr lief das Schiff auf eines der Riffe auf. Es muss einen unermesslichen Ruck gegeben haben.«

Ich schloss die Augen, probierte, mir das vorzustellen. »Wie viele Leute waren an Bord?«

»Die Angaben variieren. Vermutlich waren es zweihundertfünfundvierzig. Besatzung und Passagiere. Viele von ihnen Briten und Schotten.«

Gabriel war Schotte.

»Einige haben gefeiert, wie es üblich war am Vorabend der Ankunft. Die meisten aber waren bereits in Nachthemden und im Bett.«

»Oh Gott.«

»Der Rumpf wurde über die gesamte Länge aufgerissen, es gab keinen doppelten Boden, das Wasser drang schnell ein. In weniger als fünf Minuten ist sie gesunken. Alle bis auf drei waren tot.«

»Eine der drei ... war das vielleicht eine Frau namens Mabel?«

»Wie kommen Sie darauf?« Sophie-Anne wirkte überrascht, der Gedanke schien ihr gänzlich fremd. »Keine Frau hat überlebt. Nur ein Passagier und zwei Besatzungsmitglieder.«

»Aber wieso ist dieses Schiffsunglück immer noch so präsent? Nach fast hundertdreißig Jahren.«

»Unsere Fischerboote waren viele Wochen lang damit beschäftigt, Leichen zu bergen, an den Stränden, in den Felsen, zwischen Klippen, auf Ouessant und Molène. Sie haben sie in Särgen oder Bettlaken beigesetzt, allein einundzwanzig Opfer in Molène, auf dem heutigen Friedhof der Engländer. Der Jahrestag ist der 16. Juni. Wir begehen ihn jedes Jahr.«

Ich erstarrte. »Das ist morgen. Der Tag der Trauung. Ist das ein schlechter Witz?«

»Ich habe es auch erst gemerkt«, erklärte Sophie-Anne, »nachdem die Einladungen schon verschickt waren. Ein unglücklicher Zufall.«

So ein Zufall wie der tote Vogel. Hier ging einiges ab, schien mir. Und Gabriel war nicht nur zum Spaß hier. »Wieso hat sich niemand gewehrt?«

»Ich glaube, es ging einfach unter.«

Oder jemand wollte den Brautleuten eins auswischen, dachte ich. Isidore fiel mir ein, wie er bei der Erwähnung des Datums den Mund verzogen hatte. Das war vor wenigen Stunden gewesen, aber es kam mir vor wie Tage.

Sophie-Annes Handy klingelte. Sie lauschte und sah mich

an. »Gabriel Mahon«, sagte sie. »Er lässt fragen, wo Sie bleiben. Er wollte Sie anrufen.«

»Wohnt er hier im Hotel?«

»Er ist bereits auf dem Fest. Er ist ungeduldig, aber …«, sie lächelte und wirkte wieder ganz entspannt, »… das schadet nichts, glaube ich.«

Das sah ich genauso. »Sagen Sie ihm, in einer halben Stunde. Davor habe ich noch etwas zu tun.«

Reise in die Hölle/Kapitel 2 TANZ MIT DEM FEUER

Vor Las Palmas, 8. Juni 1896

»Um einundzwanzig Uhr«, hatte Mabels neue Freundin Tilly, das Dienstmädchen der Nachbarsfamilie, gesagt. »Bei der unteren Kommandobrücke, dann nehme ich dich mit.« Durch die geöffnete Kabinentür sah Mabel die Uhr auf der zierlichen Kommode im Salon. Sie zeigte fünf Minuten vor einundzwanzig Uhr. War Mabel zu Anfang dankbar gewesen für die kleine Einzelkabine in Celias Suite, die außerdem aus einem Salon, einem Schlaf- und einem Kinderzimmer bestand, hatte sich das längst geändert. Der Frühstücksraum, das Raucherzimmer, der Salon für die Damen und das Oberdeck für die erste Klasse – es war unglaublich langweilig, die Aktivitäten waren den Herrschaften vorbehalten, es gab keine Abwechslung für Gouvernanten wie Mabel. Im Unterbauch des Schiffes hingegen, wo es ständig rumpelte und stank, wurde jede Nacht gefeiert.

»Mit Orel Pindy«, hatte ihr Tilly zugeflüstert.

Mabel dachte oft an ihn. Er war groß, größer als alle, die sie je gekannt hatte. Das seidene Haar fiel ihm unter der blauen Krempe der Offiziersmütze wie ein Vorhang über die Augen.

»Am liebsten würde ich jeden Abend da hingehen«, sagte Tilly, »aber meine Herrin passt auf wie ein Gschaftelhuber. Ich komme kaum weg.«

Celia Wilkinson war da ganz anders. Sie ließ Mabel ihre Freiheit, solange sie ihre Aufgaben erfüllte. Darum hatte sie sofort zugesagt, als ihr Tilly eben beim Tee zugeraunt hatte, sie habe heute ausnahmsweise frei und ob Mabel mitkommen wolle. »Sobald die Kinder im Bett sind.«

Nun schliefen George und Fiona, die beiden Älteren, Celia

besuchte einen Bridgeabend. Nur Klein Alice, als hätte sie es gespürt, war unruhig.

»Wann sind wir zu Hause?«, fragte sie und robbte um die eigene Achse, bis die Bettdecke zur Seite fiel.

Mabel strich ihr die verklebten Locken aus dem Gesicht und steckte die Decke wieder fest. »Bald, Süße. Nur noch wenige Male schlafen.«

Mit einem Nicken erlaubte sie Honey, ins Bett zu schlüpfen. Er schnüffelte Alices Gesicht ab, bevor er sich neben sie kuschelte. Alice bewegte sich noch eine Weile hin und her, ihre Augenlider hoben und senkten sich im Rhythmus der Schiffsbewegungen.

Mabel zählte bis hundert und zurück. Besah sich die Gegenstände im Zimmer, um sich abzulenken. Celias Spitzentanzschuhe, die am Boden lagen. Offenbar hatte Alice damit gespielt. Sie musste sie in Celias Zimmer zurückbringen, sie waren ihr sehr wichtig.

Als Mabel sich vorsichtig erhoben hatte, schoss Alices kleine Hand unter der Bettdecke hervor. »Mabby. Bleibst du bei mir?«

Mabel ließ sich zurücksinken. »Natürlich.«

»Auch wenn wir wieder zu Hause sind?«

Aber Mabel hatte andere Pläne. Sie wollte studieren. In Celia Wilkinsons Zeitung hatte sie gelesen, dass es an der Glasgower Universität einen Studiengang für Frauen gab, Mathematik und Philosophie sowie französische Literatur. Das Erste, das sie zu tun gedachte, wenn sie wieder festen Boden unter den Füßen hatte, war, bei der Universität vorstellig zu werden. Sie war begabt, nur darum hatte sie den Posten bei den Wilkinsons bekommen. »Die Kinder sollen außer anständigem Englisch auch Französisch lernen«, *hatte Colin Wilkinson befunden. Er tat alles, um seine bäuerlichen Wurzeln zu überdecken.*

»Mabby?« *Niemand außer Alice nannte sie so.*

»Schlaf jetzt, meine Süße.«

»Warum?«

»Schlafen ist wichtig.«

»Ich will nicht.«

Alice schlief immer als Letzte der Geschwister ein und war als Erste wieder wach.

»Wieso eigentlich? Wieso willst du nicht schlafen?«

»Es ist ein Geheimnis.« Sie zog Mabel ganz nah zu sich. »Ich habe Angst, dass mich das Meermonster holt.«

»Wer hat dir davon erzählt?«

»Vater. Er hat gesagt, dass die Göttin Morwen unten auf dem Meeresboden hockt. Wenn ein Boot vorbeifährt, hebt sie ihre Arme, und es kippt. Wir fallen alle ins Wasser, plumps. Sie umschlingt uns und verschluckt uns.«

Alices Augen waren riesig. Mabel wunderte sich einmal mehr darüber, wie treffend die kaum Dreijährige die Dinge beschreiben konnte.

»Das ist nur eine Sage.«

»Vater sagt, dass er die Göttin Morwen kennt. Man kann sie nur beruhigen, wenn man ganz artig ist, sagt er. Darum soll ich immer tun, was Vater sagt.«

»Was solltest du denn tun?«

Alice fasste nach einer Strähne, die sich aus Mabels Frisur gelöst hatte. »Stillhalten. Vater hat gesagt, ich soll stillhalten.«

»Dein Vater wollte dir nur ein wenig Angst einjagen.« Mabel nahm sie in die Arme. »Hier gibt es nichts, was du fürchten musst. Die Monster sind alle in Kapstadt geblieben.«

»Schwörst du?«

»Großes schottisches Ehrenwort.«

Pause. Stille. Was hatte sie mit stillhalten gemeint? Mabel lief es kalt über den Rücken.

»Wo sind wir eigentlich, Mabby?«

»Gestern sind wir in Las Palmas losgefahren. Es ist nur noch ein Katzensprung bis nach Frankreich.«

»Oder ein Hundesprung«, sagte Alice und fuhr Honey über das Fell.

»Psst«, sagte Mabel.

Alice kicherte. »Lass Honey in Ruhe, sonst wacht sie auf. Und sie braucht den Schlaf, damit sie morgen wieder mit dir spazieren gehen kann.«

Mabel staunte. »*Du klingst genau wie ich.*«
»*Ich höre dir einfach zu. Und dann sage ich es auch.*«
Mabel verfolgte, wie Alices Lider sich erneut senkten. Sie zählte von zehn rückwärts.
»*Mabby?*«, *fragte Alice bei zwei.* »*Wo ist Mama? Tanzt sie wieder auf den Spitzen?*«
»*Sie spielt Bridge. Und danach gibt es ein Dinner.*«
Mabels Blick wanderte zur Uhr. Vielleicht war das Fest auch schon vorbei. »*Mama isst nie. Ihr ist immer schlecht. Was ist schlecht, Mabby?*«
»*Deine Mama verträgt die Wellen nicht so gut. Aber jetzt geht es ihr viel besser.*«
Nach der Abfahrt von Kapstadt hatte Celia nur gehustet, geschlafen, gehustet und geschlafen. Bis Mabel eines Abends für sie in der Bibliothek ein Buch holen sollte.

Da saß der Fünfte Offizier Orel Pindy auf einem Stuhl, umgeben von einigen Passagierinnen der ersten Klasse, und las ihnen vor, mit einer rauen Note in der tiefen Stimme.

»*Was ist hier los?*«, *hatte Celia gefragt. Sie war Mabel gefolgt, als diese nicht wiederkam.*

»*Pardon, ich habe die Zeit vergessen*«, *hatte Mabel geflüstert.* »*Auf dem Plakat stand ›Lesung aus Huckleberry Finn‹. Aber er liest …*«

»›*Jane Eyre‹. Von Charlotte Brontë.*« *Celias Stimme hatte lebendig geklungen. Sie hatte sich in einem Sessel niedergelassen und Orel gelauscht. Das hatte Mabel nicht gefallen, sie hatte das Gefühl, sie habe Orel entdeckt, er gehöre ihr und nicht Celia Wilkinson.*

Zweiundzwanzig Uhr war längst vorbei, als Alices Atem endlich so tief und regelmäßig wurde wie das leise Schnaufen einer Lokomotive.

»*Pass gut auf die Kinder auf*«, *flüsterte Mabel der schlafenden Honey zu und hob die Spitzenschuhe auf.*

Im Salon blieb sie stehen. Die Tür zu Celias Zimmer war halb geöffnet, auf dem Nachttisch lag eine Kopie von »*Jane*

Eyre«, unter dem Bett schaute die hölzerne Kassette mit dem Schmuck hervor, die Celia normalerweise nicht aus den Augen ließ. Mabel verstaute die Spitzenschuhe im Schrank. Ihr Blick fiel auf das Kostüm, das Celia heute getragen hatte. Es war tailliert, mit einer Jacke und Knöpfen, Mabel hatte den Fleck rausbekommen. Sollte sie es wagen? Was, wenn Celia sie erwischen würde?

Ohne weiter zu überlegen, griff sie danach und zog sich um. Das Kostüm saß etwas zu eng, sie nahm ihren weichen Wollschal, ein Blick in den Spiegel. Sie ähnelte der Dame, von der sie dachte, dass sie nie so eine werden würde.

Beim Treppenabsatz war keine Tilly. Über die Wendeltreppe stieg Mabel hinunter, auf die Musik zu, die anfänglich noch vom Motorengetöse überdeckt, aber zusehends lauter wurde.

Erst sah sie vor lauter Rauch und Feuchtigkeit nichts. Sie nahm die Brille ab und steckte sie in die Tasche des Rockes. Ein Fiedler, einer mit dem Banjo, es war laut, wild, erleuchtet von Kerzen. Junge Männer tanzten mit Mädchen oder mit Frauen aus der zweiten Klasse, Männer tanzten mit Männern. Sie wirbelten sich gegenseitig herum, einer küsste seinen Freund, einige saßen an der Seite, die meisten standen. Schlugen mit Löffeln an die metallenen Verstrebungen und gaben den Takt an. Orel war nirgends.

»Tanzen wir?« Peebles mit den abstehenden Ohren. Mabel hatte schon einige Male mit ihm gesprochen. Er hatte sein Käppi in der Hand und verneigte sich.

Mabel lachte unsicher und wandte sich ab. Sie würde wieder nach oben steigen.

Beim Eingang war ein Gedränge, manche gingen, viel mehr kamen, Tilly stand an einer improvisierten Bar, hielt eine Zigarette und kippte einen Drink, den Blick glasig in die Menge gerichtet. In Richtung … Orel Pindy, der mit einer Frau tanzte. Sie trug ein silbernes Kleid, lehnte den Kopf an seine Brust. Er hielt ihre Hand auf der Höhe seines Herzens und hatte die Augen geschlossen. Sie tanzten langsam, gegen den Rhythmus.

Ihr Gesicht wurde einen Moment von einer der Lampen erhellt, und Mabel schnappte nach Luft. Es war Celia Wilkinson. Sie war nicht beim Bridgeabend. Sie hatte alles nur vorgegeben, um sich hier unten mit Orel Pindy zu treffen.
»Was für ein Paar.« Tilly war neben sie getreten, sie stank nach Alkohol, ihre Schminke war verschmiert. »Und dabei wäre er so perfekt gewesen. Er wollte mich heiraten. Dann wäre ich in seine Wohnung nach Brest gezogen und hätte nie mehr jemandem dienen müssen.« Sie nahm einen Zug von der Zigarette. »Alles gelogen.« Sie blies Mabel den Rauch ins Gesicht. »Deine Herrin, nicht wahr? Was für ein Luder. Tut so, als wäre sie krank, und dabei ... Pfui Teufel. Sie ist sicher zehn Jahre älter als er.«
Ein Matrose drängte sich zwischen sie. »Tanzt ihr?«
Anstatt einer Antwort küsste Tilly ihn auf den Mund. Lang und tief und feucht. Er zog sie auf die Seite, zu einem verrauchten Gang, wo sich weitere Paare rumdrückten, eins neben dem anderen, eng umschlungen.
Mabel hatte genug. Hocherhobenen Hauptes ging sie an Orel vorbei. In dem Moment hob sich das Schiff, sodass sich Mabel am Türpfosten festklammern musste. Das Schiff hob und hob und hob sich. Am höchsten Punkt, als es ganz schräg stand, verharrte es. Bevor es sich mit einer schnellen Bewegung wieder senkte.
Mabel war wie gelähmt, das Rufen und Schreien drang erst allmählich in ihr Bewusstsein. Sie sah gestürzte Menschen, weinende Menschen, jemand lag reglos auf der Seite.
»Geht alle zurück in die Kabinen!« Es war Orel Pindy, der das Chaos überbrüllte. »Alle zurück!«

Ich ließ das Buch sinken, das ich, im Windschatten auf der Terrasse sitzend, verschlungen hatte. Stand der Untergang der Drummond Castle unmittelbar bevor?

Der Drang weiterzulesen war groß, und gleichzeitig hatte ich Angst. Angst um die Figuren, um Celia, Alice, Honey, Orel und vor allem ... um Mabel. M.Abel hieß die Autorin. Damit musste

Mabel gemeint sein. Die Geschichte war autobiografisch, das spürte ich mit der ganzen Kraft meines literarischen Herzens. Ich schälte mich aus der Decke, erhob mich und ging durch den immer stärker aufkommenden Wind bis zur Brüstung. Die Sonne stand im Zenit, im Westen hatte sich eine Wolkenwand aufgebaut wie eine sorgfältig ausgesägte Kulisse, die vom Bühnenbildner immer mehr ins Zentrum geschoben wurde. Aber eigentlich gab es hier nur das Meer. Das Meer, das Meer und noch mal das Meer, von dem mich vielleicht dreihundert Meter trennten. Kein Hafen, keine schaukelnden Boote, auch kein lang gezogener, feiner weißer Sandstrand oder durchsichtiges Wasser. Das hier war der Ozean, der Atlantik, Le Grand Large, wie er auch genannt wurde. Der große Mächtige. Kein Gegner, mit dem man sich anlegen sollte. Die Wellen rauschten, es klang, als ob ein endloser Zug durchführe. Die Farben schillerten in allen Variationen von Blau, Kobalt, Azur, Tinte. Gold und Bernstein sah ich, Anthrazit. Lichte Limonen, schmutziges Pink, dunkelstes Schwarz. Das Zusammenspiel brachte meine Augen zum Flirren.

Der Wind hatte schon wieder gedreht. Kam er aus Osten? Oder doch aus Norden? Schneeweißes Gebirge, Wolken und Gischt, Meer und Himmel gingen ineinander über. Und plötzlich schien es mir, als ob eine Stimme flüsterte. War es Mabel, war es Alice, war es Celia? Annie, meine Patentante, die mir die »Villa Wunderblau« und damit ein neues Leben vermacht hatte? Oder war es … meine Mama? Ihr Flüstern schob sich übereinander, es umkreiste mich, hüllte mich ein.

»Geh, Tereza, und kämpfe für uns.«

Es zog mich nach vorn, mit großer Kraft, ich wollte die Flügel ausbreiten und in die Himmelskuppel aufsteigen. Was hatte Gabriel gesagt? Die Phantasie sieht, was sie sehen will.

Mein Handy summte.

»Wo bleibst du, Tereza, *nom de Dieu*? Sophie-Anne ist da, alle sind da. Das Konzert fängt gleich an.«

7

Ich machte mich frisch, wischte die Jeansjacke sauber und schlüpfte in Sophie-Annes Turnschuhe. Die Festoù-Noz in der Bretagne, was soll ich sagen, ich liebte sie. Oft kurzfristig organisiert, egal, bei welchem Wetter, mit Musik und einfachem Essen, Tanzen und Plaudern, waren sie Ausdruck des Lebensgefühls hier oben und sorgten dafür, dass man die Konflikte, mochten sie auch noch so groß sein, einen Moment ruhen ließ. Auf dem Weg ins Zentrum von Lampaul kam ich an einem kleinen Markt mit Kleidern, Früchten und Käse vorbei. Die Straße dahinter führte nach unten, direkt ins Meer, so schien es. Wo auch immer ich hinsah, war das Meer. Der Platz selbst war nicht besonders groß, umsäumt von einigen Läden, dem Tourismusbüro, einem Café, einem Take-away und einem Pub. Er war voller Menschen, eine windverwehte Mischung aus Touristen und Einheimischen, die alle gekommen waren, um den Polterabend von Nathalie und Sean zu feiern.

Im Hintergrund erhob sich der Turm der Kirche Saint-Paul-Aurélien, die hier »Kathedrale« genannt wurde. Da oben also hing die Glocke von Queen Victoria, und hier sollte die Trauung stattfinden. Sie war unerwartet groß, etwas abweisend in ihrem Granitschiefergrau, und ich konnte mir gut vorstellen, dass Sean überhaupt keine Lust hatte, sich da vor einen Altar zu stellen.

Irgendjemand hat Nathalie falsch beraten, dachte ich erneut. Ich hoffte, sie bald kennenzulernen und Gelegenheit zu haben, einige Worte mit ihr zu wechseln.

Der Wind mischte die Kuchendüfte mit asiatischen Gerüchen, worüber ich mich nur so lange wunderte, bis ich den Namen über dem Take-away-Lokal las. »Mishi, the Indian Thai«.

»Mishi kocht formidabel«, erklärte mir Auguste. Er schleppte einige Kisten in Richtung der improvisierten Bar. »Die Getränke sind bald ausverkauft, es sind viel mehr Leute gekommen, als wir gedacht haben.«

»Er hat Mut.« Ich meinte den mir noch unbekannten Mishi.

»Ein indisches Thai-Restaurant auf Ouessant.«

»Er feiert heuer sein Zehnjähriges. Der Laden läuft gut, auch im Winter.«

Und trotzdem bleibt er ein Auswärtiger, dachte ich. »Wo ist Sophie-Anne?«

Sie war dabei, ihren Kuchen einzureihen, bejubelt von den Umstehenden, die nicht mit Ahs und Ohs sparten. Ein hagerer Typ mit ungesunder Ausstrahlung fiel mir auf, weil er über seinem spärlichen Haar eine Nein-Mütze in Blau trug und Birkenstocksandalen an den auffallend großen Füßen. Er sah nicht auf den Kuchen, sondern zu einer Frau, die sich mit Sophie-Anne unterhielt.

Er ist immer noch in sie verliebt, und sie ist es leid, dachte ich. Sie war so groß wie er, trug Jeans, Windjacke und keine Mütze. Als Sophie-Anne mich erspähte, stellte sie uns vor.

»Linda Harper, eine bekannte Comiczeichnerin. Wird von manchen ›die Engländerin‹ genannt.«

»Sind Sie eine?«, fragte ich.

»Seit über zwanzig Jahren hier wohnhaft, samt französischem Pass.«

»Aber noch keinem bretonischen.«

»Den gibt's erst im Himmel.«

Sophie-Anne lachte. »Weil sie immer auf dem Sprung ist.«

Linda Harper wehrte sich. »Zweimal im Jahr, meine Liebe, für die Buchmessen in London und Edinburgh.« Und zu mir gewandt: »Das ist die wichtigste Frage hier: Kommst du gerade an, oder gehst du weg?« Ihr Blick war prüfend. »Sie sind gekommen?«

»Wegen der Hochzeit. Ich suche eigentlich Gabriel Mahon. Es soll ein Konzert geben.«

»Da will ich auch hin, die Bühne ist vor dem Kirchenportal.«

Sie schritt vor mir her durch die Leute, grüßte da und dort, schien bestens integriert. Ich deutete auf einige Mützen mit der Nein-Parolen-Aufschrift.

»Sie tragen keine?«, fragte ich und schloss zu ihr auf. Nun

gingen wir zusammen, als wären wir alte Freundinnen. »Eine Anti-Windkraftwerk-Mütze?«

Linda Harper schüttelte den Kopf. »Ich bin dafür. Als die Firma ›Ecovent‹ einen Teil unseres Grundstücks als für geeignet erklärt hat, habe ich einer Verpachtung sofort zugestimmt.«

Ein geeignetes Grundstück – den Ausdruck hatte ich doch schon mal gehört. »Wohnen Sie an der Pointe d'Arlan? So wie Patrick Malgorne?«

»Nein, es geht um drei verschiedene Grundstücke. Die Pointe d'Arlan ist eines davon, unseres ist das zweite.«

Das hatte Sophie-Anne nicht erwähnt. Bei ihr hatte es so geklungen, als ob Patrick Malgornes Grundstück das einzige wäre. »Können Sie mir sagen, was es geeignet macht?«, fragte ich.

»Es sollte flach sein, nicht viel Buschwerk enthalten, möglichst wenig Mauern. Unseres liegt am anderen Ende der Insel, es trägt den Namen ›Die Windmühlen von Karaës‹. Eine steht immer noch da, völlig intakt. Auch wenn sie nicht mehr in Betrieb ist.«

»Wie bei Patrick Malgorne.«

»Natürlich. Die alten Müller wussten schon, warum sie wo gebaut haben. Mühlen brauchen Wind, und der weht auf beiden Grundstücken besonders günstig.«

»Wo ist das dritte Grundstück?«

Ich warf Linda einen Seitenblick zu und sah, wie sich ihr Gesicht verdüsterte. »Weiß ich nicht.«

»Sollen denn drei Anlagen gebaut werden?«

»Nein, nur eine, aber niemand glaubt das. Es gibt Gerüchte und Spekulationen, manche befürchten einen riesigen Windpark, der sich über die Insel zieht und die ganze Bretagne mit Strom beliefern soll.«

»So ein Blödsinn«, sagte ich. »Loic Martin ist mir begegnet, und er hat nichts Derartiges erwähnt.«

»Dann kennen Sie ja den Kern des Problems. Es heißt Loic Martin.« Linda Harper blieb stehen. »Er ist hier eingedrungen wie das schlimmste Klischee eines Parisers. Der Mann kann vielleicht Ingenieure hinter sich vereinen, Firmen gründen, Finanzierungen zustande bringen, aber von Kommunikation hat er keine Ahnung. Die Kampagne war von Anfang an eine komplette Katastrophe. Das Schlimmste war, dass er die Zustimmung der Bevölkerung für selbstverständlich hielt. Als er merkte, dass keiner auf ihn gewartet hat, reagierte er arrogant. Sein einziger geschickter Schachzug war, Nathalie herzuholen. Sie ist ihm fachlich überlegen und dabei ziemlich bescheiden, sie sucht den Kontakt und hat die undankbare Aufgabe, in Ordnung zu bringen, was er verbockt.«

Eine ganz schön schonungslose Analyse.»Dass Sean und sie heiraten wollen, ist vermutlich für manche schwer zu akzeptieren«, sagte ich.

Sie verzog den Mund.»Wo die Liebe hinfällt ... die beiden brannten wie Kerzen. Ehrlich gesagt, manchmal ist mir ein wenig mulmig zumute.«

Sie hatte »brannten« gesagt, nicht »brennen«. Also hatte sich etwas verändert. Das war der Moment, ihr von dem Vogel zu erzählen. Sie hörte mir aufmerksam zu und wollte ganz genau wissen, wie der »Tatort« ausgesehen hatte.

»Ich kann es nicht glauben. Einfach so aufgehängt? An einer natürlichen Felsnase?«

»Mit durchbohrtem Hals. Und daneben die Nein-Flagge.«

»Weiß es Mahon?«

»Er behauptet, es war ein neugieriger Jungadler.«

Sie war sichtlich fassungslos.»Das ist Tierquälerei. Und Sie denken, dass es ein Befürworter gewesen sein könnte?«

Ich zuckte die Schultern.»Ich habe mir Notizen gemacht und auf dem Weg hierher alles ganz genau überlegt. Es könnte auch ein Gegner gewesen sein. Die Symbolik ist nicht eindeutig. Bislang scheinen mir die Gegner aggressiver in ihren Aussagen.«

Linda Harper sah mich an.»Messerscharf.«

Ich tätschelte die Boule-rouge.»Die Flagge habe ich bereits hier, den Vogel hole ich auch noch von der Felsnase runter. Und lasse beides untersuchen. Dann wird es sich schnell zeigen.«

»Das wäre Mahons Aufgabe.«

»Wie gesagt, er verharmlost es.«

»Mein Mann wäre genauso.«

»Mahon ist nicht mein Mann.«

»Ich dachte, so wie er von Ihnen gesprochen hat.«

Trotz allem, das zauberte mir ein Lächeln aufs Gesicht. »Wir sind eher wie Katze und Hund.«

»Ist wie bei Tom und mir. Meist kriegen wir uns wieder ein. Aber die Windkraft bringt uns an unsere Grenzen.«

Ich sah zu dem Sandalenmann. Das also war der unflexible Tom, der von Auguste der blaue Maler genannt wurde. »Ich habe mit einem seiner Freunde gesprochen.« Ich erzählte von der Begegnung mit David Zürcher am Hafen.

»Herr Zürcher ein Freund?« Linda Harper wunderte sich.

»Ich würde sagen, ein flüchtiger Bekannter. Und der ist hier?«

»Er wollte Sie besuchen kommen. Unter uns gesagt, er ist frisch geschieden, hat vier Kinder dabei und will wild campen. Er scheint mir ziemlich überfordert. Woher kennen Sie ihn?«

»Tom kennt ihn aus Paris. Ich glaube, er hat bei ihm einen Malworkshop besucht.«

»Tom soll ein sehr sorgfältiger Maler sein, habe ich gehört.«

Sie warf mir einen Blick zu. »Tom? Seit Jahren dasselbe Gemälde, ein Jahrhundertwerk. Er jagt das einzige, das wahre, das echte Ouessantiner Blau.«

Die ewige Suche nach dem Blau, von der hatte man mir auch in Camaret-sur-Mer schon erzählt. »Kann man es finden?«

Sie seufzte. »Nachdem er irgendwo in einer industriellen Farbpalette ein ›Oussantin‹-Blau entdeckt hat, wurde er wütend. Er will denen zeigen, dass sie nicht nur keine Ahnung, sondern kein Recht haben, den Namen zu verwenden.«

Das klang nach einer Lebensaufgabe. »Verdient er damit Geld?«

Sie winkte ab. »Davor hat er ab und zu was verkauft, aber er muss das Bild erst beenden, um wieder neu anfangen zu können.«

»Ein Thema, das zu der Insel passt.«

»Sie haben den Spirit schon erfasst. Sollen wir uns vielleicht duzen?«

Wir holten uns an der Bar einen Pamplemousse, einen Rosé mit Grapefruitnote, das örtliche Lieblingsgetränk. Dann erzählte Linda mir, dass sie von ihren Einkünften als Comiczeichnerin lebten. »Im Moment leide ich allerdings am ›Zeichners Block‹.«

»Zeichners Block?« Ich lachte ein wenig. »Das ist eine schöne Wortkreation.«

»Für was Mühsames. Mir fällt keine Geschichte ein, und dabei soll ich Ende des Monats liefern.« Sie sah grimmig aus. »Ich krieg es hin, ich krieg es immer hin.«

Eine Frau nach meinem Geschmack. Sie seien kurz vor der Jahrhundertwende nach Ouessant ausgewandert, nachdem sie auf Urlaub hier gewesen waren. »Wir haben das Haus gesehen und uns verliebt. Ein *coup de foudre*, auf den ersten Blick. Die Besitzerin, die Frau des ehemaligen Müllers, war alt, sie hat es uns samt einem riesigen Grundstück verkauft, per Handschlag innerhalb von zwanzig Minuten. Seither sind wir nie mehr weggegangen.«

»Kein Heimweh?«

»Anfänglich schon.« Sie hätten mit den Finanzen gekämpft, aber nun laufe es ganz gut. »Mein Inselschaf namens Ouessie kommt bei mir zu Hause in England sehr gut an.«

Ouessie, das Schaf. Wie originell.

Ich bot ihr an, ihre Bücher in mein Angebot aufzunehmen. Sie bedankte sich. »Nach fast zwanzig Jahren kann man sie endlich auch hier kaufen, im ›Finis Terrae‹.«

»Die kleine Buchhandlung beim Leuchtturm Créac'h? Da will ich morgen unbedingt hin. Wenn ich es schaffe, wegen der Hochzeit.«

»Morgen?« Skeptisch sah sie zur Wolkenwand. »Morgen gehen wir weder zu Leuchttürmen noch zu einer Trauung, wir bleiben alle schön in unseren Häusern.«

Wie zur Bekräftigung erhob sich ein Windstoß und fegte einige Gläser von einem Tisch. Sofort eilten mehrere Leute herbei, um die Scherben aufzuräumen.

Ein Gitarrenriff ertönte. Ein Mann mit Gitarre hatte die Bühne vor dem Kirchenportal betreten und begann zu spielen. Ein Banjo kam dazu und dann eine Geige. Den Klang hätte ich aus Tausenden herausgehört. Er wurde erzeugt vom Helden meiner unruhigen Träume, Gabriel Mahon. Im Ledermantel, mit den Cowboyboots, dem kurzen schwarzen Haar, dem bleichen Gesicht und den Augen in der Farbe Glaze. Unwillkürlich fasste ich den Ring an. Noch immer saß er fest auf meinem Finger, hatte sich so in mein Fleisch gebohrt, dass ich ihn fast vergessen hätte. Die Leute kamen näher, drängten sich vor der Bühne, bestimmt hundert oder mehr.

Nun hatte Sean seinen Auftritt. Er hatte sich umgezogen, trug Anzug, Hemd und Krawatte, trat ans Mikrofon und begrüßte die Leute, lud sie ein, mit ihm und Nathalie den Polterabend zu feiern, das Essen werde spendiert, die Getränke sollte man selbst bezahlen. Kräftiger Applaus war die Antwort.

Dann spielte die Band. Ein irisch-bretonischer Song mit rockigem Sound. Es war lange her, dass ich Gabriel bei einem Konzert erlebt hatte. Ganz konzentriert, in sein Instrument versunken, schaffte er es, die Noten wie Strandperlen aufzureihen und diesen silbernen Klang zu erzeugen, der den Wind und den Applaus überwand und mich direkt ins Herz traf.

Beim fünften Song, dem irischen Klassiker »Dirty Old Town«, stand auch ich in der ersten Reihe. Gabriel ließ die Geige sinken und sang die zweite Stimme, zusammen mit dem alten Gitarristen, der aussah wie eine wettergegerbte und leicht geschrumpfte Ausgabe von Sean.

Als Gabriel mich endlich bemerkte, blitzten seine Augen auf, er lächelte ein wenig, und ich fühlte mich wie ein überreifes Groupie. Wieder gab es Applaus, und noch mehr, als Gabriels Hut davongeweht wurde, zusammen mit seinem Halstuch.

»Der Sturm kommt, seien wir stürmisch!« Er hielt das Mikrofon in einen Windkanal, und die Geräusche brachten den Platz zum Beben. Bis Sean sich das Mikrofon schnappte.

»Ich singe euch eines meiner Lieblingslieder für … Nathalie.« Alle verstummten ehrfürchtig, als er den Klassiker von

Jacques Brel anstimmte. Die Instrumente wurden leise, nur noch die Andeutung einer Begleitung. Sean sah in Richtung einer jungen Frau. Der einfache Leinenrock und die Kette, die in der Abendsonne glitzerte, strahlten unaufgeregten Pariser Chic aus. Das schwarze Haar flatterte, eine riesige Sonnenbrille verdeckte ihre Augen. Sie wirkte zierlich und stark zugleich, wie sie da zu ihm aufsah und ihm zuhörte.

»Sollte er nicht noch etwas Persönliches sagen?«, flüsterte ich. »Etwas von ihm für sie und nicht für eine Chanson-Ikone.«

Linda nickte. »Er ist nicht gut mit Worten.«

»Aber stark mit Musik.«

Die letzte Note verklang. Noch mehr Applaus, die Band setzte ein.

»Und nun tanzt!«

Das ließ sich niemand zweimal sagen. Einheimische, Touristinnen und Hochzeitsgäste vermischten sich, ein wilder Reigen.

Plötzlich wurde ich von hinten gepackt. Gabriel. Er umfasste mein Gesicht, sah mir in die Augen. »Tereza.«

Seine Lippen näherten sich meinen. Zum ersten Mal würde ich ihn nicht unter dramatischen Umständen küssen, nicht getrieben von irgendwelchen Ereignissen, die größer waren als wir, sondern einfach, weil wir beide es wollten, hier unter dem bretonischsten aller bretonischen Himmel, auf der westlichsten Insel Frankreichs, nahe dem unendlichen Meer, dem Grand Large.

Da ertönte eine Stimme über die Lautsprecher.

»Entschuldigung, dass ich unterbrechen muss.« Das Französisch hatte einen argen Akzent, und schließlich wechselte der Mann sogar ins Deutsche – keine gute Idee bei den vielen Einheimischen. Vermutlich war ich die einzige Person, die ihn verstand. »Ist jemand von der Polizei hier? Es ist etwas passiert.« Es war David, der wilde Camper, der nun ins Rampenlicht trat. »Ein Vogel wurde massakriert.«

8

Ein super Timing hatte dieser David. Platzte mit so einer Nachricht in eine Vor-Hochzeitsfeier. Er schien nicht sonderlich schockiert, ich fand ihn eher etwas sensationslustig. Zum Glück hatten die wenigsten es verstanden. Trotzdem brach Unruhe aus. Gabriel und ich tauschten einen Blick. Dann bewegten wir uns gleichzeitig in Richtung Bühne. Nachdem er David das Mikrofon aus der Hand genommen hatte, beruhigte er die Leute, alles sei in Ordnung, sie sollten um Gottes willen weiterfeiern, während ich David auf die Seite zog. Sein Radfahrerdress atmete Schweiß aus, ein Zeichen, dass er sich beeilt hatte, was er auch betonte.

»Ich bin gerast wie noch nie. Meine Älteste hat den Vogel entdeckt.«

»Wie heißt sie?«

Er war einen Moment irritiert.

»Ihre Tochter, die den Vogel gefunden hat.«

Er musste tatsächlich überlegen. »Sora. Entschuldigung, ich hatte Stress.«

Ich erfuhr, dass Sora den zweiten Geocache lokalisiert und schließlich aufgespürt hatte.

»Es ist eine Hütte, eine Art Betonklotz. Und genau da hängt auch der Vogel.«

»Was für ein Vogel?«

»Ich glaube, es ist eine Eule.«

Eine Eule. Wie der Adler ein Tier aus der keltischen Mythologie. Da kannte ich mich aus. Sie stand für Frieden und Weisheit.

Oben auf der Bühne ging die Musik wieder los, und Gabriel kam zu uns. Ich fasste ihm Davids Aussage auf Französisch zusammen.

»Ein aufgehängter Vogel, haben Sie gesagt?« Er wich meinem Blick aus. »Wo sind die Kinder?«

»Im Zelt«, antwortete David.

Es stellte sich heraus, dass er entgegen aller Verbote sein Zelt in der Nähe des Leuchtturms mitten im Naturschutzgebiet aufgestellt hatte. Die Kinder würden da auf ihn warten.

»Allein?«, fragte ich. »Aber es kommt ein Sturm.« Gabriel fluchte und rannte voraus zum »Comtesse«. David und ich folgten ihm. Als wir ankamen, hatte er ein Elektromobil organisiert, in das wir uns zu dritt reinquetschten.

David sah Gabriel von der Seite an. »Befürchten Sie, dass den Kindern etwas passiert sein könnte? Oder dem Zelt? Es ist eine Luxusausgabe, ich habe es ganz neu gekauft.«

Gabriel gab keine Antwort, obwohl ich die Frage übersetzt hatte, und fuhr los. Bei der Abzweigung, an der ich falsch abgebogen war, hätte ich schwören können, dass der Wegweiser nun in die richtige Richtung zeigte. Als wir die Anhöhe erreichten, traf uns heftiger Wind. Wieder sah ich auf zwei Seiten nur Meer, dunkles, fast schwarzes Wasser, von nervösem Schaum gekrönt.

»Weiter geht's nicht, die Straße ist zu Ende. Wir müssen uns beim Stiff Fahrräder ausleihen«, sagte Gabriel.

Ich hängte mir die Boule-rouge um, steckte den Rockbund in den Gürtel, knöpfte die Jeansjacke zu und war froh um Sophie-Annes Turnschuhe.

Auf der Hochebene blies es so gewaltig, dass sich die kurzen Grashalme nach links bogen. Die Doppeltürme des Leuchtturms Stiff kannte ich schon, nun aber erblickte ich das Gebäude-Ensemble, die Häuser links und rechts davon. Direkt vor dem einen waren einige Räder an die Mauer gelehnt. In der aufkommenden wetterbedingten Dunkelheit nahm ich das Leuchtfeuer aus dem Lampenraum oben wahr, zwei rote Blitze, die alle zwanzig Sekunden übers Wasser huschten.

David nahm sich eines der Räder, die alle nicht abgeschlossen waren, und holte einen Helm aus seinem Rucksack.

Gabriel wunderte sich etwas übertrieben. »Macht man das so in der Schweiz? Kein Wunder, ihr habt ja auch die meisten Versicherungen der Welt.«

Er schnappte sich ein weiteres Rad und wies mich an, dasselbe zu tun. Dann halt.

Der Weg führte über unebene Grasflächen zum Meer hinunter. Um uns herum herrschte großer Lärm, ein Gemisch aus Brandung und Wind. Ich spürte Wasser, wusste nicht, ob es Gischt oder Regen war. Gabriel stieg ab, legte das Rad ins Gras und folgte David, der vorausrannte.

Ein Schrei ertönte. Viele Schreie. Waren es Möwen? Seeadler?

Ich dachte an die vier Kinder und überholte Gabriel in seinen Cowboystiefeln, die nicht ideal waren für lange Laufstrecken.

Schließlich erreichte ich das Zelt. Es hatte sich aufgeblasen, nur noch an wenigen Heringen verankert, schwebte es in der Luft, während der Wind von allen Seiten daran zerrte. Die Älteste versuchte, es festzuhalten, die anderen Kinder standen daneben.

David war bereits bei ihr und half. Erst jetzt wurde mir bewusst, wie groß er war.

»Alles in Ordnung?«, rief ich.

»Den Kindern geht's gut. Der Vogel ist da vorn.«

»Bauen Sie das Zelt ab!«, rief Gabriel, der auch angekommen war. »Die Kinder sollen sich bereit machen, wir bringen sie nachher ins Dorf!«

Ich rannte weiter, immer in Richtung Meer, auch als der Pfad eins wurde mit dem Gras. Am Horizont war es noch dunkler geworden, Himmel, Erde und Meer waren nicht mehr zu unterscheiden, eine riesige Wand schob sich heran. Schwarz, grau und blau, alles gleichzeitig.

»Was ist das?«, sagte ich zu Gabriel.

»Der Sturm kommt früher als erwartet. Wir sollten uns beeilen.«

Der Betonklotz erwies sich als kleine Befestigung, umrahmt von schmalen Platten, aus deren Ritzen vereinzelt Gras wucherte. Es gab eine rostige Stahltür und Antennen auf dem Dach. Unvermittelt entstand eine absolute Windstille, die ich begrüßte wie einen vertrauten Freund, denn ich hatte mich bereits daran gewöhnt, an die Kuhlen, die Ausbuchtungen, die Felshöhlen, geschaffen, um den Menschen einen Augenblick der Ruhe zu gönnen. Ein Geräusch schälte sich heraus, eine Art Raspeln, als ob zwei unterschiedliche Materialien aneinanderrieben. An einer Regenrinne, die sich um das ganze Gebäude zog, hing die Eule. Ihre Flügel klappten in stetem Tempo auf und ab, auf und ab, auf und ab, es hatte etwas Mechanisches, als ob ein Puppenspieler an unsichtbaren Fäden zöge. Der Strick war nicht sonderlich weit oben angebracht, sodass ich aus der Nähe die gebrochenen Augen sah. Ich hinderte Gabriel daran, danach zu greifen.

»Das ist ein Tatort.«

»Wirklich? Wär ich nicht drauf gekommen.«

Ich überhörte seine Ironie, holte das Handy aus der Tasche und machte Fotos aus verschiedenen Blickwinkeln. Von der Eule, vom Strick, vom stählernen Pfahl. »Hier ist auch noch was.«

Ich zeigte auf eine Vertiefung im Beton. Darin lag der Geocache in einer halb offenen Tupperwaredose. Der Zettel mit den Angaben jedoch fehlte. »Ich glaube, er steckt im Schnabel«, sagte ich. »Kannst du mir helfen? Nimm am besten Handschuhe.« Ich zauberte welche aus der Boule-rouge, was Gabriel mit einem Nicken quittierte.

Vorsichtig löste er den Vogel aus dem Strick und sah dabei aus wie ein schottischer Jäger, der seine Jagdtrophäe in die Luft hielt. Dann legte er das arme Tier auf den Boden.

Der Zettel saß fest und ließ sich erst lösen, als ich eine Pinzette herauszog und damit am Papier zupfte, vorsichtig, damit es auf keinen Fall davonflog. Auf der Vorderseite stand wie erwartet der Geocache-Hinweis. Auf der Rückseite, ebenso erwartet, die Nein-Parole, »Windkraft, nein danke«.

Ich sah zu David hinüber, der immer noch mit dem Zelt kämpfte. Und plötzlich nahm ein Gedanke Gestalt an. Ich bat Gabriel, sich mit mir in den Windschatten zu stellen.

»Er könnte etwas damit zu tun haben«, sagte ich leise.

»Aha.« Mehr an Kommentar bekam ich nicht.

»Auguste und Sophie-Anne haben ihn informiert, dass das Campen im Naturschutzgebiet verboten ist. Er hat es trotzdem gemacht.«

»Das muss nichts heißen.«

»Er wusste, dass ein Sturm kommt.«

»Er ist ein typischer Tourist. Von denen gibt's viele. Tragen Jeans- statt Windjacken, klettern mit Flipflops, fahren Fahrräder, die sie nicht beherrschen ...«

»Danke.« Er meinte mich. »Gute Figurenzeichnung.«

Er nahm mich am Arm. »Ich will dir lediglich aufzeigen, dass viele Ouessant unterschätzen. Sie denken, sie machen einen Tagesausflug, hoppen mal schnell auf die Insel, um abends auf dem Festland ihre Fotos herzuzeigen und stolz darauf zu sein, die raue Bretagne entdeckt zu haben.«

Das war ein Argument. »Okay. Du hast recht.«

Er zog die Augenbrauen hoch.

»Aber ... auch der unerfahrenste Teilzeitvater würde nicht mit Kindern, von denen das jüngste fünf Jahre alt ist, vor einem angekündigten Orkan in der Natur zelten. Vielleicht hat er sie ausgeliehen, zur Tarnung.«

»Die Kinder?«

»Freunde von mir haben das auch schon gemacht, als es um eine Wohnungsvergabe ging.«

»In der Bretagne?«

»In Zürich.«

Er hob die Hände. Siehste, hieß die Geste, null Bezug.

Das ließ ich so nicht auf mir sitzen. »Die Mittel sind die gleichen, ob es um Wohnungen oder Windkraftanlagen geht. David könnte es geplant haben. Nach dem Fund des Geocaches zum Beispiel. Während die Kids das Zelt aufgebaut haben, hat er den Vogel aufgehängt.«

Damit hatte ich mich selbst überrascht.

Gabriel auch. »Interessant«, sagte er.

»Den Adler könnte er ebenso auf dem Gewissen haben. Er

war in der Nähe, hat die Räder bei Rosie abgeholt, er ist vor mir losgefahren.«

»Mit den Kindern. Die werden ihm kaum dabei geholfen haben, ob es nun seine sind oder nicht. Was sich übrigens leicht überprüfen lässt.«

»Er hat sie irgendwie abgelenkt.«

»Was wäre sein Motiv?«

»Er könnte gemeinsame Sache mit Tom Harper machen. David und er kennen sich aus Paris, Tom hat da einen Workshop gegeben, er macht das gelegentlich, weil seine Bilder nicht genug einbringen. Nun wehrt er sich dagegen, dass auf seinem Grundstück eine Windkraftanlage entsteht, was du vermutlich weißt. Linda hat kein Problem damit. Wenn ich so was höre, wittere ich einen Konflikt. Natürlich ist die These steil, aber irgendwo muss man ja mit den Nachforschungen anfangen.«

Gabriel überlegte.

»Du solltest beide Vögel in die Rechtsmedizin schicken«, riet ich ihm.

»Im Moment sind es einfach tote Vögel. Die gibt es hier leider häufig.«

»Und die zerfetzte Flagge daneben, der Strick um den Hals und der Zettel hier im Mund?«

»Ein übler Scherz, das gebe ich zu. Aber in dem Sinne nicht strafbar.«

»Ein Scherz? Du weißt schon, dass Adler und Eule keltische Sagentiere sind? Der Adler steht für den Begleiter, der schwimmen, tauchen und fliegen kann, er verbindet Wasser, Erde und Luft. Die Eule steht für die Weisheit, das weiß jedes Kind. Noch nie hat sich eine Eule selbst erhängt, es ist absurd. Eine Eule zu töten, das ist so schlimm, wie seine Mutter zu töten.«

Gabriel blieb der Mund offen stehen.

»Eine stimmigere Schlussfolgerung habe ich im Moment noch nicht, aber ich werde es hoffentlich herausfinden, bevor der nächste Tote auftaucht, der vermutlich ein Rabe sein dürfte. Adler, Krähe, Rabe.«

Er klappte den Mund wieder zu. »Ich schätze dein Engagement, Tereza, aber du hast zu viele keltische Tiersagen gelesen.« Ein Räuspern ertönte. David. Er war unbemerkt näher gekommen. »Die Kinder wollen heim. Ob wir noch eine Chance auf die letzte Fähre haben?«

9

»Die Fähre nach Camaret-sur-Mer ist eben abgefahren«, sagte Gabriel, nachdem er unten am Hafen vom Stiff mit der diensthabenden Frau von der Buchung gesprochen hatte. »Und die nächste geht erst nach dem Sturm, wann immer das sein wird.« Davids Kinder standen da wie begossene Pudel. Mit einem Blick auf ihre Pässe hatte ich mich überzeugt, dass es wirklich seine Kinder waren, in dem Punkt hatte ich mich getäuscht. Ansonsten blieb mein Verdacht bestehen, dass er eine verdeckte Absicht hegte.

»Aber es ist halb sechs«, sagte er. »Wie kann die Fähre schon losgefahren sein?«

»Sie sind früher gestartet. Wetterbedingt.« Gabriel zeigte zu einer Gruppe von aufgeregt diskutierenden Touristen. »Ihnen geht's wie euch.«

Die Wolkenwand war noch näher gekommen, sie hing praktisch über uns. Der Wind verstärkte sich, eine ganze Reihe von Fahrrädern kippte. Die Kinder taten mir leid: der tote Vogel, das zerrissene Zelt, keine Ahnung, wo sie heute Nacht schlafen würden, das war kein Abenteuer mehr. Selbst Sora, die Älteste mit den klatschnassen Locken, sah verunsichert aus.

»Was machen wir jetzt, Papa?«

»Können wir ins Hotel?«, fragte die Kleinste.

»Wir gehen zu Tom. Ich rufe ihn an.«

Ich sah zu Gabriel. Ich hab's dir gesagt, formten meine Lippen.

Tom ging nicht ans Telefon.

»Er ist bestimmt noch in der Bar«, sagte Gabriel. »Außerdem liegt sein Haus am anderen Ende der Insel. Das sind sieben Kilometer bei Gegenwind.«

Die Kleinste fing an zu weinen. »Ich will nach Hause, Papa.«

David war sichtlich gestresst.

»Dann nehmen wir die Fähre nach Brest«, sagte er. »Und

von da aus den Bus nach Camaret. Dort gibt's einen Camping-platz.«

Ein Hin und Her, bis klar war: Die Brester Fähre um zwanzig Uhr würde nicht mehr fahren.

»Warum fliegt dann der?«, fragte Sora.

Ich sah ihrem gestreckten Zeigefinger nach in die Luft, wo ein Helikopter gerade absackte, bevor er wieder in die Höhe stieg und Kurs in Richtung Festland nahm. Kleinflugzeuge und Helikopter waren hier oben häufig anzutreffen, sie waren fast so normal wie Autos. Aber nicht bei den momentanen Verhältnissen.

Gabriel ging ins Büro der Schifffahrtsgesellschaft zurück und wechselte einige weitere Worte mit der Frau.

»In der Passage du Fromveur tobt es bereits«, flüsterte er bei der Rückkehr. »Windstärke fünf mit Böen. Sie sind dran, den Piloten zu erreichen und ihn zur Umkehr zu bewegen.«

David klatschte in die Hände, strahlte Pseudomunterkeit aus. »Entschuldigt, Kinder, aber wir müssen hierbleiben. Eine Nacht im Sturm ist doch ein Abenteuer. Im ›Comtesse‹ gibt es bestimmt ein Zimmer für uns. Auf die Räder, marsch, marsch.«

In einer Einerkolonne fuhren wir los. David an der Spitze, Gabriel hatte die Kleinste vor sich auf die Gepäckträgerstange gesetzt, die Plastiktüte mit dem Vogel baumelte an seinem Rucksack und wurde vom Wind hin und her geworfen, was ich gut beobachten konnte, da ich das Schlusslicht bildete.

Auf dem Weg wollte ich bei Rosie haltmachen, in der Hoffnung, einige Kleidungsstücke aus meinem Koffer holen zu können. Die Hütte war jedoch zu, Rosie war weg, mein Koffer ebenso. *Mince.*

Schließlich kamen wir im »Comtesse« an, wo Sophie-Anne, bereits zurück vom Fest, David einen Korb gab.

»Ich bin total ausgebucht, tut mir leid. Auch die anderen Hotels. Alle, die nach Brest wollten, sind hier gestrandet.« Sie hatte aber einen Notfallplan. »In der Scheune ist Platz für euch.«

Die Kinder freuten sich und liefen ihr nach, um sich einzurichten. Auch David ging mit.

»Was ist mit dem Vogel?«, fragte ich Gabriel, als wir allein waren. »Wo willst du ihn aufbewahren? Doch nicht in deinem Zimmer.«

Er machte mir ein Zeichen, ihm in Richtung Dorf zu folgen.

»Und wenn David abhaut?«, fragte ich.

Gabriel blickte mich an. »Hast du es noch immer nicht begriffen? Niemand kommt mehr weg von der Insel. Sie ist von der Außenwelt abgeschnitten.«

»Aber es gibt hier viele Verstecke, scheint mir. Kannst du ihn nicht auf den Polizeiposten bitten? Damit er eine Aussage macht?«

Gabriel erklärte mir, dass der Polizeiposten, die Gendarmerie auf Ouessant, im Moment geschlossen sei, weil sie nur von Juli bis September besetzt war.

Es fehlten also noch zwei Wochen.

»Wir gehen zum Supermarkt. Yannis, der Besitzer, hat die größte Kühltruhe. Ich habe ihn bereits angerufen.«

Einige Minuten liefen wir schweigend an den Häusern entlang, die meisten im neobretonischen Stil und eng aneinandergebaut. Obwohl kaum sieben Uhr, war es dunkel wie an einem Herbstabend, die Straßenbeleuchtung war ausgefallen.

Yannis, ein kräftiger Typ mit Brille, Wollmütze und dicker Winterjacke, wartete neben dem verwaisten Eingang.

»Stromausfall«, erklärte er. »Die Hauptleitung an der Straße. Es ist eine verdammte Scheiße. Wir haben kein Licht, auch die Schiebetür geht nicht mehr auf.«

Gabriel und er verschwanden durch eine Seitentür im Laden. Bei ihrer Rückkehr war die Plastiktüte mit dem Vogel weg.

»Wie kann die Truhe kühlen bei Stromausfall?«, fragte ich.

»Notfallgenerator.« Das erklärte den traktorenartigen Lärm.

»Aber vor Samstag wird der Vogel nicht im Brester Labor sein«, sagte Yannis. »Morgen geht nichts. Keine Fähren, keine Schiffe, keine Kleinflugzeuge und auch keine Helikopter.«

Ein komisches Gefühl. »And Then There Were None« von

Agatha Christie fiel mir ein. Es war ihr bekanntester Roman. Zehn Leute, die nicht mehr von einer Insel wegkommen, und einer nach dem anderen stirbt.

»Ein aufgespießter Adler, eine erhängte Eule ... das ist reichlich bizarr«, sagte Yannis.

»Du kennst die Symbolik auch?«, fragte ich.

»Als Nächstes wäre ein Rabe dran.«

»Meine Rede. Wofür steht der?«

»Für die Verbindung mit dem Totenreich.«

Mich schauderte, selbst Gabriel sah unbehaglich aus.

»Was denkst du, Yannis?«, fragte ich. »Zettel und Fahnen deuten auf Windkraftaktivisten.«

»Ich weiß nicht ... das ist mehr als ein normaler Protest. Am Vorabend einer Hochzeit. Bei der der Bräutigam im anderen Lager ist als der Vater und die Braut das Ganze sozusagen verursacht hat.«

Er war auf meiner Linie, nahm mich ernst.

»Bist du dafür oder dagegen?«, fragte ich, nachdem ich nirgendwo eine Nein-Flagge entdecken konnte.

Yannis zögerte. Als ob ihn hier auf dem leeren Parkplatz irgendjemand belauschen könnte.

»Ich bin dafür. Ich hänge es nicht an die große Glocke, aber ich betreibe einen Laden und bin auf Strom angewiesen.« Er zeigte auf die Abgaswolke, die hinter der Hausecke nach oben stieg. »Der Transformator ist eine Umweltschande, den will ich so schnell wie möglich loswerden.«

»Ausmachen wäre eine Option.«

»Geht nicht. Die Touristen wollen ihr Getränk mit Eis.« Er entblößte eine Zahnlücke. »Ein Widerspruch, ich weiß.«

»Und was jetzt?«, fragte ich. »Abwarten, bis der tote Rabe auftaucht?«

»Heute können wir gar nichts mehr tun.«

Yannis schlug sich auf Gabriels Seite. »Die Welt steht hier gerade still, Tereza.«

Gabriel nickte. »Wir entscheiden morgen. Habt ihr Hunger?«

Jetzt, da er es sagte, fiel mir ein, dass ich buchstäblich noch nichts gegessen hatte. Er regte an, ins »Ty Korn« zu gehen, das Pub im irischen Stil. »Es ist der einzige Laden, der jetzt noch geöffnet hat. Alle werden da sein.«

✳✳✳

Das Stimmengewirr war schon draußen zu hören. Das Restaurant platzte förmlich aus den Nähten, am runden Stammtisch in der Ecke neben der Küche waren nur noch wenige Plätze frei. Gabriel rückte mir einen Stuhl zurecht. Rosie vom Fahrradverleih mit aufgekrempelten Hemdsärmeln, die Rosentattoos prominent im Bild, verwickelte ihn sogleich in ein Gespräch über die gestohlenen Nein-Komitee-Flaggen, weil sie eine Aktion von »Ecovent«, Loic Martins Firma, vermutete. Auch diese Möglichkeit hatte ich mir während unseres Fußmarsches hierher überlegt.

»Loic ist heute angekommen, es wäre typisch für ihn«, sagte Rosie.

»Das geht sich zeitlich nicht aus. Du hast die Kiste gestern Morgen als gestohlen gemeldet, Rosie«, sagte Gabriel. »Darum bin ich früher auf die Insel gekommen, du erinnerst dich?«

Warum hatte er mir das nicht gesagt?

Rosie hatte eine neue Lösung parat. »Dann war es Loics Helferin.«

»Du meinst die Braut?« Gabriels Stimme klang trocken.

»Sie hat Zeugen, dass sie es nicht war. Mich zum Beispiel.«

Rosie winkte ab. »Nicht sie. Es gibt andere Kandidaten.«

Gabriel warf mir einen warnenden Blick zu. Offenbar befürchtete er, ich würde meinen Verdacht gegen David erwähnen.

»Wie läuft's mit deinem Motorrad, Rosie? Hast du immer noch die alte Peugeot?«

Sie war also auch Motorradfahrerin.

»Natürlich. Den ganzen Tag Fahrräder, da brauch ich abends etwas Wind um die Nase.«

Keine Windkraft, dafür ein altes, stinkendes Motorrad …
Ich verkniff mir den Kommentar und sah mich um. Außer
den Einheimischen waren hier lauter gestrandete Touristen,
ich vernahm Deutsch, Französisch und Englisch.

»Wann geht die erste Fähre morgen?«

»Wo ist die Speisekarte?«

»Mein Handy hat keinen Empfang. Was ist los mit 4G?«
Sie verhielten sich, als würden sie im Pariser Nord-Bahnhof
auf einen verspäteten Zug warten.

Fanch, der Wirt, ein jovialer Typ, klein, etwas krumm, eine
Kochmütze auf dem kahlen Schädel, klatschte in die Hände.
Alle Köpfe schwenkten zu ihm.

»Fähren erst wieder ab Samstag, Helikopter ebenso, Handyempfang noch vereinzelt möglich, aber offiziell gelten wir als
abgeschnitten. Die gute Nachricht ist: Hier gibt es Thai-Curry
von Mishi, Fischsuppe und Brot. Kuchen vom Nachmittag.
Wer noch kein Hotel hat, soll sich melden. In der Kirche stehen
Notbetten bereit.«

Stille. Die Leute wirkten betreten. So langsam dämmerte
ihnen der Ernst der Lage.

»Was ist mit der Trauung?«, fragte jemand.

»Die ist auf Samstag verschoben.«

Ein einziger Besserwisser meckerte. »Wegen der paar Regen-
wolken veranstaltet ihr den ganzen Zinnober?«

Fanch ließ sich mit der Antwort Zeit. Von draußen vernahm
ich ein Rauschen. Als ob eine riesige Maschine im Dauereinsatz
wäre. Dann ging das Licht aus. Einen Moment lang sah ich gar
nichts mehr, es war pechschwarz.

»Was ist das?«, fragte der Besserwisser.

»Stromausfall«, ertönte die Stimme von Fanch. »Und das,
liebe Leute, ist erst der Anfang.«

Keiner sagte etwas. Die Tatsache, dass wir hier im Dunkeln
saßen, dass es tatsächlich keinen Strom mehr gab, musste sich
erst setzen.

»Und wie soll ich dann mein Laptop laden? Ich muss arbeiten.«

»Müssen Sie verschieben.«

»Gibt's kein Notstromaggregat?«

»Ist für Notfälle, wie der Name schon sagt.«

»Aber Handys können wir da laden?«

»Nützt nichts, weil der Empfang auch gestört ist.«

»Der läuft über den Satelliten, unabhängig vom Sturm.«

»Wer hat Ihnen denn diese Binsenweisheit beigebracht? Sind Sie aus Paris?«

Zögerliches Gelächter.

»Das heißt«, sagte eine weitere Stimme, »wir sind vollständig abgeschnitten?«

»Sagte ich bereits. Also benehmt euch. Und nun macht die Kerzen an, die stehen auf den Tischen bereit, Streichhölzer liegen daneben.«

Fanch war gut vorbereitet, es passierte nicht zum ersten Mal. Im aufscheinenden Kerzenlicht sah ich ihn zusammen mit Mishi die Teller vollschöpfen. Mishi war groß, hatte ein freundliches Gesicht, kurz geschnittenes, glänzendes Haar und trug einen knallroten Strickpulli. Auch er wirkte routiniert, machte hier eine Bemerkung, da einen Spruch, sein Französisch hatte den bretonischen Singsang perfekt übernommen.

Was wohl seine Haltung zur Windkraftanlage ist, fragte ich mich. Er betrieb ein Restaurant, er war mindestens so sehr auf Strom angewiesen wie Yannis vom Supermarkt.

»Was ist, Tereza, hast du keinen Hunger?«, fragte Gabriel.

Er war bereits in seine Mahlzeit vertieft, genauso wie Rosie und die anderen, die an unserem Tisch saßen. Nun wurde Wein ausgeschenkt, heller Rosé oder ein Rotwein aus dem Süden. Die Gespräche drehten sich um den Sturm, den Wind und um einige Schiffe, die hatten umdrehen müssen.

»Wo sind Nathalie und Sean?«, fragte ich. »Müssten sie nicht auch hier sein?«

»Nathalie ist hier irgendwo. Und Sean ist im Stiff.« Im Leuchtturm, von dem wir eben gekommen waren.

»Yaelle hatte einen Notfall. Es war was mit der Funkanlage und mit der Batterie. Nicht auszudenken, wenn die ausfiele. Der

Stiff ohne Leuchtfeuer wäre heute Nacht eine Katastrophe.«
Als Rosie erklärte, dass es trotz aller Sicherheitsvorkehrungen
immer mal wieder zu einem Schiffsunglück kam, fühlte ich
mich unbehaglich. Ob es eine Nacht wie diese gewesen war,
als die Drummond Castle gesunken war?

Im Dunkeln ging ich aus dem Essraum zur Toilette, in der
Hoffnung, dass es da noch ein Netz gab, um weitere Informa-
tionen einzuholen. Am Ende des Flures versperrte jemand den
Weg.

»Hier ist Nathalie, wo bist du?«

Das also war die Braut. Sie hatte eine hohe Stimme, ihr Französisch war schnell.

»Was heißt das, du bist in der Luft?«, sagte sie. »Hier ist
Stromausfall. Wenn wir Pech haben, dauert der bis Montag.
Ein Glück, dass ich hier überhaupt Empfang habe.«

Ich zog mich hinter einen Putzschrank zurück und rührte
mich nicht vom Fleck.

»Nicht mal mehr die Vögel fliegen, das ist ein klares Signal.«

Das hatte mir Gabriel eben auch erklärt. Wenn die Vögel
nicht mehr flogen, war es das Zeichen für die Maschinen, am
Boden zu bleiben.

»Aber genau darum gibt es so viele Leuchtfeuer. Fällt eines
aus, sind die anderen noch da. Ein ausgeklügeltes Sicherheits-
system.«

Meinte sie den Notfall?

»Bei dem Wetter ist kein Schiff unterwegs, wir leben nicht
mehr im 19. Jahrhundert. Frag Yaelle.«

Also musste sie mit Sean sprechen.

»Es gibt Funk und Satelliten, ich bitte dich.«

Sean insistierte offenbar.

»Ihr spinnt doch alle.« Nachdem Nathalie schweigend zugehört hatte, hatte ihre Stimme einen Anflug von Panik bekommen. »Ihr denkt, dass es nur die anderen betrifft und ihr einen
heimlichen Komplott mit dem Tod geschmiedet habt, weil er
euer Kumpel ist und euch gehorcht. Das ist falsch. Irgendwann geht es schief, und ich will nicht, dass das jetzt ist.« Sie

schluchzte auf. »Mir ist egal, dass ein Sturmhelikopter genau dafür gebaut wurde. Wenn die Windstärke noch mehr ansteigt, nützt dir auch ein Black Hawk nichts.«

Black Hawk, schwarzer Falke. Das elektrisierte mich. Hubschrauber waren wie Vögel.

Die Antwort dauerte lang. Ich sah Nathalies Haltung an, dass sie nachgab.

»Okay, so machen wir es. Dann bis morgen.« Sie steckte das Handy ein.

Ich kauerte mich tief in die Ecke, als sie an mir vorbei direkt zum Hinterausgang ging. Hatte sie wirklich mit Sean telefoniert? Sprach so eine verliebte Braut mit ihrem Bräutigam?

Ich holte mein Notizbuch aus der Tasche und schrieb in Schnellschrift alles auf, auch die Ereignisse um David eben, bevor ich ins Restaurant zurückkehrte. Mittlerweile waren noch viel mehr Gäste eingetroffen, und die Stimmung war aufgeheizt.

»Ist Ihr Gepäck eigentlich bei Ihnen angekommen?«, fragte Rosie, als ich wieder am Tisch war.

Es stellte sich heraus, dass sie den Koffer jemandem aus dem Dorf mitgegeben hatte. »Bei den vielen Leuten heute habe ich vergessen, wer es war. Fragen Sie Sophie, die hat ihn bestimmt in Empfang genommen.«

Aus einer Ecke hörten wir kreischendes Gelächter.

»Hier wird's zu laut«, sagte Gabriel. »Überlassen wir die Kneipe den Touristen und gehen wir dahin, wo die Inselmusik spielt.«

10

Die Bar im Erdgeschoss war aus hellem, glänzendem Holz, es gab seltene Whiskysorten und Bier, neben dem bretonischen Coreff auch englisches und irisches Stout. Auf der Theke leuchteten Kerzen. David winkte mir so freundlich zu, dass es mir unangenehm wurde.

»Was machen Sie hier? Haben Sie die Kinder allein gelassen?«

Sie schliefen, meinte er, er habe frische Luft gebraucht. »Sie haben sich schnell erholt von ihrem Schock.«

Meine Absicht, ihn noch mal zum Vogel zu befragen, wurde von Gabriel durchkreuzt. »Nicht hier, Tereza«, flüsterte er mir ins Ohr.

Ich zog ihn auf die Seite. »Noch sind die Erinnerungen frisch. Morgen wird er dies und das dazudichten.«

Gabriel wollte nichts davon wissen. »Es ist nicht der Moment, kapiert?«

Rüde, der Mann. In der Zwischenzeit hatte David Tom Harper entdeckt, den blauen Maler, auch bei diesem Wetter in Sandalen. Die beiden begrüßten sich wie alte Freunde und waren alsbald in ein Gespräch vertieft.

Siehst du, sagte Gabriels Blick. Alles ganz harmlos.

Ein Punkt für ihn.

Ich konzentrierte mich auf die anderen Gäste und erkannte Auguste mit seinem Käppi, der mich seinem Gesprächspartner vorstellte. Es war Patrick, Seans Vater, der Windkraftgegner. Ein richtiger Kerl. Ich würde keinen Krach wollen mit dem.

»Hei, Malgorne, alter Fischer«, sagte Gabriel.

Die beiden sahen sich an, nickten mit dem Kopf, der eine nach links, der andere nach rechts geneigt, absolut synchron.

»Gabriel, lange nicht mehr gesehen.«

»Wie geht's?«

Jahrelange tiefe und hochemotionale Freundschaft, diesen

Eindruck gewann ich auf der Stelle. Er manifestierte sich auch in der Bestellung, die ohne Worte vor uns abgestellt wurde. Ein großes Coreff für Gabriel, eines für Patrick, ein kleines für mich. Der Alkohol wärmte meinen Körper. Der Wind hatte mit zunehmender Stärke auch tiefere Temperaturen gebracht, nicht vorstellbar, dass ich heute im Sommer aus Camaret gestartet war. Überhaupt kam es mir vor, als wäre ich schon ewig hier, der Sturm ließ die Zeiten verschwimmen. Patrick trank offensichtlich nicht sein erstes Bier. Der Schweiß lief ihm über das Gesicht. Er zog die dunkelblaue Wollmütze mit dem Fleck auf der Krempe aus und legte sie auf die Theke, bevor er Gabriel in ein Gespräch verwickelte, das Informationen über seinen jüngsten Fang enthielt. Makrelen, Heringe und einige Lobster. Für das große Hochzeitsessen am Sonntag, einen Tag nach der verschobenen Hochzeit, sei eine »Rouille Bretonne« geplant, eine Suppe mit verschiedenen Fischen.

»Dafür fehlt mir aber so dies und das. Ich habe einige Fallen montiert und gehe morgen noch mal raus.«

»Bei Windstärke acht?«

»Zehn.« Patrick holte ein Strickzeug aus der Tasche und fing seelenruhig an zu stricken. Als niemand reagierte, tat auch ich so, als ob ein strickender Kerl ganz normal wäre.

»Windstärke zehn?«

»Hat Yaelle prognostiziert«, sagte Patrick.

Yaelles Wetterbericht schien tatsächlich Kult zu sein, sie war überhaupt sehr gut verankert auf der Insel.

»Sie kann dir bestätigen, dass zehn nur starker Wind ist. Solange keine Katzen fliegen, kann auch ich da raus.«

»Wann fliegen denn Katzen?«

»Bei Orkan, Windstärke zwölf.«

Ein Johlen ließ mich in Richtung Bar schauen, wo Mishi und Fanch mit Komplimenten für das improvisierte Essen eingedeckt wurden. Sie waren offenbar für einen Absacker vorbeigekommen, auch Fanch hatte sein Strickzeug ausgepackt.

Die Frauen sind zu Hause, füllen Wärmflaschen und verteilen die Betten, dachte ich, während die Männer hier ihr Seemannsgarn spinnen, im wahrsten Sinne des Wortes. Was für eine verkehrte Welt. Die Außentür ging auf, und Loic Martin betrat den Raum. Alle verstummten, es war, als ob jemand den Stecker gezogen hätte.

»*Bonsoir!*«

Betont locker ging er an die Bar. Im dunkelblauen Jackett und weiten Bundhosen, das Hemd offen, einen hellblauen Schal um den Hals, sah er aus wie vom Titelblatt der Vogue gesprungen. Etwas fiel mir besonders ins Auge: der große runde Aufkleber am Revers: »Windkraft, ja gern«.

Er bestellte ein Perrier.

»Hat er sie noch alle?«, sagte Patrick so laut, dass alle es hören konnten. »Wieso trinkt er Lotterwasser?«

»Mit Eis und Zitrone«, doppelte Loic ungerührt nach.

»Perrier ist für Pariser«, erklärte eine Gestalt in nassem Regenzeug, die hinter Loic den Raum betreten hatte. »Sollten Sie meiden, lieber Monsieur Martin.«

»Kennt er die Bräuche nicht?«, fragte ich Gabriel leise.

»Das ist typisch.« Er schüttelte den Kopf. »Ich mag ihn nicht, niemand mag ihn.«

Hatte ich mich geirrt? Hatte Nathalie eben nicht mit Sean, sondern mit Loic Martin telefoniert? Ich rief mir die Bruchstücke des Gesprächs in Erinnerung und unterrichtete Gabriel leise davon.

»Möglicherweise plant er etwas mit einem Hubschrauber«, endete ich. »Vielleicht eine Aktion für das Projekt. Es wäre möglich, dass sie ihn daran hindern wollte.«

»Hoffentlich tut sie das. Dass Martin die Hochzeit benutzt, um Stimmen zu fangen, ist unmöglich.«

Als hätte er es gespürt, sah Loic in unsere Richtung. Er erkannte mich, hob sein Perrier und prostete mir zu, bevor er sich wieder der nassen Gestalt zuwandte, die ihn angesprochen hatte. Beim näheren Hinsehen kam sie mir bekannt vor.

»Wer ist die resolute ältere Dame, die mit den vielen Falten und den blauen Augen?«, fragte ich. »Sie hat mir heute Morgen auf der Fähre nützliche Tipps gegeben.«

»Erica le Moigne. Sie wird die Trauung vornehmen«, sagte Gabriel.

Ein echtes Matriarchat herrschte auf der Insel, sogar der Pfarrer war eine Frau.

Das Stimmengewirr nahm wieder Fahrt auf, Loic und die Pfarrerin steuerten einen Platz in der Ecke an. Da legte Patrick sein Strickzeug auf die Theke und stellte sich Loic in den Weg.

»Was zeigst du dich hier, Pariser?«, sagte er leise.

»Ich komme zur Hochzeit deines Sohnes.«

»Geh heim.« Patrick kniff die Augen zusammen. »Sean hat dich sicher nicht eingeladen.«

»Ganz offiziell, wie alle von euch. Und mehr noch: Ich werde die Braut zum Altar führen.«

Das brachte Patrick aus dem Konzept. »Das macht ihr Vater.«

»Hat sie dir das nicht gesagt? Ich bin der Ersatz.«

»Nur über meine Leiche.«

Loic ließ sich nicht beeindrucken. »Dein Sohn heiratet meine Mitarbeiterin. Wenn du was dagegen hast, hättest du dich früher melden sollen.«

Es war direkt und schnörkellos, nicht um den heißen Brei herumgeredet. Erica sah von einem zum anderen. Auch die Leute an der Bar hatten aufgehört zu sprechen.

»Fällt dir nichts mehr ein? Dann ist ja gut.« Loic nahm einen Schluck von seinem Wasser.

Patrick plusterte sich auf. »Ich bin nicht gegen die Hochzeit. Ich sage nur, dass du nicht in der Kirche sein wirst.«

»Und wie willst du mich hindern?«

»Wirst du schon sehen.«

»Werd mal konkret.«

»Schau doch hinaus, da draußen ist Sturm. Das ist kein Zufall.«

»Hast du ihn etwa bestellt?« Loic brach in Gelächter aus, bevor er wieder ernst wurde. »Für mich ist ein Sturm ein Sturm.

Und Stürme werden heftiger. Dahinter steckt kein Wettergott, sondern der Klimawandel. Die Antwort sind erneuerbare Energien wie die Windkraft. Die *du* verhinderst.«

Patrick schnaubte. »Dein Flugzeug verbraucht für einmal Abheben mehr als mein Motorboot in einem Jahr.«

»Ich kompensiere.«

»Mit Anzügen zu zehntausend Euro.«

»Biobaumwolle.«

»Aus Südamerika.« Patrick strich über seine Wolljacke. »Das ist gewobenes Tuch, von hier. Von Schafen, die vor hundert Jahren geschoren wurden.«

»Da seid ihr stehen geblieben, vor hundert Jahren.«

»Hier ist alles gestern, heute und morgen.«

»Sentimentaler Quatsch. Wieso sträubst du dich so gegen eine natürliche Sache? Der Wind ist deine Ressource.«

»Für mich ist er Freund und Feind, mal zärtlich, mal verheerend. Gegen den Wind kannst du nicht gewinnen.« Patrick packte Loic am Revers. »Verpiss dich, Martin.«

Loic wehrte sich. »Ich warne dich, Malgorne. Beim Leben deiner Urgroßmutter.«

Die letzten Worte hatte Loic sehr leise geäußert. Patrick wurde totenbleich. Loic nutzte die Irritation, um sich freizukämpfen. Er erreichte die Theke und zog die Nadel aus Patricks Strickzeug.

»Ich weiß mehr, als euch lieb ist.« In einer fließenden Bewegung richtete er die Nadel auf die Leute um ihn herum. »Tom, Mishi, Fanch, Rosie, Auguste.« Einen nach dem anderen hatte er kurz ins Visier genommen. »Und du, Patrick. Patrick, der Leuchtturmwärter.«

Das war zu viel. Patrick ging mit der ganzen Kraft seines massigen Körpers auf Loic los. Der wich auch diesmal aus, und Patrick donnerte zu Boden, Gesicht voran. Trotzdem stand er sofort wieder auf, die Hände gereckt, Blut rann von der Schläfe nach unten.

David, der bislang wie ein Schatten neben Tom Harper an der Bar gestanden hatte, mischte sich ein.

»Lassen Sie Loic in Ruhe, Monsieur Malgorne.« Er sprach Patrick an, als würde er ihn kennen.

»Was soll das, du Idiot?« Patrick reagierte gereizt, während Tom versuchte, David zum Schweigen zu bringen.

»Halt dich da raus! Das sind Dorfsachen, die gehen dich nichts an.«

Aber David befreite sich. »Ich habe den Vogel gesehen.«

»Was meinst du damit?«

»Die tote Eule. Sie hängt –«

Gabriel unterbrach ihn. »Es reicht, David.« Sein Blick war stechend.

»Nein.« Davids Stimme war hochgerutscht. »Er hat sie getötet, um ein Zeichen zu setzen. Es würde zu ihm passen. Patrick kennt das Terrain, und mit Vögeln umgehen kann er auch, er ist im Vogelverein. Eine schreckliche Sache, meine Kinder sind traumatisiert.« Er trat entschlossen neben Loic. »Sie haben meine volle Unterstützung, Monsieur Martin.«

»Hilfst du dem Pariser?«, fragte Patrick. »Du Wadenbeißer.«

Mit einer Handbewegung wischte er David weg und nahm Loic in den Schwitzkasten. Diesmal war Loic überrascht, Patrick drückte immer mehr zu, bis Gabriel eingreifen musste, um Loic zu befreien.

»Hört auf!«, donnerte er. »Alle beide!«

Mit einem Grollen ließ Patrick von Loic ab. Der hing ziemlich in den Seilen, David fing ihn auf. An seinem Hals waren deutliche Spuren zu sehen, Finger, einer nach dem anderen, wie eine Halskette aus Strandgut, die sich purpurfarben färbte.

***

Die Festlaune war dahin. Was war das eben gewesen? Diese Feindseligkeit, dieser Hass. Was steckte hinter Loics Anspielungen gegen Tom, Mishi, Fanch, Rosie und Auguste? Und was hatte er damit gemeint, dass Patrick ein Leuchtturmwärter sei? Und aus welchem Grund hatte David sich eingemischt?

Ich verschwand kurz auf die Toilette, um alles zu notieren. Als ich diesmal zurückkehrte, waren fast alle weg.

»Tereza, gehen wir.«

David schloss sich uns an, und Fanch sperrte hinter uns zu. Zu dritt machten wir uns auf den Heimweg.

Das war ein wirklicher Sturm, kein Vergleich zum Nachmittag. Jeder Schritt wurde zur Herausforderung. Wie Gabriel bewegte ich mich möglichst nah an den Häusern entlang, hielt mich an Mauervorsprüngen fest oder an den Griffen der Hauskanten, deren Bedeutung sich mir erst jetzt erschloss. Ab und zu flogen Gegenstände, einmal mussten wir einem Stuhl ausweichen, einmal einem Fensterladen.

Vor dem »Comtesse« verabschiedete sich David so schnell, dass ich nicht mehr dazu kam, meine Fragen zu stellen. Er kämpfte sich in Richtung Scheune, während wir eintraten und uns die Nässe von den Jacken schüttelten.

Essraum und Küche waren leer, nur noch wenige Gäste, darunter Linda Harper, hatten sich um die offene Feuerstelle im Kaminzimmer versammelt, wo Sophie-Anne einige Holzscheite zum Glühen brachte. Die Stimmung war eine ganz andere als eben im Pub. Vovone, die Katze, tigerte hin und her.

»Draußen wird's ungemütlich«, sagte ich zu Sophie-Anne. »Du solltest sie drin behalten.«

»Die geht nicht mehr freiwillig raus. Tiere spüren das.« Sophie-Anne lächelte uns an. »Ihr trefft uns mitten in einer Kaminfeuerlesung. Wir haben eine Sage über Meereskobolde gehört, und Linda hat uns ihren letzten Comic vorgestellt, das Tagebuch eines Ouessie-Schafes. Nun wollte sie uns noch Bilder zeigen.«

Schaf Ouessie war Lindas Erfindung, und es war bezaubernd. Es hatte eine pfiffige Miene, krause Fransen mit einer giftgrün gefärbten Algensträhne und hoppelte schneller als der Wind. Die Tür seiner Hütte war immer geöffnet, es bremste unsensible Touristen aus und unterhielt eine innige Beziehung zum Delphin Bob, der Ouessie mit Nachrichten aus der Welt der Seetiere versorgte. Bob war ein sagenumwobener Delphin, beheimatet in der Iroise. Isidore hatte mir von ihm erzählt, und einmal hatte ich geglaubt, ihn gesehen zu haben.

Linda klappte den Kartoneinband zu. »Das war's.«

Alle klatschten, und ich nahm mir vor, die Comics gleich bei meiner Rückkehr für den Laden zu bestellen.

»Zehn Minuten Pause«, sagte Sophie-Anne.

Die Gäste standen auf, um sich die Beine zu vertreten, Linda verschwand kurz, Vovone schlich in Richtung Küche.

»Wir brauchen noch Freiwillige zum Vorlesen.« Sophie-Anne musterte Gabriel. »Was ist mit dir? Als Polizist hast du doch bestimmt einige Geschichten auf Lager.«

Er gab vor, müde zu sein, und verabschiedete sich, ohne mich auch nur eines Blickes zu würdigen. So ein Arsch. Schon hörte ich die Tritte seiner Stiefelabsätze auf der Steintreppe. Wieso hatte er mich überhaupt hergeholt? Es war mir ein Rätsel.

»Lass ihn«, meinte Sophie-Anne, die mich beobachtet hatte. »Morgen ist auch noch ein Tag. Willst du einen Schnaps?«

Bleiben oder gehen? Aber mir war nicht nach dem einsamen Zimmer. »Lieber Tee.« Das Coreff hatte mir gereicht.

Ich bemerkte eine junge Frau, die als Einzige sitzen geblieben war, auf ein Laptop eintippend. »Hat sie hier WLAN-Empfang?«

Sophie-Anne war bereits bei der Tür. »Sie hat eine gute Powerbank. Darf ich vorstellen? Yaelle, Leuchtturmwärterin und Wetterfrau.«

Das also war Yaelle. »Wie schön. Sie sind sagenumwoben!«

Yaelle bot mir sofort das Du an, erzählte von ihrem Problem auf dem Leuchtturm. »Eine PET-Flasche wurde von der Galerie aus durch die Luft gewirbelt und hat die Funkanlage beschädigt. Touristen, wie üblich.«

»Davon haben sie eben in der Bar erzählt. Sean soll dir geholfen haben.«

Ein Strahlen. »Er hat die Verbindung nicht wieder hingekriegt, aber es war nett, dass er da war.«

»Was würden wir ohne dich tun.« Sophie-Anne ging in die Küche, um mir etwas Warmes zu trinken zu holen.

Yaelle erklärte, dass es auf dem Stiff nebst dem Leuchtfeuer und der Funkanlage auch eine Satellitenverbindung gab. »In Nächten wie diesen braucht es beides. Ein Frachtschiff war bereits auf dem Weg, um am Hafen anzulegen, ich habe es nach Le Conquet auf dem Festland zurückgeschickt.«

»Du hast sie gerettet.« Sophie-Anne war wieder da und reichte mir eine Tasse Tee. »Trotz aller Technik, am Schluss hilft manchmal nur der gesunde Menschenverstand. Und das uralte Wissen über die Strömungen, die nicht berechenbar sind. Gut gemacht, Yaelle.«

Während ich meinen Tee schlürfte, entnahm ich dem blitzschnellen Austausch an Informationen, dass die Unterbringung aller gestrandeten Gäste gelungen war. Yaelle wusste sogar Bescheid über David und sein illegal aufgebautes Zelt. Das machte mich hellhörig.

»Hast du etwas bemerkt, Yaelle? Es ist ja ganz in der Nähe des Leuchtturms passiert.«

»Ja klar. Ich habe David von der Galerie aus beobachtet, sowohl das Versteck des Geocache als auch das Zelt waren in meinem Sichtfeld.«

Natürlich. Sie hatte die volle Rundumperspektive gehabt. Das wäre ein dickes Ding, wenn ich hier die Lösung fände.

»Hast du auch den aufgehängten Vogel gesehen? Weißt du vielleicht, wer das gemacht hat?«

»Ich kann dazu nur eines sagen: Vögel bei lebendigem Leib aufzuhängen ist unmöglich.«

»Könnte man sie zähmen?«

»Sorry, aber das wäre irre. Dann eher betäuben. Aber dafür musst du sie erst einfangen.«

Der Falke fiel mir ein. Black Hawk, der schwarze Falke, den Nathalie erwähnt hatte. Gab es da einen Zusammenhang?

»Gibt es Falken auf der Insel?«

»Ab und an. Falken sind Standvögel und Zugvögel. Die ziehen nach Südafrika und wieder zurück. Wie die Schiffe.«

»Meinst du die Drummond Castle?«

»Was sonst? Aber im Ernst, ich denke nicht, dass dieser

dürre Tourist die Eule aufgehängt hat. Er konnte ja nicht mal sein Luxuszelt retten.« Sie grinste. »Es ist hin. Das hat er nun davon.«

»Du bist unbarmherzig, Yaelle.« Das kam von Sophie-Anne, die der Unterhaltung gefolgt war.

»Nur so merken sie, was ein Naturschutzgebiet wirklich bedeutet. Beim Créac'h haben wir Drähte in Knöchelhöhe neben die Wege gespannt und immer wieder Schilder angebracht. Ich könnte ganze Tage damit verbringen, die Leute darauf hinzuweisen, dass sie die Wege nicht verlassen sollen. Die können alle nicht lesen.«

Sophie-Anne wandte sich zu mir. »Yaelle leitet das Museum beim Stiff im Sommer und ist außerdem für die Bewirtschaftung des Créac'h angestellt.«

Ob all der Leuchttürme schwirrte mir der Kopf.

»Bedeutet, im Sommer arbeite ich doppelt so viel. Tag und Nacht, keine Freizeit.«

»Genau wie ich«, sagte Sophie-Anne. »Übrigens habe ich kurz mit Erica gesprochen, sie bleibt über Nacht in der Kirche und betreut da die Gestrandeten. Den Raum können wir für die Trauung vergessen, bis Samstag wird der nicht wieder in Ordnung sein.«

»Wissen Nathalie und Sean Bescheid?«

»Erica wird es ihnen ausrichten.«

»Gibt es einen Ersatzort?«, fragte ich. »Für die Trauung?«

»Was meinst du?« Sophie-Anne blickte Yaelle an.

Yaelle war also auch involviert.

»Sie ist Nathalies Trauzeugin«, erklärte Sophie-Anne.

Ah, was? Hatte das bislang keiner erwähnt, oder hatte ich es überhört? Mit ihr also hatte Gabriel den Nachmittag verbracht. Abgesehen von ihrem Fachwissen und der Inselverbundenheit war sie sehr attraktiv mit ihren Sommersprossen und dem glatten, vollen Haar, nicht das, was man sich unter einer erprobten Leuchtturm-Mitarbeiterin vorstellte.

»Ich könnte mir die Galerie auf dem Stiff vorstellen. Eine Leuchtturmhochzeit.« Yaelle zeigte mir ein Foto. Die Aussicht von da oben war phantastisch. »Wir finden immer einen Weg. Nur nicht den direkten.«

Das war mir auch schon aufgefallen.

»Wir treffen uns morgen Mittag beim Stiff, um alles zu besprechen.« Yaelle klappte das Laptop zu. »Sagst du es Gabriel, Tereza?«

»Kommen wir denn da raus? Während des Sturms?«

»Zu Fuß. Ist ein schöner Spaziergang. Im Lauf des Tages wird der Wind abflauen.«

In dem Moment kamen die anderen Gäste aus der Küche zurück, auch Linda stieß wieder dazu.

Sophie-Anne setzte sich. Zum ersten Mal an diesem Tag, wie mir schien. »Tereza, du als Buchhändlerin hast doch bestimmt ein Buch dabei.«

Natürlich hatte ich das. Es lag sicher in meiner Tasche. Gabriel hätte vermutlich keine Freude, wenn ich den Inhalt öffentlich machte. Aber er schnarchte ja oben in seinem Bunkerbett.

»Es wäre ein ziemliches Kontrastprogramm zu Ouessie, dem Schaf.« Ich holte die Novelle raus. »Es heißt ›Reise in die Hölle‹, und es geht um den Untergang der Drummond Castle.«

Sofort hatte ich die Aufmerksamkeit aller Anwesenden. Sophie-Anne sah skeptisch aus. »Ein Roman?«

Als ich das Cover mit den ertrinkenden Menschen zeigte, wurde sie blass. »Ich weiß nicht, ob das eine gute Idee ist. Woher hast du das?«

Ich wich aus. »Erzähl ich dir morgen.«

»Fang an, Tereza.« Das kam von Linda. Sie und die anderen hatten sich um das Feuer geschart.

Ich dachte an Mabel, an Celia, an die kleine Alice und an Honey, das Pudelmädchen. Und an Orel Pindy. Dann klappte ich das Buch auf und las vor. Die ersten beiden Kapitel, die ich schon kannte, und anschließend das dritte.

11

Reise in die Hölle/Kapitel 3 PAKT MIT DEM KAPITÄN

Höhe Quimper, 15. Juni 1896

Auf dem Ausguck am vorderen Mast, viele Meter über dem Boden, in ziemlich gefährlicher Position, blickte der Fünfte Offizier Orel Pindy durch einen Feldstecher und winkte. Meinte er tatsächlich sie? Mabel sah sich um: Die Kinder waren in ein Kricketspiel vertieft, die Frauen tranken Tee und spielten Karten, Celia Wilkinson war vor einiger Zeit mit einer Entschuldigung verschwunden. Also wagte sie es, ihm ebenfalls zu winken. Mabel konnte ihre Augen ohnehin kaum von ihm lösen, er sah so unverschämt gut aus, dass es ihr den Atem verschlug. Noch besser als beim Fest im Schiffsbauch. Daran hatte Mabel keine guten Erinnerungen, der Schock hatte tief gesessen. Aber Mabel wäre nicht Mabel, wenn sie keinen Ausweg gefunden hätte.

Sie hatte sich vorgenommen, Orel Pindy auf der Stelle zu vergessen, wenn sie auch nur einen einzigen Beweis fände, dass er und Celia in der kurzen Zeit dieser Reise eine Liaison angefangen hätten. Obwohl Mabel aufgepasst hatte wie ein Luchs, hatte sie Orel seither nur ein einziges Mal mit Celia zusammen gesehen, am gestrigen Abend, als er wieder in der Bibliothek vorgelesen und Celia hinterher ein Buch überreicht hatte. Dabei hatte sie ihn so von oben herab behandelt und sich so schnell verabschiedet, dass er Mabel zugezwinkert und etwas von verwöhnten Erste-Klasse-Ladys gemurmelt hatte. Da war Mabel ganz sicher gewesen, dass sie sich an jenem Abend geirrt hatte, wegen der ungewöhnlichen Welle, wegen Orels Ruf, sie sollten sich in Sicherheit bringen, der sich hinterher als Scherz herausgestellt hatte.

Bei Tageslicht und mit klarem Kopf betrachtet, war die

Vorstellung, dass Celia mit Orel getanzt hatte, so absurd wie schottischer Schnee im Sommer.

Nun war das Leben wieder voller Möglichkeiten. Sie könnten gleich zusammen einen Spaziergang über das Zwischendeck machen, sie könnte ihm gar ihre Kabine zeigen. Oder er ihr die seine. Was auch immer es wäre, es musste schnell geschehen. In weniger als drei Tagen würden sie ankommen.

Als Mabel erneut zu Orel hochblickte, war der Ausguck verwaist. Orel war nicht mehr da. Einfach so verschwunden.

Mabel erstarrte. Sie konnte nicht sagen, warum, aber sie sah Orel vor sich, wie er auf der Wasseroberfläche aufschlug, wie er mit den Wellen kämpfte, wie seine Schreie vom Maschinenlärm erstickt wurden und wie er schließlich versank.

Die Hand vor dem Mund, eilte sie zum Mast. Einige Matrosen, darunter Peebles mit den abstehenden Ohren, waren dabei, ein Rettungsboot zu überprüfen.

»Wo ist Orel?«, fragte Mabel. »Er war eben noch im Ausguck.«

Die vier musterten sie fragend. Es gab keinen Grund, dass eine wie sie sich nach Orel erkundigte.

»Er sollte mir etwas bringen«, erklärte sie, »aber mit einem Mal war er weg. Und nun ...«

»... denken Sie, er ist in den Atlantik gesprungen?«

»Als Fischfutter?«

»Zum Übungsschwimmen?«

»Weil er Durst hatte?«

Der Größte ignorierte die Sprüche der anderen, trat an die Reling und spähte ins Wasser hinunter.

»Da ist niemand.«

Aber sie standen auf der Schattenseite, die Wellen waren fast schwarz. Es wäre unmöglich, jemanden zu erkennen.

»Könnt ihr nicht das Rettungsboot hinunterlassen?« Mabel zeigte auf die Seilwinde. »Die sieht frisch geölt aus.«

»Das war nur für die Übung. Bis wir das Boot unten hätten, würde es viel zu lange dauern.«

»Wozu übt ihr dann, wenn es nicht funktioniert?«

»Sollte das Schiff untergehen ...«, Peebles beugte sich vor,

als ob er Mabel ein großes Geheimnis verkündete,»... ist in jedem Boot nur Platz für zwanzig Menschen, es reicht niemals aus für alle. Wir haben keine Lust, uns für die feinen Pinkel da oben in der ersten Klasse zu opfern.«

Mabel rechnete.»Das ist grob fahrlässig, es müsste doch einen Platz für jeden geben.«

»In unseren Träumen.«

»Wir dürfen einfach keinen Schiffbruch erleiden. Eine andere Möglichkeit gibt es nicht.«

»Jetzt geht es ja nicht um alle, schon gar nicht um die reichen Pinkel, sondern um Orel, euren verschwundenen Kollegen. Könnt ihr bitte die Maschine stoppen?« Die Tränen stiegen Mabel in die Augen, was den Größten zu einem ungeschickten Tätscheln brachte.

»Er ist flink wie ein Wiesel, unser Orel. Bestimmt schreibt er seine Beobachtungen ins Logbuch, so wie die Reederei das von uns verlangt. Allerdings hätte er uns Bescheid geben müssen, dass er den Ausguck verlässt. Gnade uns Gott, wenn genau in dem Moment ein Felsen aus dem Meer wächst.« Er musterte seine Kumpane.»Peebles, in dem Fall bist du dran.«

Blitzschnell kletterte Peebles den Mast hoch.

»Die See ist unruhiger als heute Morgen«, sagte Mabel und hielt sich an einer Eisenstange fest.

»Da ist was im Anzug«, sagte der dritte Matrose. Er erhielt einen Stoß von seinem Nachbarn. Sie wechselten erneut Blicke, der Vierte im Bunde beruhigte Mabel, es sei keine Gefahr durch das Wetter zu erwarten.

»Gehen Sie ins Kapitänsbüro, beim Aufgang zur Brücke, Orel ist da. Aber nicht weitersagen, er hat uns zur Geheimhaltung verpflichtet.«

Mabel sah zu den Kindern hinüber, deren Spiel noch im Gang war.

»Du sollst sie keinen Moment aus den Augen lassen«, hatte Celia gesagt.

Sie ging zu George.»Ich bin gleich wieder hier, Georgie, ich muss etwas holen.«

Er nickte. »Das Boot, wo du mit den Matrosen gesprochen hast, was ist das?«

Mabel erzählte ihm, was sie erfahren hatte.

»Ein Rettungsboot?«, fragte Georgie. »Mit Rudern und so?«

Sie sah ihm an, was er sich wünschte.

»Untersteh dich, da hineinzuklettern!« Sie zerzauste sein Haar. »Wenn du gehorchst und gut auf deine Geschwister und Honey aufpasst, dann frage ich Orel, ob er euch morgen darin spielen lässt.«

George bekam glänzende Augen und stellte sich wieder zu den anderen.

Das Schiff hob sich ein wenig, eine sanfte Bewegung, mehr wie ein träges Schaukeln, kein Vergleich zu der Monsterwelle am Festabend. Trotzdem flogen einer Frau am Spieltisch die Karten aus der Hand, und ein Hut flatterte davon.

Plötzlich fühlte Mabel eine große Leichtigkeit. Sie eilte am Rand des Decks entlang bis zur Treppe, die sie nach oben führte. Hier war kein Mensch. Das Kapitänszimmer fand sie ohne große Probleme. Als sie eintrat, war es leer. Es roch nach einer Mischung aus Bienenwachs, Fisch und Maschinenöl. Auf einem geschliffenen Schreibtisch lag das geöffnete Logbuch, daneben eine Holzschachtel mit Schreibfedern und ein Tintenfass.

Mabel trat näher. Eine eckige Schrift, einige Zahlen und Koordinaten. Daneben unleserliche Buchstaben. Aus einem angrenzenden Zimmer erklang eine Stimme, die Tür war nur angelehnt. Anstatt zu verschwinden, durchquerte Mabel den Raum, um sich in eine bessere Position zu bringen.

»Ein Sturm nähert sich, Sir.« Die Stimme war tief und warm und gehörte Orel.

»Das höre ich zum ersten Mal.« Die zweite Stimme war höher, gepresst, aber voller Autorität. »Begründe deine Annahme.«

Schritte. Mabel duckte sich hinter eine Kommode.

»Die weißen Wolken im Osten verheißen nichts Gutes.« Orel klang so engagiert und wissend, dass sich Mabel ganz stolz fühlte. Der Kapitän jedoch schien Orel nicht ernst zu nehmen.

»Sie sind vollkommen harmlos.«

»Sie werden sich zu einem Sturm zusammenballen, in dessen Gefolgschaft sich Nebel befindet.«

»Herrlich, deine Formulierung. Aber mein Erster Offizier hat eine andere Einschätzung, weder Sturm noch Nebel sind angesagt.«

»Der Erste Offizier irrt sich. Sturm und Nebel, dafür lege ich meine Hand ins Feuer.«

»Wie mutig, dass du dir dieses durchaus folgenschwere Urteil zutraust.« Die Stimme des Kapitäns klang amüsiert. »Dabei ist es erst deine zweite große Aufgabe.«

»Sie kennen meinen Werdegang?« Orel hörte sich erstaunt an. Wie kam der Kapitän dazu, etwas über den kleinen Fünften Offizier zu wissen?

Der Kapitän lieferte die Antwort sogleich. »Man hat mir von dir berichtet. Du seist der König des Ausgucks. Du sollst jeden Felsen und jedes Riff erspähen, selbst unter Wasser, wenn sie für andere nicht sichtbar sind.«

»Das ist übertrieben.«

»Stell dein Licht nicht unter den Scheffel.«

»Das ist kein Licht. Das ist reine Logik.«

Mein Orel, dachte Mabel.

»Was ist dein Geheimnis?«

»Ich bin aus Brest, ich kenne die Gegend, kenne die Wolken, die Wellen. Und Stürme kann ich riechen.«

»Stärke?«

»Beaufort acht oder sieben.«

»Sechs?«

»Wunschdenken.«

»Fair enough. Und was schlägst du vor?«

»Ankern. In La Rochelle.«

Die Gefahr vermeiden, auch Mabel wäre zu dem Schluss gekommen. Denken Sie daran, dass Sie nicht genügend Platz in den Rettungsbooten haben, hätte sie am liebsten angefügt.

»Ankern ist außerhalb unserer Möglichkeiten. Wir haben einen Fahrplan einzuhalten.«

»Dass Wilkinsons Ränke so weit reichen, hätte ich nicht für möglich gehalten. Wilkinson, der König des Schiffsfahrplans.«

Wieso kannte Orel Colin Wilkinson? Mabel fuhr es kalt über den Rücken, von den Haarspitzen bis zu den Zehen.

Stille herrschte im Zimmer, bis der Kapitän sich räusperte.

»Damit hat er nichts zu tun.«

»Nicht? Sind Sie sicher?«

»Mäßigen Sie sich.«

»Sie streiten also ab, dass Wilkinson seiner Frau eine Sonderfracht anvertraut hat?«

Ein Poltern, ein unterdrückter Schrei, danach verkamen die Stimmen zu einem hektischen Wispern, Mabel verstand nichts mehr und war ihren Gedanken überlassen.

Steckte mehr hinter Celias Reise? Die schwache Mutter, die schwindsüchtige Passagierin, die geplagte Ehefrau ... waren das nur Rollen? Niemals, das könnte sie nicht vortäuschen. Aber was meinte Orel mit Sonderfracht? Die Kinder kaum. Es musste etwas in Celias Gepäck sein. Etwas Wertvolles. Die Kassette vielleicht, die ihr Wilkinson vor der Abfahrt überreicht hatte und die sie immer unter ihrem Bett behielt.

Das Gespräch auf der anderen Seite wurde wieder lauter.

»Es muss der Königin überbracht werden.«

»Queen Victoria?«

»In Wilkinsons Auftrag.«

»Sie können mir vertrauen, Sir.«

Der Kapitän lachte. »Keine Sekunde vertraue ich dir, Pindy, keine Sekunde. Aber auf das Portemonnaie vertraue ich. Bitte sehr.« Ein Geräusch, als ob etwas über eine Tischplatte geschoben würde. »Zählen kannst du es nach der Ankunft. Sollte es nicht stimmen, behaftest du mich.«

Der Kapitän hatte Orel Geld gegeben. Einige Satzfetzen, dann kamen sie wieder auf den drohenden Sturm zu sprechen.

»Wir heizen die Kessel auf Hochdruck und gewinnen zwei Stunden«, sagte der Kapitän. »Du übernimmst den Ausguck ab heute Abend.«

»Yes, Sir.«

»Bis zur Ankunft.«

»Wie Sie befehlen, Sir.«

»Es ist eine königliche Aufgabe.«

»Ich freue mich darüber.«

»Außerdem übergebe ich dir das hier. Es ist eine Taschenlampe. Ein Freund aus Wien hat sie mir geschenkt. Sie ist batteriebetrieben. Und trotzt jedem Wetter. Vom vorderen Korb aus kannst du damit den Kontakt mit mir halten, der Lichtstrahl reicht bis zur Kommandobrücke.«

»Das ist außergewöhnlich.«

»Wir sind auf dem Weg in eine neue Zeit. Kannst du das Morsealphabet?«

»Didahdahdahdahdidah.«

Der Kapitän lachte. »Ich sehe, du bist mein Mann.«

»Dreimal kurz, dreimal lang, dreimal kurz. Das könnte unser Zeichen sein. Für aufpassen oder so.«

»Sehr gut. Denk daran, dass ich einige Minuten brauche, um das Steuer herumzulegen.«

»Das ist mir bewusst.«

»Damit befördere ich dich zum Goldenen Offizier.«

»Die Bezeichnung ist mir unbekannt.«

»Ich habe sie soeben erfunden.«

In dem Moment hob sich das Schiff erneut. Mabel stolperte und fasste nach dem Türgriff, zog sich ganz hinter die Kommode zurück. Schon kam Orel heraus, durchquerte den Raum und ging davon. Ohne zu überlegen, folgte ihm Mabel. Orel ging schnell, eine erneute Welle übersprang er. Auf dem Zwischendeck wählte er die Glastür zum Passagierbereich.

Er will zu mir, dachte Mabel und begann zu laufen, bis sie abrupt innehielt. Ohne anzuklopfen, hatte er die Wilkinson'schen Räume betreten.

Sie sah ihn vor sich, sah Celia vor sich, die am Fenster stand, aufrecht, wie eine Tänzerin, von der Krankheit nichts zu sehen, gelöst, leidenschaftlich, frei. Dass sie alle hier auf diesem Schiff waren, war weder Zufall noch Schicksal. Es war ein Plan, den Celia geschmiedet hatte. Ihre Kinder, ihren Mann, den Kapitän, *sogar Königin Victoria hatte sie eingeseift. Celia liebte Orel, und er liebte sie. Dass er Mabel angestrahlt hatte, hatte nichts bedeutet. Er lachte jeden Menschen an, weil er eine gewinnende Person war, es gab niemanden, der Orel nicht mögen würde. Das Schiff hob sich noch mal. Ganz langsam, gespenstisch langsam richtete es sich auf, so sehr, dass Mabel nach hinten fiel, in den Gang hinaus und retour rutschte, immer weiter weg von der Tür.*

Nie werde ich erfahren, was dahinter wirklich geschieht, dachte sie, ob es so ist, wie ich befürchte, bevor sie mit dem Kopf an einen Türpfosten schlug.

An dem Punkt hörte ich auf zu lesen. Denn irgendwo ertönte ein dumpfer Knall. Alle sprangen auf.

12

Im Frühstücksraum war der Boden nass, ein Fenster stand sperrangelweit offen, es zu schließen war fast nicht möglich. »Wer hat das offen gelassen?« Schließlich gelang es mir unter Aufbietung all meiner Kräfte. Ein Kreischen von draußen fuhr mir durch Mark und Bein. Dann wieder dieser dumpfe Knall.

Ich traf Sophie-Anne im Flur. Sie kam von den oberen Stockwerken zurück, wo sie alles befestigt hatte. Die anderen waren heimgegangen oder in ihren Zimmern.

»Ich war auch bei dir, wegen dem Korbstuhl auf dem kleinen Balkon. Das lag vor deiner Tür.«

Eine karierte Pyjamahose und ein großes T-Shirt. Darauf ein Zettel. *Sleep well*, bis morgen. Gabriel«.

Ich fühlte mich ein wenig versöhnt.

»Schläft er bei dem Sturm?«

»Manche Leute können das.«

Das Kreischen setzte wieder ein.

»Es klingt, als ob jemand in höchster Not wäre.«

Sophie-Anne warf mir einen schwer zu lesenden Blick zu und zog eine Regenhaut über, ihre Handbewegung verstand ich als Aufforderung, sie zu begleiten. An der Garderobe nahm ich einen der Mäntel und schlüpfte in Gummistiefel. Sophie-Anne öffnete die Tür einen Spaltbreit. Draußen tobten die Elemente.

»Halte dich hinter mir!«, schrie sie. »Wir müssen außenrum!«

An der Seite des Hauses entlang ging sie vorwärts, sich an das schmale Eisengeländer klammernd. Ich tat es ihr nach, ohne hätten wir keine Chance gehabt. Dann verschwand sie um die Ecke.

Ich folgte ihr bis zu den beiden Stufen, die zur Terrasse hinaufführten. Dort blieben wir stehen, an die Wand gepresst. Der Ausblick war nicht von dieser Welt. Meer und Himmel hatten sich zu einer einzigen Wand vereint. Die Wasserlinie, noch vor einigen Stunden in sicherer Entfernung, hatte sich aufgelöst. Ein Blitz von links beleuchtete eine Welle, die sich vor uns aufbäumte, Tonnen von schwarzem Wasser, die höher und höher stiegen, bis die Kante aus Gischt den Bruchteil einer Sekunde verharrte, bevor sie sich in einer gewaltigen Bewegung senkte und die Terrasse überspülte. Ein Lichtstrahl rotierte, wurde weniger, wurde wieder mehr. Ein Moment der Ruhe, in dem der Wind wie ein Säuseln wirkte.

»Das ist gefährlich!«, rief ich, drauf und dran, das Weite zu suchen. »Die nächste Welle könnte uns mitreißen.«

»Hiergeblieben!« Sophie-Anne hielt mich am Arm fest. »Die Wellen ... sie berühren weiter unten die Felsen und erheben sich bis auf die Höhe des Hausfirsts! Beim Auslaufen überspülen sie die Terrasse, aber noch nie ist eine hier oben kollabiert! Das ›Comtesse‹ ist so gebaut, dass es Hand in Hand mit dem Ozean geht, mit gegenseitigem Respekt!«

»Das Meer hat Respekt vor den Menschen? Ich lach mich tot.«

Ein gewaltiges Rauschen und eine neue Welle baute sich auf. Anders als die erste, breiter, fülliger, mit einem schaumigen Kamm.

Sophie-Anne zog mich dicht neben sich. Die Lawine knallte keine fünf Meter vor uns in die Tiefe, der Schaum gleißte in einem wandernden Lichtstrahl, und die Ausläufer sprudelten über die Platten. So wie Sophie-Anne es beschrieben hatte.

»Von welchem Turm kommt das Licht?« Ich hatte den Überblick verloren.

»Vom Créac'h! Sein Leuchtfeuer hat eine der höchsten Reichweiten Europas!«

Nie hatte mir die Bedeutung eines Leuchtturms mehr eingeleuchtet als in diesem Moment – im wahrsten Sinne des Wortes. Nathalie hatte recht gehabt, als sie eben am Telefon prophezeit hatte, das Unwetter komme schneller als geplant.

Man kann nur beten, dass der Hubschrauberpilot wieder zurück ist, dachte ich und fragte mich gleichzeitig, wann ich das letzte Mal an Beten gedacht hatte. Es war die Natur hier, die einen näher zu höheren Mächten brachte, im Guten wie im Bedrohlichen.

Und wieder kam eine Welle. Noch höher als die letzte. Dann eine gezackte, eine flache, eine bullige, eine anders als die andere, und über allem lag dieses unermessliche Rauschen.

»Ist das eine Sturmflut?«, schrie ich.

»Dann würden wir nicht mehr hier stehen! Noch zwei, dann gibt es eine kurze Pause, und ich kann raus!« Sophie-Anne drückte mir ein Seil in die Hand, das sie sich um den Bauch geschlungen hatte. »Einfach festhalten, dann kann nichts passieren!«

»Was tust du da? Das Kreischen ist weg. Was auch immer da geschrien hat, das Meer hat es sich genommen.«

Sophie-Annes Kopfschütteln war bestimmt.

Wie sie vorausgesagt hatte, zog sich das Meer zurück, und der Wind flachte ab. Wieder kehrte kurz Ruhe ein.

Sie überquerte die Terrasse, es waren vielleicht zwanzig Meter, bevor sie zwischen einen festgebundenen Tisch und einen Stapel Stühle fasste. Sie beugte sich vor, als ob sie etwas hochheben wollte. Aber das Ding schien festzustecken.

Da sah ich sie kommen.

Die Welle.

Sie wuchs stumm nach oben, höher und höher und höher.

Um Gottes willen! »Sophie-Anne!«

Die Welle brach, explodierte in tausend kleine Arme, die sich nach Sophie-Anne ausstreckten. Ich stemmte die Beine in den Boden, meine Muskeln brüllten lauter als der Sturm, ich zog und zerrte am Seil, bis Sophie-Anne in mein Blickfeld kam und ich sie zu mir ziehen konnte. Ich hielt sie mit beiden Armen fest, und zusammen sahen wir zu, wie Stühle und Tische aus ihren Verankerungen gerissen und weggeschwemmt wurden. Zwischen uns, jämmerlich nass, aber lebendig, war Vovone, die Katze.

»Hat sie so gekreischt?«

»Es ging um ihr Leben.«

»Aber warum war sie draußen? Du hast gesagt, sie würde nie freiwillig rausgehen.«

»Geht sie auch nicht.«

»Ein Versehen?«

»Ich hoffe es.«

»Oder jemand hat sie ausgesperrt. Das wäre barbarisch.« Und es würde zu den toten Vögeln passen. Ein Schauder lief mir über den Rücken. Die Phantasie sieht, was sie sehen will. Wir warteten den nächsten Brecher ab und gingen zurück. Als wir durch die Tür traten, stellte Sophie-Anne Vovone auf den Boden. Sie verschwand mit einem Fauchen.

»So sind sie, die Katzen.« Sophie-Anne rang sich ein Lächeln ab. »*Merci*, Tereza. Du hast mir das Leben gerettet.«

»Kein Thema.«

Beim Ausatmen merkte ich, wie angespannt ich gewesen war. Und wie gedämpft der Sturmlärm im Haus schien.

»Diese Häuser müssen viel aushalten.«

»Sie sind unser Obdach.« Wir sahen uns an.

»Der Knall eben – da ist Vovone durch die Luft geflogen, nicht wahr?«

»Vielleicht.« Sophie-Anne nahm ein Tuch von einem Haken und warf es mir zu.

»Patrick hat gesagt, wenn Katzen fliegen, ist Orkan.« Ich trocknete mein Haar ab. »Das Fenster im Frühstücksraum stand offen. Das warst bestimmt nicht du. Hat es jemand absichtlich offen stehen lassen? Dieselbe Person, die auch Vovone rausgelassen hat?«

»Du bist hartnäckig, Tereza. Aber du könntest recht haben.« Sophie-Anne seufzte. »Seit die Pläne um die Windkraft hier aufgetaucht sind, gibt es Streit auf der Insel. Im Vorfeld der Hochzeit hat sich alles verstärkt. Der Bäcker spricht nicht mehr mit dem Metzger. Und die vom Norden wettern über die vom Süden.«

»Bei einem Durchmesser von acht Kilometern teilt ihr euch ein, in die vom Norden und die vom Süden?«

»Im Norden sind die Alteingesessenen, im Süden die Neuen. Auch Loic hat sein Apartment da.«

»Mit dem hat es eben in der Bar gekracht.« Ich erzählte ihr von dem Konflikt.

»Patrick ist ein lieber Kerl«, sagte Sophie-Anne. »Aber sein Temperament kann er nicht zügeln. Nicht, wenn er getrunken hat.«

»War er mal Leuchtturmwärter? Ist vielleicht ein Unglück passiert, von dem Loic weiß? Er hat das in der Bar so angedeutet.«

»Frag ihn selbst.«

»Tom, Mishi, Patrick, Rosie, Fanch, Auguste ... was könnte Loic gegen sie in der Hand haben?«

»Keine Ahnung. Hat er Fanch wirklich erwähnt?«

»Ich hab's deutlich gehört.«

Ihr Gesicht verschloss sich. »Lass uns das morgen klären. Ich bin müde.« Da war es wieder, dieses Gefühl, dass sie mir etwas Wichtiges verschwieg. Ich kannte sie erst seit einigen Stunden, das wurde mir bewusst.

Ich lass ihr Zeit, dachte ich und holte die Novelle, die immer noch neben dem verglühten Feuer auf dem Kaminsims lag. Anders als eben, aufgeschlagen und umgedreht.

»Ob jemand weitergelesen hat?«, sagte ich leise, mehr zu mir selbst als zu Sophie-Anne.

Sie machte einen Laut. »Tu es weg, Tereza.«

»Die anderen werden wissen wollen, wie es endet.«

»Das wissen sie auch so, bei dem Titel. Woher hast du es denn nun? Auf einem Dachboden gefunden?«

Als ich ihr erzählte, dass Gabriel es mir hatte zukommen lassen, verdüsterte sich ihr Gesicht noch mehr. »Ich weiß nicht, was er damit vorhat. Es ist eine alte Geschichte. Sie wieder auszugraben macht wenig Sinn.«

»Am Samstag jährt sich der Tag des Schiffsuntergangs. Dass er nun mit der verschobenen Hochzeit zusammenfällt, ist ein Problem, finde ich.«

»Genau darum sollst du es verschwinden lassen.« Ihre Stimme hatte hart geklungen.

»Okay«, sagte ich und nahm das Buch an mich. »Ich werde erst weiterlesen, wenn der Sturm vorbei ist.«

13

Beim Aufwachen bildete mein Atem Dunstwolken, und meine Zehen waren erfroren. Der Sturm hatte einen Temperatursturz mit sich gebracht. Es fühlte sich an wie Spätherbst. Draußen sah es auch so aus. Der Himmel war dunkelgrau. Zwar stürmte es etwas weniger. Aber immer noch so stark, dass ich null Lust hatte hinauszugehen. Und das in der Bretagne.

Ich zog die gelben Socken über, die mir Sophie-Anne zusammen mit einer Strickjacke und einem Paar übergroßer Jeans geliehen hatte. Die Novelle lag unter dem Kopfkissen, da, wo ich sie gestern hingelegt hatte.

Als ich das Handy einschaltete, erlebte ich – in Kauerposition unter dem Fensterbrett – eine Überraschung. Mein Gerät verband sich mit einem mobilen Netz. Viele Nachrichten waren hereingekommen, mein Umfeld hörte ja den Wetterbericht. Ich versorgte alle mit einem Smiley. Kai und Lovis waren erleichtert, dass es mir gut ging.

Sylvies üblicher Spruch, der älteste aller alten Sprüche, brachte mich zum Lachen: »Guten Morgen, meine Schöne, alles fit im Schritt?«

»Könnte fitter sein«, schrieb ich auf ebenso flapsige Weise zurück.

Danach beschloss ich, den digitalen Moment für Nachforschungen zu nutzen. Nebst dem Zeitungsartikel, den ich schon kannte, fand ich keine weiteren Informationen zum Ouessantiner Windkraftkonflikt. Dafür umso mehr über die Drummond Castle. Die Berichte über ihren Untergang waren erstaunlich ausführlich. Es stellte sich heraus, dass die tatsächlichen Offiziere nicht mit denen in der Novelle übereinstimmten, weder der Namen Peebles noch Pindy stand unter den Fotografien der strengen Herren mit Bärten und weißen Hemdkragen, die wie Advokaten wirkten und so gar nicht wie Schiffsleute. Anders bei Familie Wilkinson. Die waren bei den toten Passagieren gelistet: Celia, George, Fiona und Alice. Alle mit einem Kreuz hinter dem Namen. Sie waren ertrunken.

Mabel fand ich nicht. Das musste aber nichts heißen, da von unvollständigen Passagierlisten die Rede war, es sei sehr schwierig gewesen, die angeschwemmten Leichen zu identifizieren, viele seien schlicht nie mehr aufgetaucht.

Dasselbe könnte auch auf die Besatzung zutreffen, dachte ich. Orel Pindy als Fünfter Offizier und Peebles waren vielleicht erst kurz vor der Abfahrt zur Mannschaft gestoßen. Und wenn Orel Pindy Brest verlassen hatte, um als Matrose anzuheuern, hatten seine Eltern damals damit rechnen müssen, nie wieder etwas von ihm zu hören. Es waren andere Zeiten gewesen.

Der Sonderauftrag an Queen Victoria kam mir allerdings phantastisch vor. Hätte es so einen gegeben, stünde er in jedem Geschichtsbuch der Welt. Andererseits hatte sie eine Glocke für den Ouessantiner Turm spendiert. Offiziell hieß es wegen der vielen schottischen Toten. Aber vielleicht gab es da ja noch eine Hidden Agenda, ein Geheimnis, von dem nur die Wilkinsons, Orel und Mabel gewusst hatten.

Ob sie überlebt und das Buch geschrieben hatte? Im Impressum fand ich die Angabe, dass es 1934 in einer Auflage von hundert Exemplaren gedruckt worden sei, von einer Druckerei in Glasgow, ein Verlag wurde nicht angegeben. Nicht nur der Autor, sondern auch der Auftraggeber nannte sich M. Abel.

Noch einmal überflog ich die Passagierliste. Und dann entdeckte ich etwas. Es gab eine Notiz über eine schottische Gouvernante, die verschwunden geblieben war. Niemand kannte ihren Namen, weil er nicht eingetragen gewesen war. Aber einer der Überlebenden musste von ihr erzählt haben. Vielleicht auch Colin Wilkinson. Ob er ein Vorfahre von einer der vielen schottischen Firmen mit Namen Wilkinson war, ließ sich so schnell nicht herausfinden.

Als ich die Namen seiner Frau und seiner Kinder eingab, brach leider das mobile Netz zusammen. Recherche beendet. *Mince.*

Ich packte das Buch in meine Tasche. Auf eine Dusche verzichtete ich. Nach einer Katzenwäsche trat ich auf den Flur. Vor Gabriels Tür verharrte ich. Mein leises Klopfen blieb unbeantwortet. In der Küche fand ich einen Zettel von Sophie-Anne. »Ich hole Brot. Strom ist immer noch aus.« Der kleine Gaskocher war mir vertraut, so hatte ich mir bis nach dem Umbau meiner Küche Kaffee gekocht. Pulver stand daneben, Milch im funktionslosen Kühlschrank. Mit der Tasse in der Hand streifte ich durch die verwaisten Räume, alle waren in den Zimmern. Im Frühstücksraum gab es immer noch Pfützen, die Terrasse davor war bar jeglicher Möblierung. Das Meer wogte in Distanz, die Wellen waren kein Vergleich zur Nacht. Waren sie wirklich auf der Terrasse gebrochen? Es erschien mir wie ein Traum. Aus dem Nichts tauchte Vovone auf und strich mir um die Beine. »Na du, wer hat dich rausgeschmissen?« Sie schnurrte und verschwand. Ich stieg in die Gummistiefel und wagte mich hinaus. Es wehte immer noch kräftig, bei Tageslicht wirkte es jedoch weniger bedrohlich. Ich kämpfte mich bis zur Scheune hoch, nur um die Kinder schlafend in ihren Schlafsäcken vorzufinden. Von David war nichts zu sehen, auch sein Bike war weg. Das alarmierte mich. Seine Notiz für die Kinder, »Bin gleich zurück, bringe euch Frühstück«, beruhigte mich nur halb. Mit David sprechen, das war das Nächste, das ich tun wollte. Und danach mit Loic, ich wollte wissen, was er mit den Anspielungen gemeint hatte. Danach würde ich bei Yannis vorbeigehen. Ich würde noch mal einen Blick auf den Vogel werfen und die Flagge untersuchen, die ich dagelassen hatte, zur Beweissicherstellung. Zurück in der Küche, stach mir der Verlobungsring an meinem Finger ins Auge. Für einen weiteren Versuch, ihn abzustreifen, probierte ich es mit der Butter, die neben einem Topf Brombeermarmelade fürs Frühstück bereitstand.

»Was machst du da?«

Ich schrie auf vor Schreck. Gabriel Mahon lehnte im Türrahmen, er hatte sich angeschlichen wie ein Geist. Ein sehr unausgeschlafener Geist, sein Gesicht sah zerknittert aus. Außerdem war der Ledermantel nass, er musste bereits draußen gewesen sein.

Ich versteckte die fettglänzende Hand mit dem Ring hinter meinem Rücken und bot ihm Kaffee an. Ein Knall ertönte, dumpf und heftig. Vovone, die es sich auf einem Stuhl bequem gemacht hatte, spitzte die Ohren.

»Was war das? Nicht noch eine Katze!«

Gabriel war bereits wieder draußen. Ich folgte ihm.

Im Windschatten eines Mauervorsprungs lag ein Vogel, nach vorn gekippt, ein Flügel ausgebreitet. Die Augen geöffnet, aber ohne jegliche Regung. Er war schwarz-weiß mit orangem Schnabel, sah aus wie ein kleiner Clown.

»Ein Papageientaucher«, sagte Gabriel. »Sie sind eher selten hier, normalerweise leben sie auf Island.«

»Ist er tot?«

Gabriel kniete sich hin, versuchte, eine Atmung festzustellen. »Hast du eine Taschenlampe?«

Ich holte die Boule-rouge aus der Küche, ein Griff und ich übergab ihm das gute Stück.

Er leuchtete dem Vogel direkt in die Augen. »Pupillenreflex ist positiv. Gibt es hier eine Schachtel?«

In Sophie-Annes Vorratsraum wurde ich fündig. Außerdem legte ich etwas Dünengras dazu, das ich aus der Mauerritze gerupft hatte.

Gabriel zog Handschuhe über und packte den Vogel vorsichtig hinein. »Er braucht eine Stunde Ruhe. Erst dann zeigt sich, ob er überlebt.«

»Es ist das dritte Mal. Glaubst du mir jetzt, dass das eine gezielte Aktion ist?«

Er winkte ab. »Es könnte ein Sturmkollateralschaden sein. Ein Zettel ist auf jeden Fall nicht da. Und ein Rabe ist es auch nicht, wie du prophezeit hast.«

Meine Augen wanderten zum Haus gegenüber, wo die Überreste einer Flagge baumelten, festgezurrt an einem geschlossenen Fensterladen.

»Wer wohnt da?«

»Der Dorfarzt, Jean Lussec.«

»Ein Gegner?«

»Soviel ich weiß.«

»Ganz sicher. Sonst hätte er nicht die Protest-Flagge gehisst.«

»Du täuschst dich, Tereza. Die Flagge gehört zum Stade Brestois 29, das ist der Fußballverein von Brest. Lussec war früher aktiv.«

Zwei zu null für ihn, dachte ich und schalt mich danach eine dumme Nuss. Lass dich nicht auf dieses Spiel ein, Tereza. Du hast Gabriel gestern mit Patrick erlebt. Er liebt den Mann und würde nichts tun, was die Harmonie gefährdet. Du bist allein bei diesen Nachforschungen.

In dem Moment ging der Laden auf. Ein Mann steckte den Kopf hinaus, dunkles Haar, zu glänzend, um echt zu sein, und dunkle Schatten unter den Augen, die ich sogar aus der Entfernung wahrnahm. Das also war Lussec. Ich hatte ihn schon mal gesehen, gestern in der Bar, ins Gespräch vertieft mit Fanch, dem Wirt.

»Alles gut bei euch?«, rief er. »Was ist mit dem Vogel?«

Hatte er hinter dem Laden gelauert? Klang er scheinheilig?

»Er ist vermutlich zu tief geflogen«, sagte Gabriel. »Wir päppeln ihn auf.«

Ich räusperte mich. »Monsieur Lussec, haben Sie irgendetwas gesehen? War jemand in der Nähe?«

»Was?« Er wirkte verblüfft. »Nur Sophie-Anne.«

»Und gestern Abend? Kurz vor dreiundzwanzig Uhr? Jemand hat Vovone, die Katze, rausgeschmissen und das Fenster des Frühstücksraums geöffnet, es gibt Sachbeschädigungen.«

Lussec war nun mehr als irritiert. »Verdächtigen Sie mich?«

Wütend schloss er das Fenster.

»Wieso hast du nicht nachgefragt?«, fuhr ich Gabriel an,

kaum dass Lussec weg war. »Der dritte massakrierte Vogel, und du willst nichts tun.«

»Was erwartest du von mir? Eine Tür-zu-Tür-Befragung? Die Häuser sind verrammelt, die Leute bleiben drin.« Er ging an mir vorbei, die Schachtel in der Hand. »Ich habe Sophie-Anne schon mehrfach geraten, das Glas der Eingangstür durch Holz zu ersetzen. Es ist gefährlich für Vögel.«

Ich folgte ihm. »Willst du damit sagen, dass es Sophie-Annes Schuld ist.«

»Du immer mit deinen Schuldfragen.«

»Worum geht es denn sonst?«

»Das Leben ist nicht nur schwarz oder weiß.«

In der Küche schob ich Vovone, die neugierig näher gekommen war, beiseite, während Gabriel die Schachtel mit dem Vogel in Sophie-Annes Vorratskammer deponierte. Es dauerte, bis er wieder rauskam und die Tür hinter sich schloss.

»Du kennst dich hier aus«, stellte ich fest.

Er trank einen großen Schluck aus der gepunkteten Tasse.

»Und du hast gestern aus der Novelle vorgelesen, habe ich gehört. Alles vom Englischen ins Französische übersetzt.«

»War das nicht in deinem Sinn?« Ich machte große Kulleraugen. »Tut mir leid, das hättest du mir sagen sollen. Ich habe dafür etwas rausgefunden, laut zu lesen bringt immer eine neue Perspektive.« Ich erwähnte die Passagierliste der Drummond Castle. »Die Gouvernante könnte es wirklich gegeben haben. Sie ist verschwunden. Es war eine schottische Gouvernante. So wie du.«

»Ich bin keine Gouvernante.«

»Aber Schotte.«

»Auf dem Schiff waren viele Schotten.«

Ich seufzte. Musste ich ihm jeden Wurm einzeln aus der Nase ziehen? »Sag mir bitte, woher du dieses Buch hast.«

Er druckste noch eine Weile herum, bis er sich endlich zu einer Antwort herabließ. »Beim Räumen auf dem Dachboden gefunden.«

»In Crozon?«

»Natürlich.«

»Es wurde in Glasgow gedruckt. 1932. Steht im Impressum, das du bestimmt gelesen hast. Glasgow ist bei dir in der Nähe.« Ich zeigte es ihm.

Anstatt das Buch anzusehen, schaute er mich an. Mit diesen Augen von grünem Blau, von grauem Grün, von blauem Grau. »Wow. Gratuliere. Du hast es geschafft.«

Eine Kehrtwende? Ich misstraute dem freundlichen Ton.

»Unterschätze mich nie.«

»Ich kenne dich ja mittlerweile, was chaotisch wirkt ...«

»Ich bin nicht chaotisch.«

»... hat Methode.«

Es reichte mit den falschen Komplimenten. »Warum dieses Theater? Können wir nicht einfach Klartext reden?«

»Ich musste rausfinden, ob du die Richtige bist.«

»Die Richtige wofür?«

»Mir zu helfen, ein Familiengeheimnis zu lüften.«

»Du hast all das arrangiert, die Einladung, die Vögel, den Sturm, bloß um mich zu testen?«

»Was bist du so zynisch? Steht dir nicht.«

Auf die Provokation stieg ich nicht ein. »Sag mir, was mit dem Buch ist, was das mit der Insel zu tun hat, mit der Hochzeit, sonst ...«

»Was? Reist du ab?«

Ein Kreuzfeuer der Blicke. Glaze unterlag. Er setzte sich an den Küchentisch. Schob mir einen Stuhl zurecht. Trank den Kaffee aus. Und erzählte. Erzählte eine verrückte, unglaubliche und aufregende Geschichte. Eine, die ganz nach meinem Geschmack war. Als er zum Ende kam, war ich völlig gefangen.

»Warte, warte, warte. Noch mal von Anfang an. Deine Urgroßcousine ...«

»Mabel Mahon. Hat kaum einen Fuß außerhalb von Galway gesetzt, war bloß einmal in Edinburgh und nie in Glasgow. War ihrem Mann Raymond ein Leben lang treu.«

»Und du vermutest, sie könnte die Schriftstellerin M.Abel sein?«

»Genau.«

»Das ist …«

»Wegen ihr bin ich in der Bretagne.«

Jetzt vermischte er etwas. »Ich dachte, wegen deiner Ex-Frau.«

Er mochte es nicht, an Nadège erinnert zu werden. Sie war Bretonin, sie hatte ihn verlassen, in doppelter Hinsicht. Nach der Scheidung war sie gestorben. Und bis heute war die Verletzung nicht geheilt. Wer sich mit Gabriel Mahon einließ, hatte mit mehreren Schatten zu kämpfen.

»Lass Nadège aus dem Spiel.«

»Entschuldige.«

»Schon gut.«

Kurze Stille.

»Zurück zu Mabel. Hast du irgendwelche Beweise, dass sie auf dem Schiff war?«

»Nein. Auch nicht über eine Anstellung in Kapstadt.«

Das war enttäuschend.

»Es gibt keine direkte Verbindung zwischen Mabel Mahon und M. Abel. Keine Passagierlisten und keine Aufzeichnungen, keine physischen Beweise. Die Rechnung der Druckerei in Glasgow ging postlagernd an einen M. Abel und wurde bar bezahlt.«

»Und trotzdem bist du überzeugt, dass Mabel als Gouvernante der Wilkinsons mit der Drummond Castle gereist ist.«

Ich schüttelte den Kopf. »Mir scheint, du bist zu oft auf Ouessant. Was hast du zu mir gesagt? Die Phantasie sieht, was sie sehen will.«

Er raufte sich das schwarze Haar. »Darüber steht leider nichts in der Familiengeschichte. Fragen kann ich niemanden mehr, alle sind gestorben. Es gab keine Briefe, keine Fotos, keine Notizen. Die einzige offizielle Erwähnung Mabels findet sich in ihrem Geburtsschein, ihrem Hochzeitszertifikat und auf dem Geburtsschein ihres Sohnes, meines Großonkels, 1906.«

Er packte meine Hand. »Verstehst du jetzt, warum du mir helfen musst?«

Es ehrte mich, dass er mir zutraute, da etwas herauszufinden.
»Pardon, du hast doch viel mehr Möglichkeiten als Polizist.
Ich wüsste nicht, was ich –«
»Du sollst die Novelle lesen, verdammt. Und nach einem
Hinweis zwischen den Zeilen Ausschau halten, den ich und
Patrick übersehen haben.«
Das machte mich fassungslos. »Patrick kennt sie auch?«
»Seine Familie war ebenfalls involviert. Das erzähl ich dir
später.« Wieder dieser Blick. »Ich brauche dich, Tereza.«
Und, was soll ich sagen? Es ging mir runter wie die Gischt
von gestern Nacht.
Ich beugte mich vor. »Kriegen wir hin.«
Dann küssten wir uns. Es führte so weit, dass ich Angst
bekam. Konnte ich das noch? Das mit den Körpern und dem
Lieben? Es war doch einige Jahre her. Das Bunkerbett stand
vor meinem inneren Auge und Mabel mit ihrem Orel, als So-
phie-Anne uns unterbrach. Sie tat so, als würde sie unseren
Zustand nicht bemerken, und sah dabei so neugierig aus wie
Julie Walters als Mrs. Weasley.
»Der Bäcker backt im Holzofen.« Gespielt ächzend stellte
sie einen Korb Baguette auf den Tisch. »Diese ganzen Brote,
ich kann euch sagen, mir macht's nichts aus, wenn die Leute
wieder abgereist sind.«
»Und das von der engagierten Hotelfachfrau«, sagte Gabriel.
»Du weißt, wie ich es meine.« Ein gespielt beiläufiger Blick.
»Ihr trefft euch wie verabredet im Stiff, soll ich von Yaelle aus-
richten.«
Schon wieder Yaelle. Ihr Tag musste zweiundsiebzig Stun-
den haben. Es gab kein Ereignis, in das sie nicht eingebunden
war.
»Erica, Nathalie und Sean werden da sein. Und natürlich
Patrick und Loic.«
»Die beiden Streithähne vereint?« Ich konnte es mir kaum
vorstellen.
Gabriel zuckte nur die Schultern. »Was ist mit Nathalies
Mutter?«

»Sie und der Bruder stecken in Brest fest. Die nächsten Fähren sind erst für morgen angekündigt.«

Noch vierundzwanzig Stunden vollkommene Abgeschiedenheit. Von mir aus konnte es so bleiben.

»Wie weit ist es zu Fuß bis zum Stiff?«, fragte ich.

»Etwa vier Kilometer. Wie spät ist es?« Gabriel schaute auf die große Standuhr. Sie war stehen geblieben.

Sophie-Anne lachte. Sie wirkte gelöster als gestern. »Das tut sie immer bei Windstärke acht, frag mich nicht nach dem Grund.« Sie meinte, dass wir es zu Fuß gut schaffen könnten. »Aber nicht den Küstenweg nehmen, der ist zu gefährlich jetzt. Das habe ich auch David gesagt.«

Das machte mich stutzig. »Hast du ihn getroffen?« Ich witterte eine Möglichkeit, mein Gespräch mit ihm zu führen.

»Beim Bäcker. Nun frühstückt er mit den Kindern, ich habe ihnen Tee gebracht. Danach kommen sie zu mir und helfen mir beim Aufräumen. Er will die Insel erkunden.«

»Erkunden? Was bedeutet das?«

»Er hängt keine Vögel auf«, sagte Sophie-Anne, »wenn du das meinst. Lass gut sein, Tereza. Für den Moment. Morgen ist auch noch ein Tag.«

Wo sie recht hatte …

Bevor wir rausgingen, sahen wir nach dem Papageientaucher im Vorratsraum. Er atmete.

14

Unter den tief hängenden Wolken kämpften wir uns über die Hauptstraße. Die Zäune standen stramm, die Häuser waren verrammelt, die Büsche flach geweht. Gespannte Leinen – zum Fische-Trocknen, wie Gabriel erklärte – hatten gehalten, dafür lagen andere Dinge herum, Fahrräder und Leintücher, eine Tür samt Angeln.

»Die haben das Zeug nicht festgebunden«, sagte ich.

»Alles Ausländer«, erwiderte Gabriel. »Die die Warnungen nicht ernst nehmen.«

»Solche wie ich?«

»Du bist ein Weib. Auf Ouessant wird seit der Steinzeit gegendert.«

Vor Lachen verschluckte ich mich am Wind, der nach Gischt und Rosé Pamplemousse schmeckte. Es könnte so einfach sein, dachte ich und drückte seine Hand.

Nach dem Campingplatz bogen wir links auf einen Weg und kamen aufs offene Land. Gänzlich ohne Bäume wirkte es karg, Natursteinmauern begrenzten die Flicken der Felder. Jeder Schritt war ein Kampf. Mein Haar löste sich, meine Gedanken lösten sich.

»*Mind-blowing*«, murmelte Gabriel.

Eine Schafherde kauerte verloren neben einem Unterstand. Eines, das neugierigste, sah aus wie Ouessie, es hatte sogar eine Strähne.

»Die Herde habe ich gestern schon gesehen.« Ich erzählte Gabriel von meiner Begegnung mit Loic, wie er mir nicht geholfen und mich ausgelacht hatte. Das hätte ich besser bleiben lassen sollen.

»Er ist ein A–«

»… außerordentlich arroganter Typ.« Ich schlug einen versöhnlichen Ton an. »Mit einem tollen Projekt. Aber lassen wir doch Loic für den Moment …«

»Wäre er irgendwo angestellt, hätten sie ihn längst rausgeschmissen. Keine Ahnung von Gruppendynamik.«
Also kamen wir doch zur Sache. Nicht zu der, über die ich gern gesprochen hätte. Auch nicht zu seiner Urgroßcousine Mabel. Wir waren wieder bei der Windkraft. Es war wie verhext. Gabriel schnaubte. »Der Typ ist ein Geschwür.«
Na gut. Dann halt. »Dass die Ouessantiner die Windkraft seinetwegen ablehnen, ist sehr kurzsichtig.«
»Die persönliche Beziehung zählt hier mehr als die Sache.«
»Du meinst, lieber weiterhin Festlandstrom und Benzin importieren, als Loic recht zu geben?«
»Er nimmt nicht wahr, dass man auf den Inseln zu Öl eine besondere Beziehung hat. Bei uns auf den Shetlands ...«
»Bei euch?«
»In meiner Heimat gibt es auch große Widerstände. Öl ist Teil des Atlantiks, nebst den Fischen war es viele Jahre lang der Kitt, der uns zusammenhielt. Die Ölindustrie hat viel ermöglicht, und nun soll man sie überflüssig machen? Und dann noch auf Kosten der Vögel? Da ist die Beziehung noch komplexer. Die Gefährdung der biologischen Vielfalt, der Stress für die Zugvögel, der mangelnde Respekt vor ihren Routen ... diese Argumente muss man ernst nehmen, vor allem wenn sie von Leuten kommen, die mit Vögeln sonst nichts am Hut haben.«
»Ach was, Vögel sind flexibel. Fürs Überleben nehmen die schon mal eine Kehrtwende in Kauf oder parken hundert Meter weiter links. Wie Boris Johnson.«
Gabriel lachte. »Ich dachte, die Vögel liegen dir am Herzen.«
»Wenn sie mutwillig getötet werden, gehe ich auf die Barrikaden.« Ich versuchte, die Leichtigkeit zu behalten. »Zum Glück gibt es ja auch einige Befürworter. Wie hat Nathalie das eigentlich geschafft?«
»Sie wurde persönlich. Um den Klimawandel zu demonstrieren, hat sie ein Bild des zerbeulten Blech-Dieselwagens von Auguste benutzt, die Abgase hat sie als dunkle Wolke gezeigt. Damit hatte sie Leute wie Sophie-Anne oder Linda im Boot.«

»Wie würdest du die Stimmenverhältnisse in den Lagern bezeichnen?«, fragte ich.

»Fifty-fifty.«

Das erstaunte mich. »Bei achthundert Einwohnenden heißt das vierhundert gegen vierhundert.«

»Korrekt.«

»Ziemlich verfahren, diese Situation. – Und was passiert von offizieller Seite?«

»Absoluter Stillstand.«

Mir schwante etwas. »Es wird in Paris verhandelt?«

»Genau. Das kann dauern.«

Die langsamen Mühlen der Pariser Bürokratie waren im Fall der Windkraft eine ziemliche Katastrophe, fand ich. »In der Zeit wird die Stimmung auf der Insel gehässiger, wie wir merken.« Der Fall hatte mich wieder. »Wir müssen was unternehmen, Gabriel. Einen vierten Vogel möchte ich nicht finden.«

»Ich habe dir doch eben erklärt –«

»Vögel werden massakriert.« Der Ton war mir verrutscht.

»Wenn du mich mal ausreden lassen würdest …« Gabriel zog seine Hand aus meiner. »Ich bin eben im Kühlraum vorbeigegangen und habe mir die Eule angeschaut. Bis ins Detail kann es natürlich nur ein Profi beurteilen, aber rein theoretisch könnte die Verletzung auch auf den Angriff eines anderen Tieres zurückzuführen sein. Eines größeren Adlers zum Beispiel.«

»Und der hat auch den Zettel angebracht? Das klingt einfach nur abstrus.«

Die Magie war vorbei. Schweigend erreichten wir eine Kapelle. Rundherum ein bescheidener Garten, geknickte Hyazinthen von trotzigem Pink, ein Kreuz auf einer kleinen Erhöhung. An der Wand ein Fahrrad.

»Das ist nicht der Stiff«, stellte ich fest.

»Ein kleiner Umweg.«

»Warum?«

»Ich will dir was zeigen.« Er lehnte sich an die Mauer. Der Wind zerzauste sein Haar, zerrte am Kragen des Ledermantels.

Vor uns erstreckte sich die Landschaft wie ein Gemälde. In sattes Gras gebaut, umrahmten einige Häuser eine Windmühle, die Flügel nur noch teilweise intakt. Ein Fischerboot stand aufgebockt, ein zweites war auf die Seite gekippt. Der Stiel einer Mistgabel. Drei Vögel auf dem Dachfirst. Seemöwen. Dahinter fiel das Land sanft ab bis zum Meer. Gischt, so weit das Auge reichte, tintenblau, mit weißem Schaum. Im Wolkengrau formierte sich ein Drache, ein Kobold, eine Fee, alles im Fluss, alles in Bewegung.

»Schön«, sagte ich schließlich. »Es ist wunderschön. Etwas vom Schönsten, das ich je gesehen habe.«

»Das ist die Pointe d'Arlan. Weiter unten gibt es einen kleinen Strand. Einer der wenigen auf der Insel. Bei Flut kaum sichtbar. Wenn das Wetter wieder besser ist, gehen wir dahin. Es ist mein Lieblingsstrand.«

»Und Patricks Heimat«, sagte ich leise.

»Da ist er aufgewachsen.« Gabriel nickte. »Und ausgerechnet dieses Grundstück schlägt Loic Martin als Standort für die Windkraftanlage vor, wie du weißt.«

Ich stellte mir vor, wie sie da stehen würde. Sechzig Meter hoch, die langen Greifarme, der wiederkehrende Schatten auf dem Heideland, wie Risse in dem Zusammenspiel von Gezeiten, Flora und Fauna.

»Dafür könnte man schon auf die Barrikaden gehen.«

Hatte Gabriel es ausgesprochen oder ich?

Er drehte sich um. »Sie erwarten uns. Bis zum Stiff ist es nicht mehr weit.«

Bei der Kapelle stand das Rad so wie eben. Etwas irritierte mich.

»Das habe ich schon mal gesehen.« Es war ein Sportrad ohne Gepäckträger.

»Ein neues Modell«, meinte Gabriel. »Teuer. Nicht das Übliche hier. Darum ist es wohl auch abgeschlossen. Ich tippe auf einen Pariser Besitzer.«

»Augenblick, lass mich überlegen … ich glaube, es gehört Loic.«

Ich erinnerte mich, wie er damit vor mir gestanden hatte. Um ganz sicher zu sein, inspizierte ich das Ventil.

»Eine rot-weiß-blaue Radkappe, die ist mir aufgefallen.«

»Siehst du dir Räder von unten an?«

»Immer wenn ich im Schafsdreck liege.« Ich blickte mich um. »Macht Loic Sightseeing im Sturm?«

»Er will zur Probe, wie wir.«

»Aber die ist nicht hier.«

»Vielleicht besichtigt er die Kapelle. Nicht reingehen, Tereza. Ich habe jetzt keine Lust auf eine Auseinandersetzung.«

Aber ich hatte den Türknauf längst in der Hand. Drinnen klang die Stille so, als ob jemand ein höllisch lautes Konzert auf einen Schlag beendet hätte. Es roch nach Holz und feuchten Steinen, nach Staub und Lorbeer, nach Weihrauch. Nach Samt.

Der Altar war durch ein Holzgitter getrennt von den Bänken. Darüber an der Wand erzählte eine Inschrift von Hoffnung. Links stand Maria mit dem Jesuskind, rechts Josef. Etwas baumelte dazwischen in der Luft. Ein schwarzer Beutel, ein Rucksack?

Es war ein Vogel, aufgespießt an Josefs erhobenem Wanderstab. In der Mitte, direkt vor dem Altar, lag eine Leiter und nicht weit davon entfernt ein Körper. Ich erkannte ihn am Anzug, dem Jackett und der weiten Bundhose aus den Einkaufspassagen des sechzehnten Arrondissements in Paris. Um die eine Hand war eine Fahne gewickelt. »Windkraft, nein danke« war deutlich zu lesen. Sie war weder zerfetzt noch zerrissen.

»Gabriel«, sagte ich schwach. »Ist er tot?«

Er rannte an mir vorbei, kniete sich hin, fühlte den Puls. Sah hoch.

»Tereza, es ist unmöglich. Wenn man mit dir unterwegs ist, stolpert man über Leichen.«

»Ich war's nicht.«

Er hatte bereits sein Handy rausgeholt. »Ich rufe den Arzt. Rühr dich nicht von der Stelle.«

15

»Tod durch Genickbruch. Ich wette darauf.«
Jean Lussec, in gelber Ölhaut und Gummistiefeln, packte den Ärztekoffer zusammen und stand auf. »Dieser Idiot hat in seinem Aktionismus für diese vermaledeite Windturbine tatsächlich am Wanderstab des heiligen Josef einen Vogel aufgespießt, so dreist muss man erst mal sein.«
Ich sah zu Gabriel. »Will er damit andeuten, dass Loic selbst verschuldet von der Leiter gefallen ist?«
Gabriel stand nur da, ohne sich zu regen, in den Anblick der Leiche versunken, als könnte er daraus die nötigen Erkenntnisse ziehen, um die Geschichte sofort zu einem guten Ende zu bringen. Ich selbst fühlte mich taub, hatte noch nicht wirklich begriffen, was da passiert war. Vor wenigen Stunden hatte sich Loic Martin in der Bar mit Patrick gestritten, nun war er tot.
»Er soll den Vogel aufgespießt haben?«, sagte ich. »Das halte ich für wenig plausibel. Er wurde gestoßen.«
»Sind Sie Rechtsmedizinerin?«
»Ich schau einfach mit gesundem Menschenverstand hin. Die Art, wie er daliegt, die Arme seitlich übereinandergelegt, in einer Löffelposition … alles deutet darauf hin, dass er aus dem Hinterhalt angegriffen worden ist. Wenn man von einer Leiter fällt, streckt man normalerweise die Hände aus, um den Sturz abzufangen. Ich kann ein Lied davon singen, im ›DEJALU‹ kämpfe ich immer wieder mit dem Problem.«
»Was ist das ›DEJALU‹?«
»Mein Buchladen.«
»Also sind Sie Verkäuferin?«
»Besitzerin.«
Lussec war nicht beeindruckt. »Die Leiter ist gekippt, sag ich. Sie hat nämlich ein Problem mit dem Scharnier, man kann sie nur zu zweit benutzen. Einer steigt rauf, der andere hält sie fest. Das weiß hier übrigens jedes Kind.«

»Wieso?«

»Weil wir die Kapelle oft besuchen. Sie heißt ›Bonne Espérance‹, Kapelle der Hoffnung. Hier gedenken wir der toten Seefahrer, zu den verschiedenen Jahreszeiten schmücken wir den Raum und die Heiligen da oben mit Blumen und Pflanzen. Jede Familie macht mit, weil jede Familie betroffen ist. Ein Ort der Stille, mitten in der Natur. Wir brauchen ihn, er bedeutet Zuflucht auf dieser Insel, die Hölle und Paradies zugleich ist.«

»Das haben Sie schön gesagt, Monsieur Lussec. Es gibt einen persönlichen Einblick in das Leben hier.« Allerdings, dachte ich, halte ich Sie für berechnend genug, Poesie rauszuschleimen, wenn es Ihrer These nützt.

Ich holte ein Notizbuch und einen Stift aus meiner Tasche, auf Autopilot geschaltet, da Gabriel immer noch keinen Mucks von sich gab. »Wie lange ist er schon tot, was schätzen Sie?«

»Der Vogel?«

»Loic Martin.«

»Die Starre hat eingesetzt, also dürfte es etwa fünf bis acht Stunden her sein.«

»Geht das auch genauer?«

»Ich bin nur ein ganz normaler Dorfarzt. Mit gesundem Menschenverstand, notabene.«

Er hatte meinen Angriff von eben pariert. Lussec und ich, das war keine Liebe auf den ersten Blick.

Ich wechselte das Thema. »Nehmen wir an, es ist am frühen Morgen passiert. Aus welchem Grund fährt Loic um die Uhrzeit hierher?«

»Was geht Sie das an? Sind Sie ein Mitglied der Police nationale?«

»Manchmal.« Ich überflog, was ich notiert hatte. »Wieso wusste er überhaupt von der Kapelle, wenn sie doch vor allem für die Einheimischen wichtig ist?«

»Wegen des Ausblicks. Während er an der Mauer lehnte, das Terrain sondierte und sich vorstellte, wie die Rotoren auf Patricks Land ihre Kreise zögen und Geld in seine Tasche spülten, wollte er sich vielleicht einen runterholen.«

Ich schnappte nach Luft. »Sie sind ohne jegliche Pietät.«

»Der Typ war ein Eiterzahn. Keiner hat ihn gemocht. Keiner.«

»Die Gegner des Projekts, meinen Sie? Damit hätten wir etwa vierhundert Tatmotive. Würde bedeuten, dass die Hälfte der Inselbewohner verdächtig ist.«

»Hä?« Punkt für mich.

»Jetzt müssen wir nur noch die falschen Alibis entlarven und eine Tatwaffe finden, und schon haben wir den Täter.«

»Was wollen Sie damit sagen? Dass jemand von der Anti-Windkraft-Bewegung Loic umgebracht hat?«

»So direkt formuliert, klingt die Theorie bestechend. Wo waren Sie heute Morgen, Monsieur Lussec? Sagen wir, so um sieben?«

Er rang um Fassung.

Da sich Gabriel immer noch nicht rührte und wertvolle Zeit verstrich, betrat ich die nächstliegende Bankreihe, um die Kapelle abzusuchen.

Lussec stoppte mich. »Halt, halt, halt! Sie können hier nicht rumgehen. Das ist ein Tatort.«

»Jetzt plötzlich?«

Lussec boxte Gabriel in die Seite. »Ist sie noch ganz dicht? Wo hast du die aufgetrieben? Der Fall ist doch sonnenklar.« Mit lauter Stimme gab er seine Theorie erneut zum Besten.

»Loic Martin hat einen Vogel getötet und aufgehängt, und dabei wurde ihm seine eigene Absicht zum Verhängnis. Es war ein selbst verschuldeter Unfall.« Er bekreuzigte sich und blickte zu dem baumelnden Vogel. »Von denen gibt's noch mehr auf der Insel, munkelt man. So eine grausame Aktion.« Er zeigte auf die Flagge. »Das ist der Beweis.«

»Die hat jemand platziert.«

»Sie ist um seine Hand gewickelt, ›Windkraft, nein danke‹.«

»Warum sollte er sein eigenes Projekt torpedieren?«

»Um den Verdacht auf jemand anderen zu lenken. Dazu passt auch der Streit, den er mit Patrick gestern in der Bar inszeniert hat.«

»Waren Sie dabei? Ich kann mich nicht erinnern.«

»Lassen Sie mich in Ruhe, es reicht mit den Befragungen, *nom de Dieu*.« Er warf mir einen finsteren Blick zu und stapfte durch eine kleine Tür davon.

»Haut er ab?«, flüsterte ich.

Gabriel regte sich. »Er holt ein Leichentuch, aus der Sakristei.«

»Einmal mehr hast du mir nicht geholfen.«

»Loic könnte es in der Tat so inszeniert haben. Um den Verdacht auf die Gegner zu lenken.« Es verschlug mir die Sprache. »Das ist eine hanebüchene Theorie.«

»Findest du? Loic ist nicht gerade durch Vogelliebe aufgefallen.« Gabriel hatte seine Sprache wiedergefunden. Und wie. »Fanch, der Wirt, hat ihm einen Brief geschrieben, weil solche Windkraftanlagen eine Gefahr für die Vögel darstellen. Er hat nie eine Antwort bekommen. Er nennt Loic nur noch den Vogelhasser. Und wenn ich dich daran erinnern darf, vor etwa einer halben Stunde fandest du es plausibel, dass er dafür auf die Barrikaden geht.«

»Ich habe nicht gesagt, dass Loic die Vögel umbringt. Was wäre sein Motiv, so etwas zu tun?«

»Gegner diskreditieren.«

»Als ich den ersten Vogel gefunden habe, war Loic noch gar nicht auf der Insel.«

»Woher weißt du das?«

»Er kam direkt vom kleinen Flugplatz.«

»… und hat dich im Schafsdreck hocken lassen. Er könnte gelogen haben. Um sich ein Alibi zu beschaffen.«

Wir drehten uns im Kreis. »Und wie soll er an die Vögel gekommen sein? Die fliegen ja bekanntlich nicht einfach so herbei, wenn man sie ruft.«

»Vielleicht ist er auch ein Vogelflüsterer.«

»Verarschst du mich?«

»Er hat sie betäubt.« Yaelles Theorie. *Mince.*

Gabriel zog eine kleine Pistole unter Loics Ärmel hervor. »Eine Betäubungspistole. Wie sie Tierärzte verwenden.«

Es ging mir trotzdem zu glatt. »Auch die könnte jemand dort platziert haben.«

»Das ist ein wichtiger Aspekt, dem werde ich nachgehen. Vielen Dank, Tereza.« Er bewegte sich in Richtung Ausgang.

»Ich bring dich hinaus.«

Er wollte mich abservieren? Nachdem ich die ganze Arbeit für ihn gemacht hatte? »Erst wenn ich mir den Tatort genauer angeschaut habe.«

Ich lief an der Kirchenbank entlang, während ich nach links und rechts spähte und mir Notizen machte.

»Tereza! Du hast keine Befugnis.«

Ich spürte den Steinboden unter meinen Füßen, nahm den Geruch überdeutlich wahr. Das Licht, draußen düster, war hier von einem Leuchten erfüllt, es musste an den bunten Scheiben liegen.

Ich setzte mich, einige Meter von der Leiche entfernt. Sah nach vorn. Sah alle Dinge, die auch Loic gesehen haben musste. Den aufgespießten Vogel. Den Altar. Er war schmucklos, keine Blumen, wie Lussec sie erwähnt hatte. Es war wohl länger her, dass die Bevölkerung hier gemeinsam dekoriert hatte.

»Wieso ist die Hochzeit verschoben worden?«, sagte ich.

Obwohl ich leise gesprochen hatte, war meine Stimme deutlich zu hören gewesen.

»Was hat das damit zu tun?«, fragte Gabriel vom Eingang her.

Ich drehte mich zu ihm um. »Wieso, Gabriel?«

»Sean wollte erst heiraten ...«, er kam etwas ins Stammeln, »... wenn alles klar wäre.«

»Wegen Patrick, nicht wahr?«

»Wegen allem.«

»Aber was ist denn jetzt klar? Gestern Abend in der Bar, das war die pure Gewalt. Patrick hätte Loic umgebracht, wenn wir ihn gelassen hätten.«

»Ein Polterabend bei Orkanstärke, da geht's schon mal ab. Es wurde viel getrunken, nicht jeder achtet darauf, was er da sagt.«

Ich kniete mich hin. Faltete die Hände, senkte den Kopf, wie man es beim Beten tat. Ob Loic zum Beten hergekommen war? Vater unser im Himmel ...

Da sah ich sie. Unter der nächsten Fußbank lag eine Mütze, selbst gestrickt in Dunkelblau, mit einem Fleck auf der Krempe.

Obwohl die Kirche nicht sehr groß war ... dass ich genau diesen Platz ausgesucht hatte, verursachte mir einen Schauder, den gefühlt hundertsten.

»Patricks Mütze«, sagte ich.

Hinter mir knallte das Portal ins Schloss. Mit zwei Schritten war Gabriel bei mir. Er bückte sich und stieß einen Fluch aus. Ich zückte das Handy und schoss einige Fotos.

»Patrick war hier. Das ist der Beweis.«

»Vergiss es.«

»Die Mütze hat er in der Bar getragen. Du kannst einen Haftbefehl organisieren.«

Gabriel konnte gar nicht mehr aufhören, den Kopf zu schütteln. »Er hätte sie nie vom Kopf genommen.«

»In der Bar lag sie auf der Theke.«

»Da war es heiß, stickige Luft.« Er packte mich am Arm. »Deine Beweisführung könnte genauso gut für Loic gelten. Er hatte jede Gelegenheit, die Mütze in der Bar zu entwenden und sie hier zu verstecken, um Patrick die toten Vögel anzuhängen.«

Ich zwang ihn, mir in die Augen zu sehen. »Und was ist mit den anderen, mit Mishi, Fanch, Rosie, Tom und Auguste? Loic hat angetönt, dass er Dinge über sie weiß. Und er war entschlossen, diese auch ins Spiel zu bringen.«

»Sie leben, während Loic ...«

»... getötet wurde.«

»... gestürzt ist, nachdem er den Vogel aufgehängt hat, um Patrick die Angriffe in die Schuhe zu schieben.«

» Bist du an einem Komplott beteiligt? Es kommt mir vor wie Gehirnwäsche. Und dabei hat Patrick Loic unmissverständlich gedroht, vor Zeugen. Nun ist Loic tot, und Patricks Mütze ist hier. Klarer kann eine Ausgangslage nicht sein. Auch wenn er dein Freund ist, du musst ihn vernehmen, Gabriel.«

Er ließ mich los und holte eine Rolle Plastikbeutel aus der Tasche des Ledermantels. »Ich kenne ihn seit Jahren und lege meine Hand für ihn ins Feuer.« Er packte die Mütze in die Tüte.

»Du bist befangen, Gabriel.«

»Patrick war's nicht.«

Gabriel und Patrick, das war eine Liebesgeschichte. Unter Männern, die sich nie ihre Gefühle zeigen und dann füreinander sterben würden.

»Natürlich werde ich ihn befragen ...«

»Danke!«

»... so wie alle anderen auch. Nachdem wir eine Leichenschau durchgeführt haben.«

»Am Montag? Wenn alle wieder abgereist sind?«

»Sollte auch nur der Hauch eines Verdachts bestehen, dass hier ein Verbrechen vorliegt, eröffne ich eine Untersuchung.«

So schnell wie Gabriel eben war ich bei der Leiche und fasste in Loics Brusttasche, da, wo er gestern das Handy verstaut hatte.

»Nichts anfassen, verdammt!«

Ich zog es heraus, berührte das Display. »Es ist tot. Das Ladegerät wird in seinem Apartment sein. Irgendwo im Süden, ich denke, Sophie-Anne kennt die Adresse.« Ich warf Gabriel das Handy zu und besah mir die Uhr an Loics Handgelenk. »Das ist eine Rolex. Die gestern noch ging.« Das Glas war zersplittert. »Um sieben Uhr fünfzehn ist sie stehen geblieben. Wir haben einen Todeszeitpunkt.«

Gabriel hielt meinem Blick stand. Glaze gegen Wunderblau.

»Habt ihr Streit?« Lussec kam zurück, ein weißes Altartuch auffallend, das er über dem Toten ausbreitete. »Ich werde dann mal eine Bahre holen.« Er krempelte die Ärmel hoch, seine Jacke verrutschte dabei. Am Revers seines Hemdes prangte ein Sticker, »Tod der Windkraft«.

Erst als die Tür hinter ihm zuknallte, rührte sich Gabriel. »Ich fahre mit ihm zurück und schärfe ihm ein zu schweigen. Vorerst soll niemand davon erfahren.«

»Träum weiter. Bestimmt hat er eben in der Sakristei rumtelefoniert, und jetzt weiß es schon die halbe Insel.«

»Er hat nur Auguste hergebeten, darauf würde ich wetten. Er braucht das Elektromobil für den Transport. Wir werden die Leiche zu den Vögeln in den Kühlraum des Supermarkts bringen.«

»Dann wissen es also schon fünf mit Yannis.«

»Und wir alle schweigen, genau wie du auch. Du gehst zum Stiff und sagst keinen Ton zu niemandem.«

16

Wieder mal allein. Unsere Wege trennten sich. Es gab einen Toten, und die Welt war eine andere geworden. Während ich vor mich hin ging, das Notizbuch in der Hand, blind für die Landschaft und geschüttelt vom Wind, spielte ich noch mal alles durch. Ab und zu blieb ich stehen, um etwas zu notieren. Ich sah den Toten vor mir, die Aussicht auf Patricks Land, den Vogel vor dem »Comtesse«, die ausgesperrte Katze, die Eule an der Regenrinne. Den Abend in der Bar. Patricks und Loics Streit. Loics Anspielungen auf einen Leuchtturmwärter und auf Fanch, Rosie und die anderen. Loic war kein mysteriöser Geheimniskrämer gewesen, sondern ein Geschäftsmann. Es könnte sich um Geld drehen. Auf Patricks Landstück wäre durchaus Platz für zwei oder drei Anlagen. Was, wenn Loic das Projekt tatsächlich aufgeblasen hatte? Mehr Investition, mehr Gewinn für ihn.

Ich kam in eine kleine Senke. Hier war ich schon mal vorbeigekommen, am Vortag, als ich mich verlaufen hatte. Auf Anhieb fand ich den Weg zu den Hausruinen. Man könnte sie wieder aufbauen und wäre im Paradies. Von der Hölle ins Paradies. Und umgekehrt. Ein prägendes Motiv für diese Insel. Reise in die Hölle. Der Titel des Romans.

Ich stellte mich in den Windschatten einer Mauer, steckte das Notizbuch ein und holte die Novelle aus der Tasche. Fuhr über den Karton des Einbands. Ich war an der Stelle stecken geblieben, als Mabel die Kinder auf Deck gelassen hatte und Orel gefolgt war. Orel hatte den Auftrag bekommen, nach dem Sturm Ausschau zu halten. Die Verbindung mit Wilkinson hatte sich offenbart, die Schmuckkassette für Queen Victoria war ins Spiel gekommen. Mabel vermutete eine Affäre zwischen Celia und Orel. Die Wellenlage des Schiffes hatte Mabel den Gang hinunterschlittern lassen. Das nächste Kapitel hieß …

Vor Ouessant, 16. Juni 1896

Mabel saß im Sanitätszimmer und wurde verarztet, nachdem Peebles sie ohnmächtig im Gang aufgefunden und dort abgegeben hatte. Der Sanitätsoffizier machte den Verband fest und ließ ihr Haar darüberfallen, dann gab er ihr ein Mittel zu trinken. »Das wird dich schläfrig machen, kleine Lady. Geh in deine Kajüte, wenn du aufwachst, ist der Sturm vorbei, und wir nähern uns London. Aber in der Zwischenzeit fliegt alles, was nicht niet- und nagelfest ist, davon.«
Der Weg über den Korridor war endlos. Mabel war erschöpft und hellwach zugleich. Als sie schließlich ankam, war der Salon leer, das Kinderzimmer auch. Und Celia schlief.
»Mrs. Wilkinson?« Die Gestalt im Bett reagierte nicht. »Wo sind die Kinder?«
Oh Gott, niemand hat sie hierhergebracht, dachte Mabel. Der Schreck ließ sie ihren Kopfschmerz ignorieren und trieb sie zurück in den Speisesaal, der so voll war wie nie zuvor. Erste-Klasse-Passagiere und Personal mischten sich, man versuchte gemeinsam, Geschirr und Möbel vor dem Rutschen zu bewahren. Mabel bemerkte Tilly. »Wo sind die Kinder? Ich habe sie auf dem Zwischendeck gelassen.«
»Was ist mit deinem Kopf?« Sie wartete Mabels Antwort nicht ab. »Als es anfing, sind alle hier hinuntergestürmt.«
Mabel sah sich um. Weder George noch Fiona noch Alice waren zu sehen. Sie hätten irgendwo an der Seite gestanden, hätten sich zusammengedrängt und nach Mabel Ausschau gehalten. Aber in dem Raum gab es kaum Kinder, sie waren längst weggebracht worden.
»Es ist eine Sturmfront, wir sind in eine Sturmfront geraten«, sagte Tilly. »Alle Passagiere sollen auf ihre Zimmer, haben sie soeben durchgegeben. Und diesmal ist es keiner von Orel Pindys Scherzen. Geh, Mabel.«

»Ich muss zuerst die Kinder suchen.«

Das Gedränge wurde heftiger, neue Schreie ertönten. Jemand fiel, Mabel half ihm auf die Beine. Ohne sich zu bedanken, rannte er weiter. Das Schiff klatschte nach unten, und Mabel drängte nach oben. Sie kannte den Weg, die Treppe, den Gang, die Glastür zum Zwischendeck. Als sie hinaustrat, war da die Wand. Eine dunkle Wand, die sich vor ihr aufbäumte und über dem Deck zusammenbrach. Liegestühle, Sonnenschirme, die kleinen Tische ... alles wurde weggeschwemmt. Panisch sah Mabel zum Ausguck hoch und meinte, eine Gestalt zu erkennen. Orel? Hätte der Kapitän getan, wozu er ihm geraten hatte, hätten sie längst in La Rochelle angelegt, um da den Sturm abzuwarten. Und nun riskierte Orel sein Leben.

Peebles rannte an ihr vorbei.

»Hei, du!«, schrie sie.

Er stoppte.

»Orel ist im Ausguck. Kannst du ihn runterholen, das ist lebensgefährlich.«

»Nein, wir brauchen ihn da oben. Er gibt dem Kapitän Signale.«

Ein Licht flammte auf.

»Einmal kurz ist rechts, einmal lang heißt links.«

Es war Mabel tatsächlich, als ob sich das Schiff nach rechts drehte. Sie schloss die Augen, stieß ein Stoßgebet aus. Gib, dass er weiß, was er tut.

»Peebles«, sagte sie. »Die Kinder sind da draußen. Du musst mir helfen.«

»Ich kann nicht.«

»Dann hältst du mich wenigstens fest.«

Als er zögerte, haute sie ihm eine runter. »Es geht um das Leben von drei kleinen Kindern. Bring Seile her. Im Werkraum gibt's welche.«

Er entschied sich, ihr zu gehorchen, und war innerhalb von Sekunden mit den Seilen zurück. Sie schlang sich eines um den Bauch. Er machte einen Knoten rein und öffnete die Tür. Das

Rauschen erfüllte ihre Ohren, ihren Kopf, ihren ganzen Körper, der Wind verblies auch noch die letzte Wirkung des Medikaments. Sie schnappte nach Luft und ging direkt zur Reling, umklammerte sie, als die nächste Welle kam. Sie wartete ab, bis das Schiff nach unten klatschte, um wieder einige Schritte zu tun. Auf diese Weise erreichte sie das Rettungsboot, das George vor wenigen Stunden mit so viel kindlicher Sehnsucht angeschaut hatte.

»Seid ihr hier?«, schrie sie durch das Getöse, wobei sie ihre eigene Stimme nicht hören konnte.

Als sie die Plane hob, schauten sie drei Augenpaare an. »Gott sei Dank, ihr lebt. Kommt schnell, tut, was ich sage.«

Sie band das zweite Seil um Georges Bauch. »Wir warten das Wellental ab, dann rennst du flink, flink zur Tür, wo dich der lustige Peebles in Empfang nimmt. Hast du verstanden?«

George nickte. »Was hast du am Kopf, Mabel?«

»Nur eine Schramme.« Einmal heben, einmal senken. »Und los!«

George gab sich Mühe, einmal stolperte er. Schließlich hatte er es geschafft. Sie band das dritte Seil um Fionas Bauch.

»Los, jetzt du.« Fiona war schneller und geschickter als ihr Bruder, sie kam ohne Probleme bis zur Tür, konnte sich sogar umdrehen und Mabel ein Zeichen geben.

»Jetzt wir beide, Alice.«

Sie wollte das kleine Mädchen hochheben.

»Und Honey?«

Der Hund saß zitternd neben Alice. Das Schiff hob sich.

»Kommt, meine Schätze.« Mabel band Alice an ihre eine Seite, Honey auf die andere. Eine Welle abwarten, dann lief sie los.

Das Gewicht ihrer kostbaren Fracht überforderte sie, sie schwankte, brachte sich wieder in eine aufrechte Position. Der Wind heulte, Regen wurde ihr ins Gesicht gepeitscht oder Gischt, der Verband flog davon. Aus dem Augenwinkel sah sie die Wasserwand. Mabel rannte so schnell wie nie zuvor, kurz vor der Tür stürzte sie auf die Knie. Das Seil schleifte sie über den nassen Boden und in den Flur. Hinter ihr klappte es. Dann war es still. Oder es kam ihr so vor.

»Wo ist Peebles?«, fragte sie George.

»Er musste weiter.«

So ein feiger Hund, dachte Mabel.

»Fiona und ich haben dich gezogen.« Die beiden sahen einander aus schreckensstarren Augen an.

»Ihr habt uns gerettet«, sagte Mabel und übergab Honey an Fiona.

»Danke, Mabby.« Alice wollte sie nicht loslassen.

»Können wir ins Bett gehen?«, fragte George.

In der Kabine trockneten sie sich ab, schlüpften in ihre Nachthemden, und Mabel steckte alle zusammen in ein Bett und band sie mit den Seilen fest, während sich das Schiff ständig senkte und hob.

»Was meint ihr, wollt ihr ein wenig schlafen?«

Sie waren viel zu aufgeregt, George links, Fiona rechts, Alice und Honey in der Mitte.

»Kannst du uns eine Geschichte vorlesen, Mabby?«

Sie brannte darauf, wieder hinauszugehen, herauszufinden, was mit Orel war. Hier unten waren die Kleinen in Sicherheit, und sie würde nur ganz kurz wegbleiben.

»Ich muss zu Mama, nachsehen, wie es ihr geht. Dann bin ich gleich wieder bei euch. Ihr rührt euch nicht, verstanden? Was auch immer passiert, ihr wartet, bis ich euch hole.«

In ihrem Zimmer wischte sie sich das Blut vom Gesicht und riss sich die Kleider vom Leib, schlüpfte in einen trockenen Rock, einen Pulli und warme Strümpfe. Sie war froh über ihre Regenstiefel und die Regenjacke, in Kapstadt hatte sie das Zeug nie gebraucht.

Das Schiff hob sich, sie hielt sich am Tisch fest, es war zur Routine geworden. Auf dem Boden lagen Scherben von blauweißem Porzellan. Vorsichtig sammelte sie alles zusammen, einen Mülleimer hatten sie nicht in der ersten Klasse. Man ging davon aus, dass sich das Personal um alles kümmerte. Aber seit Stunden war niemand mehr gekommen.

Das geschieht wirklich, dachte sie. Wir sind in den Sturm geraten, wie Orel vorausgesagt hat. Alles, was er sagte, traf ein.

Mabel klopfte an Celias Tür. Sie antwortete auch nach dem dritten Mal nicht. Als Mabel öffnete, war es dunkel, die Petrollampe war umgekippt, der Boden übersät von Kleidern und Büchern. Celias Umrisse waren kaum zu sehen. In derselben Position wie vorher lag sie auf der Seite, die seidene Decke über sich gezogen.

»Mrs. Wilkinson?«

Mabel ging näher, verspürte einen Kloß im Hals. Sie hielt sich am Bettpfosten fest. »Celia?«

Die Tür knallte zu. Der Boden zitterte, ein Kleiderbügel traf Mabel an der Stirn. Celia rührte sich immer noch nicht.

Mabels Herz klopfte. Sie ging noch näher, tastete nach Celias Körper. Aber ihre Hand fasste in weiche Seide. Eine zusammengerollte Decke. Celia war weg.

Schreckliche Bilder schossen Mabel durch den Kopf. Celia mit Orel im Ausguck, Celia mit Orel auf der Kapitänsbrücke, Celia mit Orel in den Wellen, wie sie untergingen, eng umschlungen.

Da erblickte sie die geschnitzte Kassette, von der der Kapitän gesprochen hatte. Sie war halb unters Bett geschoben. Mabel bückte sich. Der Deckel war verschlossen, ein kleines Schloss war auf der Vorderseite angebracht, das Holz war fein wie Samt. Sie zu heben erforderte Kraft. Was auch immer da drin war, es war schwer.

Die Tür ging auf. Sie quietschte ein wenig. Mabel erstarrte. Dann drehte sie sich langsam um.

17

An der Stelle riss mich das Summen meines Handys aus dem Lesen. »Wo bleibst du, Tereza? Die anderen warten auf dich.« Gabriel. Kein Wort verlor er über die Ereignisse in der Kapelle, darüber, was bei der vorläufigen Leichenschau herausgekommen war. Auf der Insel lief ein Mörder herum, und er verschloss die Augen, um seinen Freund Patrick zu schützen. Ich war dabei, an Nathalie zu schreiben, wegen meiner Verspätung, als das Handy sich ausschaltete. Super, der Akku war leer. Ich steckte das nutzlose Ding zusammen mit der Novelle in die Tasche. Ich würde später herausfinden müssen, wie es weiterging mit Mabel, Orel und Celia. Ich fürchtete mich vor dem Ende, da es kein glückliches sein würde. Nicht dass ich nur ein Happy-End-Freak gewesen wäre, ich schätzte die Tragikomödie. Aber ein Schiffsuntergang hatte was Endgültiges. Den Film »Titanic« mochte ich, ihn ein zweites Mal zu sehen, dazu hatte ich mich nie überwinden können.

Ich reckte meine verkrampften Glieder und stand von der Bank auf. Erst jetzt fiel mir auf, dass das Gebäude vor mir nur noch aus Außenmauern bestand, eine davon zerfallen, die anderen intakt. Die Neugier packte mich, und ich ging darauf zu, schritt über den zusammengepressten Sand durch den Türbogen.

An einer Wand hing eine Zielscheibe, ein Stück davon entfernt lehnte ein Bogen, in einem Köcher gab es Pfeile. Als ich die Scheibe inspizierte, entdeckte ich viele feine Löcher um die Mitte herum, Zeichen, dass der Bogenschütze ins Schwarze getroffen hatte.

In der Nähe stand eine mit Messing beschlagene und auf Hochglanz polierte Truhe. Sie war verschlossen. Dass sie sich nicht öffnen ließ, erinnerte mich an Celias Kassette. In der Ritze steckte etwas Weißes. Ich zupfte und zerrte. Erfolg brachte mir die Pinzette aus der Boule-rouge. Damit konnte ich den Stoff, der sich als Nylon entpuppte, herausziehen. »Windkraft, nein danke«, stand darauf.

Konnte es sich hier um die Truhe voller gestohlener Flaggen handeln, von der Rosie erzählt hatte? Wie war die hierhergekommen?

David fiel mir ein. Immer wieder David. Der Weiler lag zwischen Stiff und Hafen, er war an beiden Orten gewesen. Konnte er etwas damit zu tun haben? Die dramatische Art, wie er uns gestern aus dem Fest gerissen, wie er später seine Kinder allein gelassen hatte, um in der Bar einen zu trinken. Waren er und Patrick Komplizen? Gehörte vielleicht auch Tom dazu, der blaue Maler?

Blitzschnell fuhr mein Stift über die Seiten im Notizheft, das ich wieder rausgeholt hatte.

Da hörte ich ein Geräusch. Eine Art Pfeifen, viel höher als das ständige Rauschen in der Luft, an das ich mich längst gewöhnt hatte. Es jagte mir einen gewaltigen Schreck ein.

»Hallo?«

Etwas sirrte dicht an mir vorbei. Ich sah zur Scheibe. Ein Pfeil steckte in der Mitte. Jemand hatte auf mich geschossen.

»He? Was tun Sie da? Sie hätten mich fast getroffen, ist Ihnen das klar?«

Was für eine idiotische Frage, während ich an der Wand stand wie eine lebendige Zielscheibe.

Schließlich hielt ich mir die Tasche vors Gesicht und rannte aus dem zerfallenen Gebäude hinaus. Aus dem Nichts kam eine Regenfront, innerhalb von Sekunden war ich klatschnass. Schon nach wenigen Metern sah ich überhaupt nichts mehr, die Turnschuhe sogen sich voll, ich keuchte, das Herz klopfte wie verrückt. Es erinnerte mich an die fatale Situation vor einem Jahr mit der unheimlichen Sœur Jeanne. Die Verfolgungsjagd hatte auf einem Kliff geendet. Dass ich überlebt hatte, war dem englischen Adligen Henry Beaumont zu verdanken, mit dem mich bis heute eine lose Freundschaft verband.

Als ich mich unter einem Felsvorsprung in Sicherheit bringen wollte, merkte ich, dass die Felsnase genau über mir lag, ich erkannte sie an der Form eines Windmühlenflügels, die ich nie vergessen würde, wegen des baumelnden Adlers. Allerdings war er weg.

Ich machte rechtsumkehrt und lief zum Weiler zurück. Und, was soll ich sagen, auch der Pfeil war verschwunden. Die Zielscheibe hing flach an der Wand, ums Schwarze herum drängten sich die Löcher der Pfeilspitzen. Ob es eines mehr gab, war nicht zu erkennen.

Hatte ich mir alles nur eingebildet? Loic, die Vögel und der Pfeilbogen waren mit Mabel, Orel und dem Untergang der Drummond Castle durcheinandergeraten.

Das ist Ouessant, die Phantasie spielt verrückt, würde Gabriel sagen.

Aber riskieren wollte ich nichts, und darum rannte ich los, so schnell wie nie zuvor.

***

Als ich den Leuchtturm endlich erreichte, gab mir der Anblick ein seltsames Gefühl von Geborgenheit. Ein graues Granitdach, zwei schneeweiße Türme mit dem blinkenden Leuchtfeuer an der Spitze. Weiß und rot. Rot und weiß.

Er thront hier und wacht über die Leute, die Ankommenden, die Abreisenden und die, die bleiben, dachte ich, während ich nach Luft rang.

Die Tür eines Nebengebäudes öffnete sich, und Yaelle kam auf mich zu, in nasser Windjacke und Wanderschuhen, mit einem breiten Lächeln.

»Hei, Tereza.« Als sie mein Gesicht sah, erschrak sie. »Was ist denn mit dir los? Geht's dir nicht gut?«

Ich keuchte immer noch.

»Warte.« Sie ging zu einem Elektromobil, das auf der Seite bei der Mauer parkte, und brachte mir ein Handtuch.

»Habe ich immer dabei für Notfälle.« Sie zog mich in den Regenschatten einer Mauer und half mir beim Abtrocknen.

»Bist du alles gelaufen?«

Ich nickte. »Den Spaziergang hast du mir doch gestern empfohlen.«

»War ein Scherz. Mir musst du nicht alles glauben.«

»Ich wollte das wahre Inselfeeling.« Ich hatte mich gefasst. »Und wo kommst du her?«

»Vom Radarturm.« Sie zeigte zu einem knapp fünfzig Meter entfernt stehenden Turm. »Von da aus wird der Ärmelkanal überwacht. Es gibt ein Problem mit der Elektronik.«

»Wegen der PET-Flasche der Touristen, du hast es erzählt.«

Sie winkte ab. »Andere Baustelle. Vermutlich eine verschmorte Leitung.«

»So was kannst du reparieren?«

»Klar. Ist mein Metier. Und falls ich es nicht schaffe, habe ich ein direktes Auge auf die Situation.«

»Damit meinst du, dass du oben sitzt und beobachtest.«

»Genau das. Rundherum. Die Ausguckerin vom Dienst.«

Wie Orel, dachte ich. »Ein anspruchsvoller Job.« Ich frottierte meine Haare trocken. »Ist dir noch etwas eingefallen zu David, etwas, das du im ersten Moment übersehen hast?«

»Du meinst wegen seiner Zeltaktion? Nein.« Sie musterte mich. »Wieso fragst du?«

»Nur so.« Ich sah auf den Gegenstand in ihrer Hand. »Was ist das?«

»Ein Mikrofon, ich mache gleich meinen dritten Wetterbericht heute. Sollen wir reingehen?«

Ein Spurt über die Wiese.

»Blöd, dass Gabriel aufgehalten wurde«, sagte sie, nachdem wir das Vordach erreicht hatten.

Er hatte sie verständigt. Aber ich wusste nicht, mit welcher Ausrede.

»Er ist im Supermarkt«, sagte ich vage.

»Wegen der gekappten Elektroleitung. Die üblichen Schäden bei einem Sturm. Er hat mir geschrieben, er sei seit sieben Uhr morgens unterwegs.«

Da war Loics Uhr stehen geblieben. War Gabriel dabei, die Alibis der Leute hier zu überprüfen?

»Ich war noch im Bett«, sagte ich. »Und du?«

»Da habe ich bereits meine erste Sendung produziert.«

»Machst du das hier?«, fragte ich. »Auf dem Turm?«

Sie legte den Kopf in den Nacken, um meinem Blick nach oben zu folgen. »Sind die beiden nicht toll? 1695 gebaut.« Lange vor dem Untergang der Drummond Castle. Es hatte den Turm also damals schon gegeben.

»Im einen wohnten die Leuchtturmwärter, im anderen wurde das Zubehör aufbewahrt. Auf jedem Stockwerk ein Raum. Vorräte, Werkzeuge, Wasser und Öl, die Maschinen, Küche, Schlafbunker. 1700 das erste Kohlefeuer, 1782 die erste Öllampe, 1820 kamen Reflektoren, einige Jahre später die Fresnel-Linse. 1957 wurde er elektrisch, 1993 automatisch.«

Yaelle war ein Lexikon auf zwei Beinen.

»Magst du noch mehr hören?« Sie grinste.

»Wer hat den Turm gebaut?«

»Sébastien Le Prestre de Vauban.«

»Vauban?« Den Architekten kannte ich gut, er war verantwortlich für die Tour de Vauban, das Wahrzeichen von Camaret.

»Er war ein richtiger Desperado.« Yaelles Ton klang bewundernd. Gwenn Yrne fiel mir ein, die ich kurz nach meiner Ankunft in der Bretagne kennen und fürchten gelernt hatte. Sie hatte Vauban nicht nur bewundert, er war ihr Vorbild gewesen. Nun saß sie im Gefängnis und würde hoffentlich noch lange da bleiben.

»Wieso nennst du Vauban einen Desperado? Das klingt irgendwie verrückt.«

Sie nickte. »Das muss er auch gewesen sein, in einem guten Sinn. Architektur, Philosophie, Religion, Ökonomie, Steuern, Finanzen, es gab nichts, was ihn nicht interessierte. Seine Festungen und Wehrtürme wurden Vorbilder in ganz Europa. Sie stehen an den französischen Außengrenzen. Genauso wie der Stiff hier.«

»Es ist ein Leuchtturm und keine Festung.«

»Wo ist der Unterschied? Wir können nicht nur Schiffe retten, wir könnten uns auch verteidigen. Die vom Militärhafen in Brest hatten Angst vor den Briten. Vaubans Antwort war der erste Leuchtturm von Ouessant. 1695 haben sie damit angefangen. *Et voilà.* Das ist das Resultat.« Wir traten durch eine eiserne Tür und erlebten wieder diesen Effekt, als ob jemand den Ton abgedreht hätte. Absolute Stille herrschte in dem kargen Empfangsraum. Neben der Kasse gab es eine leere Flasche Desinfektionsmittel und die vergilbte Zeichnung einer Maske, als vage Erinnerung an die Pandemie. »Im Sommer habe ich sonst etwa fünfzig Besucherinnen pro Tag, heute kommt natürlich niemand.« Aus einem Schrank holte Yaelle ein weiteres Tuch. »Da, du siehst aus wie eine nasse Katze.«

Einen Moment war ich irritiert. »Hast du von Vovone gehört?«

»Natürlich. Sophie-Anne hat mir davon berichtet. Das arme Tier.«

»Ein besonderer Name, Vovone.«

»Typisch Ouessant. Ich glaube, Patricks Urgroßmutter hieß auch so.«

Die Wendeltreppe aus sandfarbenem Stein war wie ein Korkenzieher, der sich nach oben wand. Auf dem ersten und dem zweiten Stockwerk gab es eine Ausstellung zum Turmbau. Sie zeigte, wie die Leute jahrelang Stein um Stein aufgeschichtet, mit den Stürmen gekämpft und Tote beklagt hatten, alles, um ein Signal aufs Meer hinauszuschicken und vor der tödlichsten aller Strömungen, der Fromveur, zu warnen.

Im dritten Stockwerk entdeckte ich eine alte Fotografie der Drummond Castle. Das also war das Schiff, auf dem Mabel gereist war. Ich betrachtete die beiden großen Masten und den Kamin in der Mitte.

»Der Untergang hat unsere Insel berühmt gemacht«, sagte Yaelle. »Sieh mal, hier ist ein Bild aus dem Kapstädter Hafen.«

Es war eine Illustration mit mächtigen Rohren, Stricken, einer Kommandobrücke, im Vordergrund der Kapitän mit einem Offizier, dahinter ein Kind, ein Junge mit Matrosenmütze.

»Hier ist noch eines, vom Zwischenhalt in Las Palmas.«
Man sah den ausgefahrenen Steg, Menschen beim Einsteigen, die sich in einer langen Reihe drängten, sie schienen vergnügt, in Gespräche vertieft. Eine Mutter trug ein Kind auf dem Arm, die beiden anderen liefen voraus, zwischen ihnen eine weitere Person. Das könnten Mabel, Fiona und George sein.

»Ist das authentisch?«, fragte ich.

»Man weiß auf jeden Fall einiges über diesen Zwischenhalt. Die Passagiere haben Pause gemacht und sind dann wieder an Bord gegangen, ohne zu wissen, dass sie ihre letzte Reise antraten.«

»Es soll ein Unwetter gegeben haben.«

»Steht das so in deiner Novelle?«

»Du warst doch gestern dabei, als ich vorgelesen habe.«

»Nicht bis zum Schluss. Hast du das nicht gemerkt?« Yaelle kicherte. »Den Sturm hat die Autorin auf jeden Fall erfunden. In der Realität war der Nebel das Problem. Sie hatten die Reise fast geschafft, am nächsten Tag wären sie in London angekommen. Aber der Nebel hat den Kapitän irregeführt. Etwas vor dreiundzwanzig Uhr sah er die Umrisse von Molène auftauchen …«

»… die Insel, ich weiß, auf der Überfahrt haben wir da angehalten.«

Yaelle fuhr fort. »Sie hielten sie für Ouessant und sind rechts eingebogen, in der Annahme, das sei der Ärmelkanal. Stattdessen gerieten sie in die Strömung und rammten einen Felsen am Riff der »Grünen Steine«. Eine Tragödie, die zweihundertzweiundvierzig Menschen das Leben kostete.«

Oder zweihundertfünfundvierzig, dachte ich. Orel, Mabel und Peebles, die nicht registriert waren.

Yaelle war ans Fenster gegangen und zeigte hinaus. »Da draußen müssen sie irgendwo aufgetaucht sein. Ich wünschte, ich wäre hier gewesen.«

Vor uns lag das Meer wie eine riesige aufgewühlte Scheibe. Wasser spritzte, Berge türmten sich auf, Wellen fraßen sich gegenseitig oder schubsten sich in die Täler, um übereinander zusammenzubrechen.

»Ich hätte das Leuchtfeuer verstärkt, ich hätte alles getan, um sie zu warnen.«

»Gab es damals schon einen Leuchtturmwärter?«

»Natürlich. Aber ihm waren die Hände gebunden, mehr als Signale senden konnte er nicht.«

Das stellte ich mir grauenhaft vor. »Er musste zusehen, wie sie in den Tod fuhren.«

Yaelle winkte mir. »Komm, Tereza.« Sie trat durch eine Tür in den Nebenturm. »Hier ist mein Wetterstudio.«

Ich folgte ihr und lief fast in eine vor der Fensterscheibe aufgebaute Kamera. Daneben gab es weitere Geräte und draußen auf der Galerie einen kleinen Funkturm. Yaelle stand über ein Laptop gebeugt, sie scrollte. Das Mikrofon hatte sie an einen Ständer montiert, daran hing eine Art gestrickter Puschel.

»Der Windschutz«, erklärte sie. »Made in Ouessant. Patrick hat ihn mir gestrickt.«

Patrick, der Held. Es würde schwer sein, ihn von seinem Sockel zu stoßen.

Sie befestigte das Ding über dem Mikrofon. »Etwas improvisiert, aber so schaffe ich es, die Sendungen allein aufzuzeichnen.«

Ich zog mein Handy hervor. »Kann ich bei dir laden?«

»Klar doch.« Sie stöpselte mein Gerät in eine Powerbank, die neben den anderen Geräten lag. »Ich bringe dich jetzt hinauf.«

Der oberste Raum war leer, bis auf drei Kanonen, die vor den schießschartenartigen Maueröffnungen platziert waren.

»Eine Artillerie-Batterie, sie waren Vaubans Spezialität.« Yaelle zeigte in Richtung Fensterfront. »Das Meer sieht jeden Tag anders aus. So stürmisch wie heute ist es im Sommer selten. An manchen Tagen ist es wie eine blau gestreifte Scheibe, so flach, dass du denkst, du könntest bis zum Kéréon übers Wasser gehen.«

Der Leuchtturm war kaum zu sehen in einer Welle, die ihn wie ein Regenmantel aus Gischt einhüllte.

»Da möchte ich jetzt nicht sein«, sagte ich.

»Da draußen bist du den Gezeiten ausgesetzt, zwischen Wellen und Himmel, von der restlichen Welt getrennt und doch so lebendig ... ich denke, das muss das pure Glück sein.«

Mich beschäftigte eine praktischere Frage. »Wie sind die auf den Turm raufgekommen?«

»Mit einem Boot und einer Seilwinde.«

Das konnte ich mir überhaupt nicht vorstellen. »Wo hat man die befestigt? Das Boot schaukelt ja ständig.«

»Es war die Aufgabe des Kapitäns, es so ruhig wie möglich zu halten, damit derjenige, der den Turm verließ, auf dem sogenannten Gleitkorb hinuntersausen konnte, während der Neue hinaufgezogen wurde.«

»Das klingt gefährlich.«

»Es war bestimmt sehr abenteuerlich. Patrick hat es noch erlebt.«

»Er war Leuchtturmwärter draußen im Meer?«

»In seinen jungen Jahren.« Darauf musste sich Loics Anspielung bezogen haben.

»Es war eine Familientradition«, fuhr Yaelle fort. »Er hat auf dem Kéréon und auf dem Jument gedient.«

Der Jument war ein weiterer Leuchtturm.

»Er steht im Süden, von Ericas Haus aus hast du ihn direkt im Blickfeld.«

Erica, die Priesterin, die Loic gestern in der Bar recht freundlich begrüßt hatte. Sie figurierte auf der Liste der Menschen, mit denen ich unbedingt sprechen musste, direkt unter David.

»Und der Jument läuft auch automatisch?«

»Der Wechsel von handbetrieben zu automatisch betrieben war schlimm für Patrick. Von einem Tag auf den anderen hatte er keine Arbeit mehr.«

»Er soll Fischer sein.«

»Seine wahre Liebe gehört dem Leuchtturm.«

»Nicht nur seine«, sagte ich.

Sie nickte. »Erwischt. Hier ist es ja auch nett, aber ich wäre die geborene Leuchtturmwärterin im Meer.«

Ich stellte mir das ziemlich klaustrophobisch vor. »Was ist, wenn da mal was kaputt ist? Könnt ihr das per Fernsteuerung flicken?«

»In der Zukunft vielleicht. Noch machen wir es wie früher, jemand muss einen Techniker da hinbringen. Und der hangelt sich hoch.«

»Mit dem Boot? Und dem Gleitkorb?«

»Reingefallen.« Sie lachte lauthals. »Du musst nicht jedes Seemannsgarn glauben. Wofür gibt es Helikopter? Wir würden Sean verständigen oder seinen Kollegen. Einer von beiden hat immer Bereitschaft. Die Flugbahn liegt in der Nähe der Kirche.«

»In Lampaul?«

»Bei der Kapelle Bonne Espérance.«

Der Ort, wo Loic zu Tode gekommen war. Hier hing alles zusammen. »Ich habe keine Flugbahn gesehen.«

»Warst du da?« Sie klang misstrauisch, fand ich.

»Gestern bei der Herfahrt.«

»Ach so. Eine schöne Kapelle, nicht wahr?«

»Mit einer tollen Aussicht.«

Ein neuer Aspekt. Loic war mit dem Helikopter gekommen, hatte er mir erklärt. Ob er sich in der Kapelle mit jemandem verabredet hatte? Das würde Gabriel hoffentlich über die Handyverbindungen rausfinden.

»Könnte man bei den Bedingungen fliegen?«

Sie sah mich an. »Was denkst du?«

»Nein. Gestern gegen Abend haben wir einen in der Luft gesehen, und die Frau von der Reederei im Hafen vom Stiff wollte jemanden benachrichtigen, um eine Warnung auszusprechen.«

»Die Regel ist, wenn die Vögel am Boden bleiben, bleibt alles am Boden.«

Das klang plausibel.

»Sean ist also da angestellt?«

»Das ist sein Hauptjob«, sagte Yaelle. »Strandgutsuchen ist seine Leidenschaft, Helikopterfliegen sein Beruf.«

18

»Ein Beruf, der so wichtig ist, dass er da auch an Sturmtagen arbeitet«, sagte eine Stimme von der Tür her, »und zu spät zu seiner eigenen Hochzeitsprobe kommt.«

Es war Nathalie in einem weißen Hochzeitskleid, mit einem bestickten Oberteil und einem Rock, das dunkle Haar hochgesteckt, darüber ein geklöppeltes Tuch. Natürlich, die Hochzeitsprobe, die hätte ich fast vergessen. Deswegen war ich ja hier.

Ich fasste an den Ring. Er saß nach wie vor fest am Finger meiner linken Hand.

»Und, was meint ihr?«, fragte Nathalie, nachdem Yaelle uns offiziell vorgestellt hatte und vorschlug, dass wir uns alle duzen sollten. »Wie sehe ich aus?«

Yaelle machte das Daumen-hoch-Zeichen. »Wie eine echte Bretonin. Tanz mal.«

Nathalie machte einige Schritte, drehte sich im Kreis, als würde sie einen Tanz ausführen. Yaelle feuerte sie an und schoss Fotos. Ich tat es ihr gleich, und schickte eines an Gabriel. »Wann kommst du?«

Nathalie hielt inne. »Dieses Kleid ist mühsam. Darin kann sich kein Mensch bewegen.«

Wo sie recht hatte – der Rock war gerade geschnitten, ohne Beinfreiheit. Er sah nicht sehr bequem aus.

»Ach wo. Die bretonischen Tänze sind sparsam an Bewegungen.« Yaelle klopfte ihr auf die Schulter. »Und sonst ziehst du dich um. Wie eine Promifrau. Mindestens fünf Outfits.« Sie ging zur Tür. »Entschuldigt mich, ich muss senden.«

Als sie weg war, wurde es ruhig. Sie brachte viel Energie in einen Raum, diese Yaelle.

»Wie findest du es?«, fragte Nathalie. »Das Kleid.«

Ich suchte nach Worten.

»Also nicht gut.« Nathalie wirkte ratlos. »Es sollte eine

Überraschung sein für Sean, aber ich glaube, es wird eine Enttäuschung.«

»Es ist halt ein anderer Stil als die modernen Kleider. Und niemand anders als du könnte es so gut tragen. Ich würde darin aussehen wie ein Far breton auf zwei Beinen.«

Nathalie ließ sich nicht aufmuntern. »Ich frage mich, ob ich nicht einen großen Fehler gemacht habe.« Sie lehnte sich an eine der Kanonen. »Sean mag kein Brimborium. Dass ich dachte, ich würde ihm damit eine Freude machen ...« Sie schlug sich mit der flachen Hand an die Stirn. »Ich bin ein solches Schaf.«

»Eines wie Ouessie. Die ist nett.«

»Ouessie?«

»Die Hauptfigur in Lindas Comics.«

»Du denkst also auch, ich bin eines.«

»Nein.«

»Trotzdem war die bretonische Hochzeit eine Schnapsidee.«

»Wieso dachtest du, Sean würde so was wollen?«

»Ich habe mich in etwas verrannt. Wollte die perfekte Feier, um die Wogen zu glätten.«

»Aber irgendjemand muss dich auf die Idee gebracht haben.« Sie überlegte. »Es waren eine Reihe von Bemerkungen. Patrick hat was gesagt, Rosie. Yaelle. Und Loic. Er fand die Idee amüsant.«

Wenn Loic ihr das eingeredet hatte, musste eine Absicht dahinterstecken.

»Hattet ...« Fast hätte ich mich verplappert. »Ich meine, habt ihr ein gutes Verhältnis, du und dein Chef?«

»In Paris schon. Hier ist es schwierig. Er will nicht verstehen, wie die Leute ticken. Ich bin wochenlang mit den Windkraftplänen von Haus zu Haus gezogen, habe allen persönlich die Vorteile aufgezeigt, habe nach verschiedenen Standorten gesucht ... und dann reist er einmal an, ist eine Stunde hier und bringt alles durcheinander.«

»Und trotzdem hast du ihn zu deiner Hochzeit eingeladen. Er soll dich sogar zum Altar bringen.«

»Meine Mutter fand es eine gute Idee. Sie und Loic sind befreundet. Verkehren in denselben Pariser Kreisen, auch mein Bruder gehört dazu. Linksliberal mit Umweltbewusstsein und besinnungslos viel Geld. Verwöhnt, arrogant. Aber eine andere Familie habe ich nicht.«

Sie klang kläglich und tat mir leid. »Mir scheint, dir haben zu viele Leute reingeredet. Und andere, die hätten reden sollen, haben geschwiegen.«

»Was meinst du damit?«

»Der 16. Juni ist das Datum des Schiffsuntergangs der Drummond Castle. Ein Trauertag auf der Insel.«

»Das ...« Der Schock verschlug ihr die Sprache. »Ich weiß, dass das passiert ist, aber das Datum war mir nicht präsent.«

»Wer hat vorgeschlagen, die Hochzeitsfeierlichkeiten an dem Wochenende zu machen? Auch Loic?«

»Nein. Keine Ahnung, es war einfach plötzlich da.«

»Hat Sean nichts gesagt?«

»Sean ...« Sie verstummte. »Er hat die Planung mir überlassen. Es hat mich manchmal genervt. Aber ich kenne ihn ja. Solche Dinge stressen ihn. Plötzlich verschwindet er stundenlang in der Natur.« Sie machte einen entschiedenen Laut. »Wir sagen alles ab. Planen es neu.« Sie sah an sich herunter, dem Rock und den verwaschenen Spitzen. »Was mache ich damit?«

»Ausziehen.«

Kommentarlos stand sie auf und ging hinaus.

In der Zwischenzeit inspizierte ich die Kanonen. Aus Eisen gegossen, zeigten die drei Rohre je in eine andere Richtung. In einer offenen Truhe auf der Seite gab es sogar einige Granaten. Pfeilbogen, Kanone, was kam als Nächstes?

Nathalie kehrte unerwartet schnell zurück, in Jeans und Regenjacke von britischer Eleganz, das Hochzeitskleid hatte sie zusammengeknüllt und in eine große Tüte gepackt.

»Werden die Kanonen noch gefeuert?«

»Ab und zu für die Touristen«, antwortete sie. »Wo ist eigentlich Gabriel?«

Ach so, ja. Ich tischte ihr die Geschichte vom Strommast

auf.»Morgens um sieben, stell dir vor, musste er schon dahin. Da habe ich noch tief geschlafen. Du wahrscheinlich auch.«

»Ich habe gar nicht geschlafen. Ich war viel zu nervös.«

Hatte sie sich mit Loic getroffen? Sein Benehmen war wenig produktiv, sie hätte Grund genug gehabt, wütend auf ihn zu sein.

»Du wohnst mit Sean zusammen?«

»Noch nicht. Wir bauen das alte Familienhaus der Malgornes um, es liegt in Keranchas.«

»Ich dachte, bei Arlan?«

»Da stehen die Fischerhütte und die Windmühle. Dass eine Familie zwei Häuser hatte, ist typisch. Ein Bereich für die Männer und einer für die Frauen, die Frauen bewohnten den sauberen Teil, die Männer den schmutzigen.«

»Klingt vielversprechend. Die Grundlage für lange Ehen. Wo wohnt ihr denn im Moment?«

»Sean bei Patrick und ich bei Erica.«

»Dann warst du schlaflos bei ihr?«

Sie nickte.»Sie kam etwa um sieben von der Kathedrale, wo sie die Notunterkunft betreut hat, aber wir haben nicht miteinander gesprochen. Ich war in meinem Zimmer und habe sie heimkommen hören, sie hat mir einen Zettel hingelegt, dass eine Hochzeitszeremonie morgen da kaum möglich sein wird. Es gab Sturmschäden.«

»Ein Fenster war offen, Glas wurde zertrümmert.« Sie zog ihr Handy aus der Hosentasche und wischte auf einen Kontakt.»Ich habe es Sean geschrieben. Aber er antwortet nicht. Ghostet er mich?«

»Was heißt das?«

»Egal. Ich versuche es seit Stunden.«

»Machst du dir Sorgen? Du hast doch gesagt, dass er oft die Zeit vergisst.«

»Na ja. Es geht um unsere Hochzeit«, murmelte sie, weiterhin ins Handy tippend.

»Sieht ganz so aus, als ob die Männer die großen Abwesenden wären.«

»Stimmt. Wo bleibt eigentlich Loic?« Nathalie sah vom Display hoch.

Ich stöhnte innerlich, lange würde ich diese Lügerei nicht mehr aufrechterhalten können. »Er hatte einen stürmischen Abend gestern im Pub. Es gab Krach zwischen Patrick und ihm.«

Nathalie nickte. »Ich hab es gehört. Wie kleine Jungs.«

»Dich habe ich im Flur vom Pub mit jemandem streiten gehört. Ich ging zufällig vorbei und konnte nicht umhin, einige Worte zu verstehen. War das Loic?«

Sie klappte den Mund auf und wieder zu. »Sean. Er wollte fliegen.«

Nicht Loic also.

»… und ich war dagegen.«

»Wir haben gestern einen Helikopter in der Luft gesehen, als es schon heftig gestürmt hat. Könnte er das gewesen sein?«

»Nein. Er hat es mir versprochen.«

»Sein Helikoptermodell heißt Black Hawk. Schwarzer Falke. Hat er sich je dazu geäußert?«

Sie sah konsterniert aus. »Was fragst du mich all diese Sachen?«

Zum Glück kam Yaelle zurück. »Beeilung. Ich soll zum Flugplatz. Der Rotor eines Helikopters ist kaputt.«

Eine patente Person, flickte Funktürme und Helikopter.

Nathalie fasste sie am Arm. Sie sah bleich aus. »War Sean damit in der Luft? Tereza hat jemanden fliegen gesehen.«

»Keine Ahnung. Frag ihn.« Yaelle gab mir mein Handy zurück. »Noch nicht vollgeladen, aber es reicht bis ins ›Comtesse‹.«

Auf dem Weg nach unten unterhielt ich mich mit Yaelle und Nathalie über ihre ornithologischen Kenntnisse. Beide wiesen sich als Vogelbanausinnen aus, Yaelle hatte sogar eine richtige Abneigung.

»Die fliegen immer wieder in die Antennen das Radars. Egal, wie ich sie abschrecke.«

Bogenschießen interessierte beide nicht.

»Aber ich glaube, Loic ist aktiv in einem Pariser Club«, sagte Nathalie.

Er konnte kaum einen Pfeil auf mich geschossen haben. Zu dem Zeitpunkt war er bereits tot gewesen.

Yaelle gab mir die Hand. »Wenn du magst, Tereza, an der Mauer steht mein Bike. Nimm es ruhig, ich habe zwei.«

»Vielen Dank.«

»Tust du mir dafür einen Gefallen?« Sie lachte ihr Yaelle-Lachen. »Kannst du bei Erica vorbeifahren und ihr etwas ausrichten? Sophie-Anne hat mich angerufen. Die Gäste werden unruhig. Es läuft nichts, ihnen ist langweilig. Wir brauchen ein Unterhaltungsprogramm.«

19

Yaelles Wegbeschreibung war formidabel, ich kam flott voran. Ihr Rad war kein Vergleich zu dem von Rosie. Bis unvermittelt eine Nebelschwade auftauchte, sodass ich fast Seans Schafherde übersah.

»Hoho!«, schrie ich und bremste.

Die Schafe blieben stehen.

»Was macht ihr hier, ihr frechen Chicas? Das ist gefährlich.« Sosehr ich auch schuhute und Seans Art nachmachte, sie glotzten mich nur an. Ein Griff in meine Boule-rouge, wo ich im Allzweckbeutel für alle Fälle eine kleine Büchse Sel de Guérande mitführte. Ich streute das Salz auf die Wiese an der Seite. Und oh Wunder, die Tiere setzten sich in Bewegung. Das Getrappel und Blöken war Musik in meinen Ohren, nur Ouessie blieb bei mir stehen und schlabberte mit rauer Zunge fast meine Haut weg.

In dem Moment hörte ich einen dumpfen Knall. Danach absolute Stille. Und schließlich das Geräusch eines wegfahrenden Autos.

Ich ging auf die Stelle zu und schrak zurück, als ich dunkle Umrisse durch den Nebel sah. Die erwiesen sich als mein Koffer. Daneben auf dem Boden lag ein Schaf. Es war seitlich erfasst worden und tot. Zumindest atmete es nicht mehr. Wie in Trance holte ich das Handy raus, schoss vernebelte Fotos, bevor ich das arme Tier ins Gras und ein gerolltes Badetuch aus der Boule-rouge zog, um das Schaf zuzudecken, beobachtet von Ouessie.

»Hei, geh zu den anderen!«

Aber es wollte nicht.

Ich überlegte. War ich in Gefahr? Der Koffer war meiner, das war gar keine Frage. Dass Auguste ihn mit dem Elektroauto hier deponiert hatte, schloss ich aus. Er würde so was einfach nicht tun. Bei allen anderen war ich mir nicht sicher.

Die Frage war, warum die Person gewusst hatte, dass ich hier war. Es könnte der Bogenschütze gewesen sein, darauf aus, mich zu verwirren. Weil ich ihm zu nahe gekommen war, weil ich Loic entdeckt hatte, weil ich Patrick und David verdächtigte. Weil ich aus der »Reise in die Hölle« vorlas und Nathalie ermunterte, die Hochzeit bleiben zu lassen.

War das plausibel? Oder Verfolgungswahn? Nein, der Koffer stand da wie ein Fels am Wegrand.

Die Nebelschwade verzog sich, ich sah wieder klar und entschied, erst die Schafe in den Stall zu bringen. Sie führten mich, und als wir dort ankamen, war das Schloss aufgebrochen.

»Seid ihr deswegen abgehauen?«

Da ich Empfang hatte, rief ich Gabriel an. Er musste das wissen, Differenzen hin oder her.

»Was hat ein offener Schafstall mit dem toten Loic zu tun?«, war seine lapidare Antwort.

»Da ist außerdem die Fahrerflucht.«

»In einer Nebelbank. Der Fahrer hat es vermutlich nicht gemerkt.«

»Und mein Koffer?«

»Eigenartig. Ich sehe es mir an.«

»Jetzt?«

»Ich bin immer noch in Loics Wohnung beschäftigt.«

»Hast du was rausgefunden?«

»Patrick hat Loic nicht in der Kapelle getroffen. Und ein Alibi hat er auch.«

»Von Rosie?«

»Die beiden waren zusammen unterwegs.«

»Das ist ja praktisch. Hier deckt jeder jeden.«

Ich legte auf. Schrieb an Yaelle und bat sie, meinen Koffer im Vorbeifahren einzusammeln. »Ich glaube, er ist Auguste runtergefallen.«

»Bää«, blökten Ouessie und ihre Freunde.

Ich verstreute meinen gesamten Salzvorrat und ging zur Straße zurück. In eiligen Stichworten notierte ich das Erlebte. Insbesondere die gegenseitigen Alibis faszinierten mich. Es würde mich nicht erstaunen, wenn sich die Gegner zusammengerauft hätten, um Loic zu ermorden. Wie in der Agatha-Christie-Geschichte. Bei der nächsten Gelegenheit würde ich die Zusammenfassung der Ereignisse ins Memoprogramm tippen. Nach einigen Fotos und einem letzten Blick auf das tote Schaf fuhr ich Richtung Süden.

***

Das Dorf Kerandraon stellte sich als Weiler heraus, nicht weit entfernt vom Meer. Ericas Haus war im neobretonischen Stil gebaut, die Hauskanten und Fensterrahmen in so hellem Blau, dass es die Steine zum Leuchten brachte. Es erinnerte mich an meine »Villa Wunderblau«. Ein Stich von Heimweh. Die Tür war geöffnet.

»*Bonjour*«, sagte ich laut und blieb auf der Eingangsschwelle stehen.

Die rötlichen Steinplatten des Flures führten auf der gegenüberliegenden Seite durch eine ebenfalls offene Tür in den Garten, um dort in einen schnurgeraden Kiespfad überzugehen. Ein Tor, felsige Karrees und dahinter das Meer mit einem Leuchtturm, der aus dem Wasser herauswuchs, als wäre er ein durchgestreckter Riesenwal.

»Ich sage immer, mein Hausflur reicht bis zum Phare de la Jument. Eine wilde Sache, nicht?«

Ich schoss herum, vor mir stand Erica. Ihre Augen heute von großer Strahlkraft, noch mehr Falten als gestern. »Er wurde an der gefährlichsten Stelle hier gebaut. Nach dem Schiffsunglück …«

»… der Drummond Castle?«

»Sie kennen die Geschichte?«

Ich nickte stumm. Kennen war untertrieben. Ich lebte sie.

»Siebenundvierzig Meter ist er hoch. Und trotzdem kommt das Wasser bis ganz nach oben. Sehen Sie!«

Ich holte das Handy raus und machte ein Foto für Isidore, von jedem Leuchtturm eines, wie ich versprochen hatte. Das hier war bislang das spektakulärste. Eine Welle explodierte und bedeckte den Leuchtturm, bevor sich die rote Spitze wieder aus der Gischt herausschälte.

»Bei so einem Wetter hat der Fotograf Jean Guichard seine berühmte Aufnahme gemacht.« Erica ging an mir vorbei in den Flur und zeigte auf ein großes gerahmtes Foto. »1989.« Ich schaute vom Bild zum realen Objekt und wieder zurück. Es sah abartig aus. »Das ist eine Fotomontage?«

Sie verneinte. »Guichard war bei Sturm mit dem Helikopter unterwegs und ist über den Jument geflogen. Er hat das Bild in dem Moment gemacht, als der Leuchtturmwärter Theodore Malgorne hinaustrat, um nachzusehen, woher der Lärm kam.«

Auf dem Foto sah man den kleinen Leuchtturmwärter auf der Galerie stehend, hinter ihm die geöffnete Tür und um ihn herum eine riesige Welle.

»Ist er ertrunken?«

»Im letzten Moment ging er wieder rein. Er wurde nur etwas nass.«

»Malgorne, haben Sie gesagt? Das ist der Familienname von Patrick und Sean.«

»Ein Ouessantiner Geschlecht. Patrick und der Mann auf dem Foto sind trotzdem nicht verwandt.«

»Patrick hat aber auch als Leuchtturmwärter gearbeitet.«

»In ganz jungen Jahren, er war einer der Letzten auf dem Créac'h. Den sehe ich vom anderen Ende des Hauses. Ich befinde mich im Kreuzfeuer der Türme.« Sie machte einen Laut, der wie ein Glucksen klang. »Aber deswegen sind Sie kaum gekommen.«

»Yaelle schickt mich. Wir brauchen ein Unterhaltungsprogramm für die Gäste. Der Stromausfall dauert an.«

»Ein Unterhaltungsprogramm?« Sie sah mich aus ihren wunderblauen Augen an.

»Sie wüssten dann schon, was ich meine, hat Yaelle gesagt.« Damit hatte ich meine Aufgabe erfüllt. Aber Erica wollte nichts davon wissen, dass ich gleich wieder losfuhr.

»Sie müssen einfach hereinkommen.«

Vor mir her ging sie durch einen zweiten Gang, gesäumt von Schränken mit azurfarbenen Rahmen, bis wir auf einen etwas größeren Raum stießen, mit zwei Bunkerbetten samt geblümtem Bettzeug. Davor stand je ein Tisch, an der Decke hingen bunte Kugeln, auf einer Kommode lagen Schnüre, Muscheln, Scherben und vom Wasser geschliffene Holzstücke.

»Strandgut?«, fragte ich.

Erica nickte. »Ich habe ein Abonnement bei Sean, jede Woche mindestens fünf Gegenstände.« Sie zeigte um sich. »Das ist die sogenannte schmutzige Seite.«

»Davon habe ich schon gehört. Ich dachte, da wohnen die Männer?«

»Wer hat Ihnen das erzählt?«

»Nathalie.«

»Sie hat das Prinzip falsch verstanden. Die schmutzige Seite ist die private, wo wir schlafen und lieben und leben.«

Sie ging weiter in eine Art Wohnzimmer, wo auf einem Wandregal mit Tellern und Schalen eine Mutter Maria hinter Glas prominent in der Mitte stand. Auf dem Tisch leuchtete eine Petrollampe, denn es war ziemlich düster, ein geklöppelter Vorhang bedeckte die beiden winzigen Fenster. Wie eine Puppenstube, alles abgemessen und den letzten Winkel ausnutzend, dabei etwas steif und makellos sauber. Vom Sturm hörte man hier praktisch nichts.

»Das dürfte dann die saubere Seite sein«, stellte ich fest.

»Jederzeit bereit, Gäste zu empfangen.« Sie zeigte auf eine unscheinbare Tür. »Und die ist den Liebhabern vorbehalten. Vorn die Ehemänner, hinten die anderen.«

Ich war verblüfft. »Ist das ein typisches Ouessantiner Haus?«

Erica nickte. »Ich habe es von meiner Mutter geerbt. Und sie hat es von ihrer Großmutter.«

»Fast wie bei mir.«

Als ich ihr von meiner Patentante erzählen wollte, winkte sie ab. »*La petite suisse* mit dem ›DEJALU‹, der einzig deutschenglischen Buchhandlung der Bretagne, Ihre Geschichte ist mir bekannt, Gabriel hat sie mir zugetragen.«

Ein Klatschmaul, der Mann. Andererseits, er sprach von mir.

Erica ging zur angrenzenden Küchenzeile, die erstaunlich modern aussah, und platzierte eine Kaffeekanne auf dem Herd, während Milch und zwei Tassen auf einem Tablett bereitstanden.

»Wussten Sie, dass ich komme?«, fragte ich.

»Natürlich. Wie wollen Sie den Kaffee?« Sie bestand darauf, obwohl mein Blick in Richtung Ausgang schweifte. »Schwarz?«

»*Bien blanc*«, sagte ich, ich hatte den neuen Ausdruck schon intus.

»Ich dachte, *avec énormément de lait*?«

Ich lachte. »Jetzt, da Sie es sagen. Mit sehr viel Milch, bitte.«

»Nehmen Sie doch Platz.«

Kaum saß ich auf der Bank, breitete sich in mir eine Trägheit aus, gegen die ich mich kaum wehren konnte. Die Vorstellung, je wieder aufzustehen, war absurd.

Es muss der Schock sein, dachte ich, als ich Ericas Blick gewahr wurde, die mich aufmerksam musterte.

»Ist Ihnen nicht gut? Sie sind bleich.« Sie stellte die Tassen auf den Tisch und setzte sich ebenfalls.

»Sie sind nie weg gewesen?«, fragte ich.

»Im Gegenteil, mit neunzehn zog ich aus, und nach einigen Jahren starb meine Mutter. Ich stand am Beginn einer Karriere an der Theologischen Fakultät in Paris und war wild entschlossen, das Haus hier zu verkaufen. Der Termin in der Kanzlei stand fest, die Käufer warteten schon im Vorzimmer, als ich einen letzten Besuch auf Ouessant machte. Der Rest ist Geschichte. Die anderen reisen ab und kommen an. Ich bleibe. So geht es auch der Hauptfigur aus dem Film ›Die Frau des Leuchtturmwärters‹, der auf dem Jument spielt. Der ist übrigens das Unterhaltungsprogramm: Wir zeigen ihn im ›Comtesse‹ für die Gäste.«

Ich traute meinen Ohren nicht. »Sie haben bereits alles organisiert?«

»Yaelle war eben bei mir.«

»Aber warum hat sie mich dann geschickt?«

»Sie waren lange unterwegs.«

Das bestürzte mich. Ich musste mit den Schafen mehr Zeit verbracht haben, als mir bewusst war. Auch so ein Ouessantiner Phänomen, die Zeit wurde wie flüssig, was ewig schien, war in Wirklichkeit ein Augenblick, und umgekehrt.

»Linda Harper, Toms Frau, besitzt die DVD und wird sie mitbringen. Das Notstromaggregat für den Beamer liefert Yannis an, in zwei Stunden geht es los.« Ihre Stimme klang abschließend. »Haben Sie noch etwas auf dem Herzen?«

Ich trank den Kaffee aus, bevor ich meine Frage stellte. »Es ist wegen Patrick. Gibt es in seiner Vergangenheit ein Geheimnis, etwas, das Loic gegen ihn verwenden könnte? Sie waren ja gestern in der Bar auch dabei. Ich hatte das Gefühl, dass Loic Patrick erpresst. Um die Windkraftanlage durchzudrücken.«

»Patrick ist der Anführer des gegnerischen Komitees, und zwar von der ersten Stunde an. Er würde lieber sterben, als sich erpressen zu lassen.«

Starke Worte. »Und wo stehen Sie?«

»Dass Patrick keine Anlage auf seinem Grundstück will, kann ich gut verstehen.«

»Also sind Sie eine Gegnerin.«

»Leute wie Yannis und Sophie-Anne haben gute Gründe, dafür zu sein.«

»Sie unterstützen beide Seiten?«

»Ich versuche zu vermitteln.« Sie erinnerte mich an Sœur Nominoé. Nicht fassbar, mal so, mal so.

»Haben Sie Sean gesehen? Nathalie sucht ihn seit Stunden, seit gestern Abend eigentlich. Und er geht nicht ans Telefon.«

Sie hob die Augenbrauen. »Er ist mir heute Morgen auf dem Heimweg begegnet, mit dem Rad, als ich von meiner Nachtschicht in der Kirche kam.« Das elektrisierte mich. Sean war so früh unterwegs gewesen? »Ich habe angenommen, dass er zur Flugbahn fährt.«

»Wäre er da an der Kapelle Bonne Espérance vorbeigekommen?«

»Da können Sie sicher sein. Es gibt nur einen Weg. Er trug seine Regenuniform. Grünes Fischerzeug und einen hellblauen Hut.«

Das bedeutete, Sean könnte sich mit Loic getroffen haben. Kam Sean als Täter in Frage?

»Wieso haben Sie es Nathalie nicht erzählt? Sie wohnt doch bei Ihnen.«

»Ich dachte, sie schläft, sie war in ihrem Zimmer.« Erica stellte die leeren Tassen zusammen und wirkte plötzlich besorgt. »Ich hoffe, dass Loic und Patrick sich versöhnen. Um der Hochzeit willen, um Seans willen. Gestern sind die Dinge aus dem Ruder gelaufen, Patrick verträgt keinen Alkohol. Er gibt das nicht zu, aber wir wissen es alle. Fanch, der Wirt, lässt sich immer wieder überreden, ihm etwas auszuschenken. Sollten Sie Loic sehen, teilen Sie ihm bitte mit –«

Ich holte Luft, um sie zu unterbrechen. Wollte alles Mögliche sagen, dass ich jetzt wirklich gehen müsse, dass die anderen auf mich warteten, dass ich ... »Loic ist tot.«

Sie versteinerte. »Was?«

»Loic ist tot.«

»Das ist nicht möglich.«

»Es tut mir leid. Ich habe ihn heute Morgen in der Kapelle am Boden liegend gefunden.«

Erica schüttelte den Kopf, rang sichtlich um Fassung. »Was ist passiert?«

»Ich denke, dass er von einer Leiter gestoßen wurde.«

»Gestoßen? Sie meinen böswillig?«

»Der erste Verdächtige ist Patrick. Er hat ein Motiv. Und er kennt die Tücken der Leiter.«

Sie schwieg. »Sieht Gabriel Mahon das auch so?«

Ich stockte. »Patrick ist sein Freund. Er will glauben, dass Loic gefallen ist. Lussec unterstützt diese These. Aber mir erzählen die Hinweise eine andere Geschichte.«

Erica stand auf. »Folgen Sie mir.«

Sie verließ das Zimmer durch die Tür des Liebhabers und durchquerte einen Garten, wie ich ihn auf der Insel noch nie gesehen hatte. Er war voll mit Hortensien, Palmen, rotem Heidekraut, mit bunten Blumen und Blüten, die unter dem dunklen Himmel um die Wette leuchteten. Das Ganze zog sich bis zu einer Art Moräne, wo ein zerfallenes Steinhäuschen mit Fensterlöchern ohne Glas thronte. Als wir oben standen, wehte es wieder heftig.

»Der Wind ist unberechenbar geworden«, sagte ich. »Gefährlich, oder?«

Sie nickte. »Er kommt in Böen und ist gleich darauf wieder ganz ruhig. Aber das ist nicht die Ruhe nach dem Sturm. Es ist das letzte Aufbäumen, der wahre Kern, der Höhepunkt.«

Wenn der Sturm eine Bühne brauchte, war hier ein passender Ort. Man sah auf der einen Seite zum Meer, auf der anderen ins Landesinnere.

In der Hütte befand sich ein Altar mit Maria, Jesus und Josef.

»Das ist meine Kirche. Jeder kann zu jeder Zeit kommen, sie ist immer geöffnet, von der Hauptstraße aus gut erreichbar. ›Une église ouverte‹, ›an open chapel‹, eine offene Kapelle.«

Sie griff nach einem Stück Holz und wog es auf ihrer Handfläche. »Das hat mir Loic gebracht. Gestern Abend ist er vorbeigekommen.«

Es war an mir, fassungslos zu sein. »Loic? Nach der Bar?«

Sie gab mir das Holz in die Hand. Es fühlte sich weich und warm an, mit fein geschliffenen Kanten, die Oberfläche voller Rillen, die sich ins Holz gegraben hatten, dunkel auf den Kämmen, hell in den kleinen Tälern, keinen Millimeter tief. »Es ist alt.«

»Drehen Sie es um.«

Die andere Seite wies eine geometrische Musterung auf.

»Das war besser geschützt. Man findet sogar noch Lackrückstände. Es könnte ein Tablett gewesen sein. Wenn man genau hinschaut, sieht man den Ring einer Tasse.«

Celia könnte daraus getrunken haben oder Mabel. »Ein Gegenstand aus einem Schiff, das vor mehr als einem Jahrhundert gesunken ist …« Ich sah Erica in die Augen. »Das ist vermutlich viel wert.«

»Auf einer Auktion bekommen Sie dafür nur ein paar hundert. Trotzdem wollte Loic es in Sicherheit bringen. Als Beweis.«

»Wofür?«

Sie schwieg einen Moment, als ob sie überlegen müsste, ob ich wirklich vertrauenswürdig sei.

»Es gibt einen Vertrag mit dem National Heritage Fund und den Gemeinden Ouessant und Molène. Wann immer Gegenstände auftauchen, die von der Drummond Castle stammen könnten, müssen sie abgegeben werden. Yannis vom Supermarkt ist für das Sammeln verantwortlich. Sie werden nach Brest geschickt, wissenschaftlich überprüft und kommen dann den hiesigen Museen zugute, dem Englischen Haus auf Molène und den Sammlungen in den Leuchttürmen Stiff und Créac'h. In den vergangenen Jahren hat sich ein Schwarzhandel entwickelt. Gabriel weiß davon.«

Und er hatte mir nichts gesagt. Ich fühlte mich echt betrogen.

Erica nahm spontan meine Hand.»Loic vermutete, dass Patrick, Fanch oder Jean Lussec heimlich gewisse Fundsachen an Yannis vorbeigeschmuggelt haben. Eine schottische Familie soll horrende Preise dafür bezahlen.«

Die Wilkinsons, dachte ich.»Ist Sean auch darin verwickelt?«

Sie schüttelte den Kopf.»Dieses Stück Holz hat Loic in Patricks Lager bei Arlan entdeckt, gestern, gleich nach seiner Ankunft auf der Insel.«

»Ist er dahin, um zu spionieren?«

»Er wollte Patrick wegen der Windkraft sprechen, suchte nach einem Kompromiss, um den Konflikt vor der Hochzeit beizulegen. Er hatte ein gutes Angebot dabei. Aber Patrick war nicht da.«

»Danach ist er bei Patrick eingebrochen und hat es Ihnen gebeichtet. Warum?« Ich starrte sie an.

»Er ist gläubig. Manchmal beten wir zusammen.«

Gläubig? Loic Martin bekam immer neue Facetten.

»Er ist … er war ein ziemlich netter Kerl, wenn er mal sein

Rolex-Getue abgelegt hatte. Man konnte gut mit ihm lachen.«
Sie fuhr sich über die Augen.

Die Strandgut-Hehlerei war die erste vernünftige Erklärung, warum Patrick so vehement gegen die Windkraft war. Es hatte mir nicht richtig eingeleuchtet. Er besaß sehr viel Land, mehrere Häuser, und er liebte die Insel. Dass die Kraft der Natur, die so oft tödlich sein konnte, für etwas Sinnvolles eingesetzt wurde, hätte ihn doch überzeugen müssen. Und nun stellte sich heraus, dass es sein illegales Business gefährdet hätte. Wobei es nicht nur um Holzstücke und Porzellanscherben gehen konnte. Die Kassette aus der Drummond Castle wäre ein plausibles Motiv. Der wertvolle Schmuck von Queen Victoria. Was, wenn Patrick davon wusste und danach suchte?

»Das Grundstück von Linda und Tom gilt doch auch als möglicher Standort für die Anlage. Gibt es da einen Strand in der Nähe?«, fragte ich Erica, die ganz ruhig dasaß, die Hände zum Gebet gefaltet.

»Ja klar. Nebst der Plage d'Arlan ist das einer der wenigen Strände auf der Insel.«

Ihr Festnetztelefon klingelte. Sie sprach einige Worte, bevor sie auflegte.

»Es gibt ein Problem. Linda hat die DVD nicht gebracht. Und niemand kann sie erreichen.«

20

Diesmal war die Nebelbank so dicht, dass ich absteigen musste. Ich ging vorsichtig, an den Lenker geklammert, bis ich schließlich stehen blieb, stehen bleiben musste. Wie lange der Moment dauerte – ob wenige Minuten oder länger –, konnte ich nicht sagen. Es war erschreckend und tröstlich zugleich. Erschreckend wegen der totalen Orientierungslosigkeit, tröstlich, weil ich mich in der Umhüllung so aufgehoben fühlte, dass ich versucht war, nach hinten zu kippen, um irgendwo zwischen Ozean und All zu verschwinden.

Nach dem kleinen Waldstück schärften sich Umrisse im Nebel, ich erkannte einen steinernen Glockenturm, Windmühlenflügel, den behäbigen und bewohnten Mittelbau der ursprünglichen Mühle, links und rechts flankiert von einem Haus. Als ich ein Foto machen wollte, war der Handyakku bereits wieder fast leer. Es reichte knapp, um einige Notizen über das Gespräch mit Erica zu machen. *Mince.*

»Linda und Tom Harper«, stand auf dem blechernen Briefkasten.

Mein Klopfen an die Holztür erbrachte keine Reaktion. Ich drehte einen Knauf. Bislang hatte ich auf Ouessant die gleiche Erfahrung gemacht wie auf dem Festland, in der Bretagne waren die Türen immer offen.

»*Bonjour?* Jemand zu Hause?«

Im Inneren erwartete mich ein spartanischer Raum, ein Tisch mit Laptop, Papieren und einer ausgetrunkenen Tasse. Prominent in der Mitte lagen einige Medikamentenschachteln. An der einen Wand war ein Kamin, in dem ein Feuer loderte. Ich zuckte zusammen, als ich Tom Harper bemerkte. Er war braun gebrannt, mit Bart und schwarzgrauem Haar, Boxershorts und Birkenstocksandalen an den bloßen Füssen.

»Was machen Sie hier?«

Seine Stimme klang vorwurfsvoll, und er hinkte, als er auf

mich zukam, was mir beim ersten Treffen gar nicht aufgefallen war.

»Ach so, Sie sind Mahons Freundin?«, sagte er.

»Kollegin.«

Seine dunklen Augen irrten hin und her. Er schien Stress zu haben.

»Sind Sie von der Polizei?« Er dachte, ich wäre in offizieller Mission hier.

»Privat. Ich wollte Linda sprechen.«

»Wegen der Windkraftanlage? Linda ist dafür, ich bin dagegen. Auf Wiedersehen.«

»Ich möchte wirklich mit Linda sprechen.«

»Zuhören! Sie ist an keiner Debatte interessiert.«

Was fiel dem Typen ein? »Ich soll etwas abholen. Linda wollte eine DVD zur Verfügung stellen.«

»So eine billige Finte.« Er drängte mich zur Tür. Ich war zu überrascht, um mich zu wehren.

»Ich spreche von dem Film ›Die Frau des Leuchtturmwärters‹.«

Mitten in der Rangelei hielt er inne. »Ihr zeigt den Leuten ›Die Frau des Leuchtturmwärters‹?«

»Genau.«

»Ein sentimentaler Quatsch, verherrlicht den Beruf.« Er mochte den Film offensichtlich nicht. »Tut so, als wär's ein Spaziergang, als würden Leuchtturmwärter vor allem Kaffee trinken, Gitanes rauchen, aufs Meer hinausschauen und über Leben und Tod philosophieren. Man erfährt nichts über die Realität, über die stinkenden Latrinen, die Kotze, die nirgendwohin abläuft, das Salz in jeder Ritze, die ungewaschenen Betten.«

Was war denn das für ein Monolog gewesen? »Sie kennen sich aus mit Leuchttürmen?«, fragte ich vorsichtig.

»Patrick hat mich mal zum Jument hinaus mitgenommen, während eines ähnlichen Sturms wie heut Nacht.« Er stierte mich an. »Es ist die Hölle. Viele Leuchtturmwärter sind durchgedreht. Ich kenne eine Geschichte von einem, der verschwand, während der Kaffee auf dem Herd brodelte, der Fisch in der Pfanne brutzelte und die Zigarette im Aschenbecher verglühte. Die Tür war von innen verschlossen, der Schlüssel dreimal umgedreht und alle Luken mit Brettern verrammelt. Und doch war er weg. Was ist passiert?«

Das Rätsel schien mir nicht sehr schwierig. »Er hat sich aus einem geheimen Fenster ins Meer gestürzt.«

»Manche sagen, es sei Morwen gewesen.«

Morwen, die männerschlürfende Meeresgöttin.

»Ich denke auch, dass er gesprungen ist. Ein Affekt. Depressiv geworden. Hat seine Pillen nicht gefressen, der Idiot.« Tom nahm mich erneut ins Visier. »Sie sind doch ein Hochzeitsgast.« Der Themenwechsel sollte mich wohl verwirren. Er kam so nah, dass ich seinen Atem roch. »Die wird aber nie stattfinden. Die Hochzeit ist nämlich in Wirklichkeit eine Wahlveranstaltung. Organisiert vom Gegnerkomitee. Wir werden in der Kirche stehen und Nein-Parolen brüllen.«

Langsam machte ich mir echt Sorgen. Tom war psychisch schwer angeschlagen, das war offensichtlich. Und von Linda war weit und breit nichts zu sehen. Mir wurde kalt. Was, wenn er ihr etwas angetan hatte? Ich musste aus ihm herausbekommen, wo sie war.

»Halten Sie mich für verrückt?« Eine Schimpftirade prasselte auf mich ein. »Sie gehören zum Lager der Pariserin. Die ist keinen Deut besser als Patrick. Sie hat Sean verhext. Alles nur Fake. Die Braut ist eine Aufziehpuppe.«

»Ich kann Ihnen versichern, dass ich von der Hochzeitsprobe komme. Ich habe Nathalie, die keinerlei Ähnlichkeit mit einer Puppe aufweist, in einem weißen Kleid gesehen. Und das war sehr echt.«

Ich nahm mein Handy heraus. Mir war siedend heiß eingefallen, dass es nicht mehr funktionierte. Sollte ich Hilfe brauchen, wäre dies meine einzige Möglichkeit. Der Weiler hatte einsam ausgesehen, kein Mensch war mir begegnet.

»Wenn ich es bei Ihnen aufladen darf, kann ich Ihnen das Foto zeigen.«

Nach einigem Hin und Her ließ er sich überreden. Er verfügte sogar über eine vollständig aufgeladene Powerbank.

»Gibt es wieder Strom?«, fragte ich.

»Wir haben Sonnenkollektoren auf dem Dach. Lindas Ouessie-Comics sei Dank. Eine kommerzielle Scheiße, aber sie bringt Kohle, und zwar nicht zu knapp.« Er ging zur Fensterfront. »Wenn's so weitergeht mit dem Nebel, kann ich die in den Müll schmeißen.« Er sprach von den Kollektoren. Mit dem ersten Funken Strom poppten fünf verpasste Anrufe auf. Und eine Nachricht von Gabriel, er wollte mich sprechen, *asap*.

»Wo ist jetzt das Brautbild?« Tom hinkte wieder näher. »Und unterstehen Sie sich, Mahon herzurufen. Den Schnüffler will ich nicht im Haus haben.«

Ich zeigte ihm das Foto nicht. »Entschuldigung, aber es ist leider verschwunden. Ich habe es aus Versehen gelöscht. Mein Fehler.«

Er fuhr sich mit der Zunge über die Lippen. Sie waren aufgesprungen. Als er anfing, hin und her zu gehen, manifestierte sich sein Hinken sehr stark.

»Haben Sie sich verletzt?«, fragte ich.

»Polio«, sagte er. »Kinderlähmung.«

Am Tisch holte er eine Tube Salbe aus der Schublade. »Es ist ein verdammter Stress.«

Nachdem er den Deckel abgeschraubt hatte, drückte er Salbe auf die Handfläche, um sein Bein einzureiben. »Hat mir Rosie gemacht. Wirkt Wunder.«

»Wo ist Linda denn nun?« Ich hatte die Frage möglichst beiläufig formuliert.

»Linda?«

»Ihre Frau.«

»Unten am Strand. In ihrer Schreibhütte.«

»Wo ist das genau?«

»Sie will keinen sehen. Niemanden, nicht mal mich. Oder vor allem nicht mich. Mein Bett ist kalt und leer. Leer wie ein ausgeschlürftes Hühnerei.« Er wischte sich die Hand ab und

holte ein Gerät aus der Tasche, tippte eine Nachricht.»Sie liest sie eh nicht. Da unten in dem Loch hat sie keinen Empfang.«
»Dann gehe ich jetzt schnell da vorbei. Ist der Film bei ihr?«
»Sie wird nicht aufmachen.«
»Lassen Sie es mich probieren.«
»NEIN!« Sein Schrei war furchterregend.
Einer Eingebung gehorchend, fragte ich ihn, ob er Angst habe.
»Angst?« Er starrte mich an, als hätte ich um seine Hand angehalten.»Wie kommen Sie darauf?«
»Sie schwitzen und zittern, Sie hören mir nicht zu, Sie sehen dauernd zur Tür.«
Er biss sich auf die Unterlippe, kämpfte, entschied sich schließlich, mir die Wahrheit zu sagen.»Ich habe keine Angst, ich bin wütend. Weil sie mich enteignen und das Grundstück für sich beanspruchen wollen. Das gleicht einer Annexion.«
»Wer?«
»Patrick, Fanch, Lussec. Loic, Rosie, Erica. Sophie-Anne. Loic. Auguste, Sean, Nathalie, Loic. Immobilienfresser, Landgewinnler, Räuber, Banditen. Und Loic ist der Schlimmste.«
Am Tisch öffnete er eine der Medikamentenpackungen und schüttete eine Pille in die Hand. Er schluckte sie ohne Wasser, mit einem hässlichen Laut.
»Loic will unser Land für diese Scheißanlage. Dafür will er alles abreißen. Die Windmühle, das Wohnhaus und mein Atelier.« Er zeigte bebend auf das Gebäude gegenüber.»MEIN ATELIER. Ich bin Maler.«
»Linda hat es mir erzählt. Vielleicht, wenn wir sie holen –«
Er fiel mir schon wieder ins Wort, eine üble Gewohnheit.
»Sie hasst mein Zeug, sie will weg von hier. Hinter meinem Rücken hat sie mit Loic gekungelt und das Land für einen Apfel und ein Ei und viele hunderttausend Euro verkauft. Die hortet sie auf einem Konto und gibt mir die Nummer nicht raus. Sie sagt, ich kann ja hierbleiben. Wissen Sie, wie es aussehen wird, wenn dieses verdammte Ding da seine Kreise dreht?«
Er packte mich am Arm und zog mich ans Fenster. Ich be-

kam Panik. Niemals hätte ich auf ihn eingehen sollen. Aber nun war es zu spät. Außerdem wähnte ich Linda in echter Gefahr. »Sie meinen die Windkraftanlage?«

Er nickte. »Da wird der Körper stehen, die drei Rotoren. Eins, zwei, drei, eins, zwei, drei. Den ganzen Tag werden sie sich drehen und Schatten werfen, ein ums andere Mal. Die Kaninchen werden verschwinden, das Land wird unfruchtbar, und die Vögel werden massakriert.« Er streckte die Arme aus. »Massakriert wie Jesus. Wie Martin Luther King. Wie Kennedy.« Er verwarf die Arme. »Wir brauchen keine Scheiß-Windkraft. Wir sind am Ende der Welt, wen kratzt es schon, wenn wir weiterhin Energie vom Festland beziehen? Klimaerwärmung? Sehen Sie doch raus. Wir haben Sonne, Regen, Sturm, Nebel, jeden Tag vier Jahreszeiten. Hier ist alles in Ordnung.«

Erneut gehorchte ich meiner Eingebung. »Was wollen Sie, Tom? Außer dass Loic Sie in Ruhe lässt?«

Sein Gesicht verzog sich, als ob er gleich weinen würde. »Linda, ich will Linda zurück. Es soll wieder so sein wie früher. Ich will mit ihr und Fanch im ornithologischen Verein Führungen für die Touristen machen, Auguste fährt den Bus, wir sitzen mit dem Mikrofon dabei und erklären. Es war irgendwie romantisch, Hand in Hand über zugeschissene Klippen und Flugfischfang zu dozieren.«

Davon hatte ich noch nie gehört. »Fanch?«

»Er hat den Verein gegründet. In den sechziger Jahren.«

Fanch. Der Wirt. »Und Sie haben alle drei Kenntnisse in Ornithologie?«

»Zuhören! Ich hasse Vögel. Basstölpel, Tordalken und Trottellummen, der Eissturmvogel, der Zaunkönig, die Alpenkrähe und die Sperlingsvögel, ich hasse sie. Aber mit Linda war es okay.« Er ballte die Fäuste. »Wollen Sie jetzt mein Bild sehen?« Er sagte es ehrfürchtig, als ob er Angst vor seinem eigenen Mut hätte.

»Wenn Sie mir danach sagen, wo Lindas Schreibhütte ist.«

»Zu Diensten.« Er deutete eine Verbeugung an und ging voraus.

Draußen musste ich kurz durchatmen, war richtig dankbar für den Wind, ich merkte erst jetzt, wie heiß es gewesen war, wegen des Feuers.

Wir überquerten die Wiese und gelangten zu einem Nebengebäude, in dem sich sein Atelier befand. Es war leer, bis auf einige Pinsel und Bürsten, eine Staffelei, eine Reihe von Farbkübeln und eine riesige Leinwand mit einer wilden Kombination verschiedenster Farben.

»Das alles ist Blau. Buschblau, Mauerblau, Kotzblau, Wiesenblau. Felsenblau. Vogelblau. Puschelblau. Beerenblau. Teufelsblau. Himmelsblau. Nachtblau. Schafsblau, Segelblau. Windblau. Geierblau. Sternenblau. Salzblau. Gischtblau. Holzblau. Granitblau. Blaublaublau ... die Summe all dieser Farben ergibt das Blau, von dem wir träumen.«

Stille.

»Wie lange malen Sie schon daran?«, fragte ich schließlich.

»Zehn Jahre.«

Zehn Jahre lang, an einem einzigen Bild.

Er nahm einen Pinsel. »Ich muss jetzt arbeiten. Vielleicht werde ich heute fertig. Oder morgen.« Durch das Fenster sah er zum Meer, wo sich ein weiterer Leuchtturm aus dem Wasser erhob. »Mein Lieblingsturm. Der Nividic. Der einzige mit Helikopterlandeplatz. Ich bin daran gescheitert. Ist ziemlich tricky zu landen, die Plattform ist winzig.«

Einmal mehr nahm dieses Gespräch eine unerwartete Wendung.

»Sie können fliegen?«, fragte ich.

Er nickte »Mit Pilotenschein. David hat mir viel Geld geboten für einen Sturmflug. ›Major Tom‹, hat er gesagt, ›fliegst du mich bei acht Beaufort?‹«

»Wieso das denn?«

»Er ist ein Sturmjäger, die Nummer mit dem Geocaching ist nur ein Vorwand. Sturmjäger brauchen Fotos als Beweis dafür, dass sie im Auge des Taifuns waren. David stellt alles auf Instagram. Sein Account heißt ›Storm Chaser Davie123‹. Seine Frau hat sich deswegen von ihm getrennt.«

Er zeigte mir den Account auf seinem Handy.

Bewaffnet mit einem Feldstecher, einer Kamera und einem Selfieständer sah man David neben gebogenen Bäumen und abgeknickten Ästen posieren. Es wirkte ein wenig lächerlich.

»Und warum nennt er Sie Major Tom?«

»Wegen David Bowie. Wir sind beide Fans.«

David, der Bowie-Fan und Sturmjäger. Nichts Vogel-Massakrierer, er jagte einfach nur Wolkenschlössern hinterher.

»Er will auf die Insel ziehen«, fuhr Tom fort, »für die Ferien und später für die Rente. Rosie will ihm was anbieten.«

»Rosie?«

»Jeder auf der Insel ist ein alter Freund von ihr. Sterben sie weg und wollen die Kinder die Häuser nicht mehr, verkaufen sie an Rosie, für ein Butterbrot mit Makrelenpaste. So haben die Kinder kein schlechtes Gewissen, und Rosie sucht Käufer, die der Insel dienlich sind.«

»Sie haben Ihr Haus auch bei ihr gekauft?«

»Natürlich. Wir alle.«

»Tom«, sagte ich und fühlte mich erschöpft. »Ich habe mich an den Deal gehalten. Tun Sie es auch. Wo ist Linda?«

Die Beschreibung war so simpel, dass ich den Weg zu ihrer Schreibhütte auch allein gefunden hätte. Unten am Meer, wie alles hier.

Beim Hinausgehen stach mir etwas ins Auge. Hinter der Tür des Ateliers stand ein Koffer. Ein großer, grüner, schwerer Koffer, der mir sehr bekannt vorkam.

»Woher haben Sie den?«, fragte ich.

Er grinste mich mit gelben Zähnen an. »Strandgut. Lag einfach so am Wegrand. Ich habe alles, was drin war, verbrannt. Nur Müll. Sogar die Unterwäsche war ausgeleiert. Wer trägt so was? Sie vielleicht?«

21

Der Weg zu Lindas Schreibhütte führte steil hinunter. Es blieb weder Zeit, meine Notizen zu vervollständigen noch meinen verbrannten Kleidern nachzutrauern. Der Himmel zeigte sich von der üblichen dramatischen Dunkelheit, noch ein ganzes Stück weit entfernt türmte sich eine weiße Wand, die vor sich hin waberte und träge zu pulsieren schien, so hell, dass es meine Augen schmerzte. Der Duft nach Fisch, Salz und Gischt verstärkte sich mit jedem Schritt, zwischen dem dichten Buschwerk schimmerte das Graublau des Meeres und verschmolz mit dem Granit der Felsen. Von hier holte Major Tom seine Inspiration. Wobei er noch hundert Jahre malen könnte, ohne die Glücksfarbe wirklich in ihrer Essenz festzuhalten.

Der Strand war klein, vielleicht fünfzig Meter breit, zwanzig tief, perlmuttfarben und übersät von Dingen. Fasziniert trat ich näher, entdeckte verknäulte Algen und Muscheln, verendete Krebse, Holz in verschiedenen Formen, Stofffetzen. Hinter einem Stein dann ein halb geöffneter Rucksack. Ich sah Stifte, einen Block Papier. Meine Vermutung, dass er Linda gehörte, wurde bestätigt, als ich die Skizzen sah. Eine davon mit einem Ruderboot, in dem anstatt Menschen Schafe hockten, drei am Ruder, eines im Bug. Kapitänin Ouessie mit einer violetten Wolltolle unter der Mütze, bemüht, ein Jungschaf aus dem Wasser zu fischen. Auf der Seitenwand eines Dampfers war die Schrift »Drummond Castle« zu lesen.

Als ich den Block weiter durchblätterte, fand ich sogar Zeichnungen, auf denen der Schiffbruch kindgerecht in ein Abenteuer verpackt worden war.

»Linda?«, rief ich richtig panisch. War sie ertrunken?

Eine Welle durchnässte meine Turnschuhe, schlangengleich hatte sie sich über den flachen Strand verteilt, war ohne Vorwarnung viel weiter hochgekrochen als die letzte. Sie hinterließ einige Muscheln, ein Stück fein geschliffenes Holz sowie eine blau-weiße Scherbe, die sich beim näheren Hinsehen als Teil einer Tasse entpuppte. Altes China-Porzellan, wie ich es vorhin bei Erica gesehen hatte.

»Linda!«, rief ich noch lauter und packte den Rucksack.

»Linda?«

Plötzlich war der Nebel wieder da. Ich sah keine Handbreit mehr, war komplett eingehüllt. Mein Haar wurde nass, die Jeansjacke, Sophie-Annes Hose.

Ein Kichern ertönte. Es klang schelmisch und so angriffslustig, dass ich meine Hände hob. Es kam auf mich zu, ich wich aus. Dann hörte ich es aus einer neuen Richtung, ich rannte los, stolperte, Arme griffen nach mir und zogen mich in ein wattiges Nichts. Die Phantasie sieht nur, was sie sehen will. Eine Schreibhütte. Sie wuchs aus dem Nebel wie ein Gespenst.

»Linda?«

Aus dem Inneren der Hütte hörte ich ein Rumpeln, dann Schritte, schließlich eine Stimme.

»Tereza?«

Sie war es. Wie unglaublich, wie herrlich normal sie klang. Große Erleichterung breitete sich in mir aus.

»Was für ein Glück, dich schickt der Himmel«, sagte sie. »Ich schreie mir seit einer Stunde die Seele aus dem Leib.«

»Wieso kommst du nicht raus?«

»Ich kann nicht. Die Tür ist zugesperrt. Von außen.«

»Aber hier steckt kein Schlüssel.«

»*Mince*«, sagte Linda. Mit dem englischen Akzent klang es wie »Maus«. »Kannst du ihn suchen, bitte? Schau unter der Hortensie nach.«

Der alte Trick funktionierte diesmal nicht.

»Oder im Vogelbad. Das ist für Augenstern, den Raben, meinen Dauergast.«

Ein Rabe? »Du hältst einen Raben?«

»Heute hat er sich irgendwo versteckt, vielleicht oben im Dachfirst, er mag keinen Wind.«

Rabe, Eule, Adler, die keltischen Symbolvögel. Ich schluckte. Verdrängte die Bilder, die mein Hirn fluteten, und konzentrierte mich darauf, den Schlüssel zu finden, wühlte in dem Teppich aus Moos und Algen und war erfolgreich.

Zurück bei der Tür, gelang es mir, den Schlüssel reinzustecken und umzudrehen, obwohl irgendein klebriges Zeug das Schloss verstopfte. Ich öffnete und Linda kam heraus. Ihr Anblick war erschreckend, das Gesicht verschwollen, ein Veilchen, getrocknetes Blut.

»Was ist passiert? War das Tom?«

»Nope. An allem ist Major Tom nicht schuld.« Sie zeigte über ihre Schulter ins Hausinnere. »Ich wollte zum Badezimmerfenster hinaus, so wie früher. Aber ich bin wohl zu dick und zu alt. Ich kam auf jeden Fall nicht durch die gekippte Scheibe und bin runtergefallen. Nun sehe ich aus wie eine geschlagene Ehefrau.«

»Das hätte richtig ins Auge gehen können.«

»Halb so schlimm. Hauptsache, du hast mich gefunden.«

Als ich ihr von der DVD erzählte, zuckte sie die Schultern. »Ich hatte den Film Yaelle ausgeliehen. Sie hat ihn mittlerweile bei sich im Regal gefunden und die DVD im ›Comtesse‹ vorbeigebracht, der Beamer läuft bereits. Du bist vergeblich gekommen.«

Ich hätte es mir denken können. Yaelle, die Tausendsassa-Frau, der Springinsfeld. Sie holte hier sämtliche Kastanien aus dem Feuer. »Sie hätte dich befreien können.«

»Leider war mein Akku mitten im Gespräch leer.« Na, das kannte ich.

Sie bedankte sich sehr für den Rucksack, den sie am Strand hatte liegen lassen. »Ich wollte ja eigentlich nur ins Haus, um weitere Stifte zu holen.«

»Wenn es nicht Tom war, der dich eingeschlossen hat, wer dann?«

»Vielleicht dachte ein Wanderer, es sei eine Strandhütte, und die sollte natürlich zugesperrt sein.«

»Und das Zeug im Schloss?«

»Du glaubst nicht, was hier alles durch die Luft geweht wird.«

»Klingt sehr unwahrscheinlich.«

»Dann war es ein Schaf.«

»Die sind kniehoch. Müsstest du wissen, du malst sie ja dauernd.«

»Oder Morwen.«

»Du glaubst auch an sie?«

»Im Zweifelsfall ja.«

»Scherz beiseite«, sagte ich. »Wer war es?«

Sie seufzte. »Natürlich war es Tom. Er denkt, indem er mich einsperrt, kann er mich halten.« Also hatte sie sich von ihm getrennt. Ein wenig tat er mir leid.

»Das Schlimmste für ihn war immer die Vorstellung, dass wir als Paar Schiffbruch erleiden würden.« Ein Seufzer. »Der Schiffbruch als Aufbruch. Aber Schwamm drüber.« Sie umarmte mich. »Schön, dass du da bist. Yaelle hat erzählt, dass ihr die Probe abgebrochen habt und dass es einige Sturmschäden gab.«

Beim Reingehen berichtete ich ihr von den offenen Fenstern im »Comtesse« und in der Kirche und vom kaputten Schloss an Seans Schafstall.

»Ich halte es für gezielte Sabotage. Was denkst du, wer von den Gegnern könnte so etwas tun? Patrick, Rosie?«

Sie wiegelte sofort ab. »Erinnere dich an die Katze Vovone und daran, wie sie gestern durch die Luft geflogen ist. Der Sturm hatte es wirklich in sich.«

»Wie bist du eigentlich nach meiner Lesung nach Hause gekommen?«

»Gar nicht. Ich habe auf einer Liege bei Sophie-Anne im Zimmer geschlafen. Fanch hatte das Nachsehen. Wobei er ohnehin nicht zum Schlafen gekommen wäre.«

»Fanch, der Wirt? Sind Sophie-Anne und er ein Paar?«

»Mal ja, mal nein, und das seit Jahren. Magst du ihn nicht?«

»Ich kann ihn schwer einschätzen. Und er ist Ornithologe.«

»Du meinst, wegen der getöteten Vögel?« Linda wies auch diese Theorie weit von sich. »Fanch liebt Vögel, ich habe das mehrfach miterlebt. Jungvögel aus misslichen Lagen zu befreien ist eine seiner Spezialitäten. Nie würde er so etwas tun.

Außerdem hätte er keine Zeit gehabt. Seit gestern Morgen ist er rund um die Uhr mit dem Wohl der Gäste beschäftigt.«

Sie musterte mich mit ihrem intakten Auge. »Er hat Essen und Kerzen rausgezaubert und knapp hundert Leute vor der Panik bewahrt. Er ist in Ordnung.«

Dagegen konnte ich nichts sagen.

Wir waren ins Wohnzimmer gekommen. Es war vollgestopft, das Gegenteil von Major Toms edler Leere. Eingerahmt von überfüllten Regalen auf allen vier Seiten, stand in der Mitte ein kleiner Tisch. Hier arbeitete Linda, und hier lebte sie auch, das war offensichtlich. Zeichnungen, Stifte, Farben, dazwischen Tassen, ein Teller, eine Schale mit violetten Kartoffeln und verrunzelten Äpfeln, eine halb gegessene Packung bretonischer Butterkekse. Sehr kreativ, genau mein Stil.

Ich bot ihr an, einen Tee zu machen. »Und für mich vielleicht einen Kaffee mit sehr viel Milch?«

Linda musste mir einen Korb geben. »Ich bin doch eine alte Engländerin, ich habe keinen Kaffee.«

Kein Thema, wenngleich ich schon ein wenig auf Entzug war.

Sie hatte sich vorsichtig in den einzigen Sessel gesetzt. »Ich bin heute am frühen Morgen heimgeradelt. Die meiste Zeit habe ich geschoben, wegen des Gegenwinds, für eine Strecke von drei Kilometern habe ich eine Stunde gebraucht.«

Ich machte den Wasserkocher an, holte in der offenen Miniküche Teebeutel und einen Karton Milch.

»Hast du Tom beim Heimkommen gesehen?«

»Er hat auf mich gewartet.«

Also hatten beide ein Alibi für den Todeszeitpunkt von Loic. Geistig machte ich mir eine Notiz. Trotzdem blieb Tom für mich verdächtig.

»Hast du keine Angst, dass er gewalttätig werden könnte?«

»Ach wo. Nur wenn er seine Medikamente nicht genommen hat, wird er unausstehlich, dann fängt er an, Verschwörungstheorien zu verbreiten. Patrick und Rosie würden uns enteignen, um zu verhindern, dass wir an Loic verkaufen können.

Oder sie würden uns rausschmeißen, weil die Häuser uns gar nicht gehören.«

»Dafür gibt's zum Glück Besitzurkunden.«

»Eben nicht. Sie sind weg, irgendwo in meinem Chaos verschwunden. Dummerweise fehlt auch ein Kaufvertrag, weil alles mündlich und per Handschlag gelaufen ist.«

»*Mince.*« Davon konnte ich ein Lied singen. Bis die »Villa Wunderblau« unbestritten in meinem Besitz gewesen war, hatte ich einige Kämpfe ausfechten müssen. Dabei war ich mehrfach ziemlichen Gefahren ausgesetzt gewesen, zuletzt durch besagte Sœur Jeanne, eine vermeintliche Ordensschwester, die sich als Bruder von Henry Beaumont entpuppt und in der »Villa Wunderblau« ein wertvolles Shakespeare-Manuskript vermutet hatte. Der Mann und das Manuskript waren ins Meer gefallen, ich hatte überlebt. »Ohne Kaufvertrag hast du ein echtes Problem.«

»Alles halb so schlimm, wir finden eine Lösung. Wir finden immer eine. Das ist der Lauf der Dinge hier auf Ouessant … Tom sieht Gespenster, Patrick und Loic streiten sich, Rosie zieht heimlich die Strippen, Sean sucht nach Strandgut, Auguste braust durch die Gegend, Fanch und Sophie-Anne kriegen sich nie, und Yaelle repariert alles, auch Dinge, die gar nicht kaputt sind.«

Die treffende Beschreibung eines Gefüges, das trotz Konflikten funktionierte. Oder funktioniert hatte.

Ich hatte Teebeutel in die Tassen gehängt, Milch und Zucker verteilt, nun goss ich Wasser darüber.

»Linda. Ich muss dir etwas sagen.«

Sie sah mich erstaunt an. »Du klingst wie eine Ehefrau, die eine Affäre gestehen will.«

Als ich ihr von Loic erzählte, war sie schockiert und gefasst. Von einem Mord wollte sie nichts wissen.

»Da ist ein Unglück geschehen. Er ist gefallen. Mahon hat recht.«

So offen sie sich gezeigt hatte, es war wie bei allen anderen auch. Die Freundschaft zu den Leuten hier wog mehr als die

Gerechtigkeit. Die Gesetze wurden so gebogen, dass es passte. Sympathisch, fand ich, ganz in meinem Sinn. Aber es gab eine Grenze.

Ich kam noch mal auf die Vögel zu sprechen, da Linda auf dem Gebiet ja einige Ahnung hatte.

»Hast du irgendeine Idee, wie sie getötet worden sein könnten?«

Sie zögerte keine Sekunde. »Natürlich habe ich darüber nachgedacht. Es gibt nur eine Lösung. Mit einer Betäubung.« Die Pistole neben Loics Leiche. Auch Gabriel hatte diese Theorie geäußert.

»Hast du keine Angst? Um deinen Raben?«

Sie wich meinem Blick aus. »Augenstern? Er ist clever, nie würde er sich fangen lassen.«

»Linda …« Ich sah sie an. »Du bist die einzige Person, mit der ich geradeheraus sprechen kann. Wenn es irgendetwas gibt, das mich weiterbringt, sag es mir bitte.«

Linda holte den Beutel aus ihrer Tasse und drückte ihn aus.

»Also gut. Das mit den Vögeln ist schon mal passiert. In den sechziger Jahren.«

Ich blieb ganz still, wagte nicht, mich zu rühren, aus Angst, sie würde wieder aufhören.

»Es ging um die Bemannung der Leuchttürme. Alle Angestellten sollten entlassen werden, als das Feuer elektrifiziert und die Abläufe auf automatisch umgestellt wurden. Das rief eine Protestbewegung hervor. Im Zuge dessen sind auch tote Vögel an verschiedenen Aussichtspunkten der Insel deponiert worden. Unter anderem beim Stiff und hier unten, an unserem Strand. Als aufstrebender junger Leuchtturmwärter hat Patrick die Protestbewegung angeführt, bis er aufgeben musste.«

Patrick. »Wer waren die Gegner?«

»Der Staat und die Gewerkschaft der Leuchtturmwärter. Sie haben sich geeinigt, es gab Abfindungen. Und jeder sah ein, dass man die Zeit nicht aufhalten konnte, dass die Automatisierung nicht abzuwenden war.«

»Auch Patrick?«

Sie trank einen Schluck. »Verwunden hat er es nie, glaube ich, er sieht sich immer noch auf dem Leuchtturm sitzen und das Wasser beobachten, wie ein Inselprinz.«

Der Prinz der Leuchttürme. »Dass Patrick entlassen wurde, musste in den vergangenen Jahren als Grund für alles Mögliche herhalten«, fuhr Linda fort. »Sei es ein schlechter Fang oder die Tatsache, dass ihn seine Ehefrau verlassen hat.«

»Wer ist sie?«

»Rosies Schwester, Solène. Sie ist mit ihrem Liebhaber, einem Pariser, der eine Zeit lang ihr Nachbar war, aufs Festland gezogen. Wobei manche auch behaupten, sie sei tot. Ich bin mir nicht sicher, was genau stimmt.«

Ericas Bemerkung fiel mir ein, die Vordertür für den Ehemann, die Hintertür für den Liebhaber.

»Auf jeden Fall ist Patrick traurig und einsam.«

»Ich dachte, Rosie steht auf ihn.«

»Tut sie auch. Die war schön froh, als ihre Schwester verduftet ist. Da war familiär einiges los. Wenn du nun noch dazuaddierst, dass sich Sean, der als Kind nicht mit der Mutter gegangen, sondern beim Vater geblieben ist, ausgerechnet in Nathalie verliebt hat, dann ist es logisch, dass Patrick ab und zu mal überreagiert. Aber, das schwöre ich dir, er würde keiner Fliege was zuleide tun. Auch keinem Vogel – und einem Menschen schon gar nicht.«

Ich sah zum Fenster hinaus. Wie verführerisch es wäre, die ganze Sache einfach ruhen zu lassen. Man würde die Vögel vergessen und Loic beerdigen, der einen Fehltritt gemacht hatte und von der Leiter gefallen war.

»Wie heißt der Turm da draußen noch mal?«

»Nividic.«

»Er leuchtet nicht mehr. Eben, als ich bei Tom durchs Fenster geschaut habe, gab es noch Signale, alle zehn Sekunden zwei weiße Blitze.«

Linda rieb sich über ihr geschwollenes Auge. »Vielleicht wegen des Nebels?«

Ich sah ganz genau hin. »Da ist kein Leuchtfeuer.«

Linda konnte sich keinen Reim darauf machen. »Sophie-Anne hat mir gesagt, dass sie beim Créac'h auch Probleme haben.«

»Und beim Stiff«, ergänzte ich. »Yaelle hat Funkstörungen erwähnt.«

»Wenn drei Leuchttürme ausfallen, ist das nicht gut.« Ich beschloss, Yaelle zu informieren, sobald ich im »Comtesse« war.

Linda wollte aufstehen. Ein Stöhnen entwich ihr, und sie fiel auf den Sessel zurück.

»Tut es weh?«

Sie winkte ab. »Nicht der Rede wert.«

»Das sollte sich ein Arzt ansehen. Ich könnte Dr. Lussec zu dir schicken, wenn ich gleich da bin.«

»Lussec? Den Tierarzt?«

»Ein Tierarzt? Ich dachte, er ist ein Arzt für Menschen.«

»Nicht wirklich.«

Mir blieb die Luft weg.

»Und das wissen alle?«

»Es ist ein offenes Geheimnis. Ich persönlich würde ihn nicht an mein Veilchen ranlassen, aber die meisten schwören auf ihn.«

»Ist es nicht illegal, wenn er Menschen behandelt, ohne Diplom?«

»Die Leute werden gesund, das ist die Hauptsache. Erica hat ja auch weder studiert noch ist sie geweiht.«

Es wurde immer schlimmer. »Sie hat gesagt, sie war in Paris an der Uni.«

»Einige Wochen. Das Theologiestudium hat sie abgebrochen.«

»Ist das die Stunde der großen Enthüllungen? Hat Fanch wenigstens ein Wirte-Patent?«

»Na ja …«

»Also hat er keines. Und Ornithologe ist er auch nicht.«

»Auf Ouessant kontrolliert keiner. Mishi zum Beispiel schickt seine Einnahmen vollumfänglich an seine Familie in Thailand. Ohne Steuern bezahlen zu müssen, die sein Einkommen übersteigen würden.« Linda sah mich mit ihrem intakten Auge an. »Darum mag ich es hier so. Es herrscht eine ganz eigene Hierarchie. Und sie funktioniert.«

»Hat funktioniert. Bis euch die Windkraftanlage dazwischengefunkt hat.«

Sie schüttelte den Kopf. »Ich bin müde. Vielen Dank für deinen Besuch.«

Hatte ich sie verloren in meinen Bemühungen, hinter die Fassade zu sehen? Ich war eine Auswärtige und kam ohne Hilfe nicht weiter. Auf Linda hatte ich instinktiv gesetzt, weil sie auch mal so wie ich angefangen hatte. Eingewandert aus dem Norden. Auch wenn sie nach zwanzig Jahren immer noch von manchen »die Engländerin« genannt wurde, sie war angekommen und hatte die Sitten und Gebräuche angenommen und für sich auf ihre eigene Weise umgesetzt.

Im Hinausgehen zeigte ich auf das Strandgut, das das ganze Zimmer schmückte. »Ich nehme an, dass du das Zeug alles am Strand findest?«

Sie nickte.

»Hast du schon mal überlegt, dass euer Land deswegen für Patrick so wichtig ist? Weil er hier sammelt? Genau wie bei sich in Arlan auch. Im großen Stil. Strandgut von der Drummond Castle. Das er nach England verkauft. An eine Familie namens Wilkinson. Wenn du magst, lese ich dir vor.«

Ohne ihre Antwort abzuwarten, holte ich die Novelle aus der Tasche und rief mir in Erinnerung, was bisher passiert war. Wie Mabel den Kapitän und Orel belauscht hatte, wie Orel überredet worden war, im Ausguck zu stehen und den Kapitän mittels einer neuartigen Taschenlampe durch den erwarteten Nebel zu navigieren. Wie sie von dem Geheimnis erfahren hatte, der Kassette, die Queen Victoria in einem geheimen Auftrag zugeführt werden sollte. Wie sie schließlich vor Celias Bett stand, wo jemand mit einer Wolldecke vorgetäuscht hatte, dass sie da liege. Wie sie die Kassette darunter entdeckt und wie jemand hinter ihr das Zimmer betreten hatte.

22

Reise in die Hölle/Kapitel 5 CELIAS TOD

Ouessant, 22 Uhr, 16. Juni 1896

»Mabel?«

»Mylady?«

Mabel erschrak. Celia war totenblass. Auf der Stirn glänzten Schweißtropfen. Sie konnte sich kaum mehr auf den Beinen halten.

Mabels ganze Wut wegen Orel war verraucht. Celia Wilkinson brauchte sie. Sie half ihr ins Bett, rollte die Decke auseinander und stopfte sie um sie herum fest, wie sie das bei den Kindern tun würde.

»Geht es Ihnen schlechter?«

»Mir ist übel, so wie den meisten im Moment, das ist unwichtig.« Celia wartete die nächste Welle ab. »Setz dich zu mir, bitte.«

Mabel ließ sich auf die Bettkante nieder und hielt sich am Pfosten fest. Wieder kam eine Welle.

»Es wird schlimmer, merkst du?«, sagte Celia.

»In einigen Stunden wird es vorbei sein. Die Drummond Castle ist nach den neuesten Erkenntnissen gebaut, da kann nichts passieren.«

»Du weißt Bescheid.« Celia hatte die Augen geschlossen. »Hast du mit Orel gesprochen?«

Mabel suchte nach einer Antwort. »Mit wem?«

Wieder kam eine Welle. »Mabel, ich weiß, dass du uns gesehen hast.«

»Sie meinen …«

»Den jungen Offizier.«

»Da ist ja nichts dabei, wenn Sie mit einem Offizier sprechen.«

»Ich wollte mich von ihm verabschieden.« Celia packte Mabels Hand. *»Ich werde das hier nicht überleben.«*

Mabel mochte es nicht, wenn Celia so sprach. *»Natürlich überleben Sie das. Übermorgen kommen wir in Southampton an und lachen.«*

»Das meine ich nicht. Ich bin krank, Mabel. Meine Lunge ist kaputt.«

»Deswegen fahren wir ja heim.«

»Ich meine, richtig kaputt. Unrettbar. Da würde auch das Klima in Interewe nichts helfen.«

Der botanische Garten von Interewe, an der schottischen Westküste, nicht weit von Fort William entfernt. Celia hatte immer davon geschwärmt, wie gut es ihr da gegangen sei.

»Sie übertreiben, Mylady. Das ist nur wegen des Sturms. Der macht uns alle ganz verrückt.«

Celias Hand war eiskalt. *»Mabel, du musst mit den Kindern sprechen. Das ist ein Befehl.«* Sie hatte sich aufgerichtet, atmete heftig.

Mabel nickte hastig. *»Also gut.«*

»Sag den dreien, Wort für Wort, bitte, dass es mir unendlich leidtut, dass ich sie Colin so lange ausgesetzt habe.«

»Er ist ihr Vater.«

»Ein Monstrum. Aber das wusste ich nicht.«

Mabel dachte an Alices Erzählung vom Meermonster. Plötzlich bekam es einen Kopf, Augen, Arme, Beine, eine Gürtelschnalle, einen Lederriemen.

»Danach bringst du sie zu meiner Schwester Margret. Sie lebt in Inverness. Sie wird eine Lösung für sie finden. Die Wilkinsons dürfen es nicht erfahren. Sie dürfen sie nie finden, ist das klar?« Ihr Ton war drängend. *»Niemals, wirklich gar niemals. Versprichst du es mir, Mabel?«*

Wieder nickte Mabel.

»Gut.« Celia sank in ihr Kissen zurück. Machte die nächste Welle mit wie eine Puppe. *»Und nun meine zweite Bitte. Geh hoch zur Kommandobrücke und sprich mit Orel. Er ist da, ich habe ihn gesehen. Aber mir fehlte die Kraft für die Treppe.«*

Celia gab Antwort auf die Frage, die Mabel nicht zu stellen gewagt hatte.

»Ich kenne ihn seit einigen Wochen, seit ich die Passage gebucht habe. Er war am Hafen in Kapstadt. Er ist so ein fröhlicher, unbeschwerter Junge.« Ihre Augen funkelten. »Ich liebe ihn.«

Mabel schluckte. »Das ... soll ich ihm sagen?«

»Für ihn bin ich eine kleine Station auf der Reise, die erst angefangen hat. Es würde ihn belasten. Sag ihm einfach Danke. Für die schönsten Stunden, die ich je erlebt habe.« Ihr Blick ließ Mabel nicht los.

Mabel nickte schließlich, was blieb ihr anderes übrig? Celias Dringlichkeit konnte sie sich nicht entziehen.

»Gutes Mädchen. Ich weiß noch, als du dich beworben hast. Colin hatte Einwände, aber ich habe mich durchgesetzt.«

»Danke, Mylady.«

»Eine allerletzte Sache.« Celia hob die Hand. »Schau bitte unter dem Bett nach, da findest du eine Kassette. Heb sie hoch, aber pass auf, sie ist schwerer, als man glaubt.«

Mabel wusste das bereits. Auch dass sie aus fein geschliffenem Kirschholz war, in einem hellen Braun, verziert mit Rosenblüten und messingfarbenen Beschlägen.

»Der Schlüssel dafür ist an einer Kette. Ich trage sie bei mir. Nimm beides an dich. Bei der Ankunft wird dich ein Kurier ansprechen, erst wird er freundlich sein, später wird er dich bedrängen. Auf gar keinen Fall gibst du ihm die Kassette. Du hast sie nicht, verstehst du, du hast sie nie gesehen. Öffne sie erst, wenn du in Sicherheit bist. Darin findest du einiges an Schmuck und die Adresse meiner Schwester. Aber auch ihr gegenüber darfst du die Kassette nicht erwähnen, noch nicht mal den Kindern darfst du es sagen. Das ist ganz wichtig, Mabel, niemand darf wissen, dass sie in deinem Besitz ist.«

»Ich kann sie doch nicht behalten.«

»Du musst sie nach Balmoral bringen, zur Sommerresidenz von Queen Victoria. Das Schlösschen ist ganz oben im Norden, weiter noch als Aberdeen. Da sind die Täler grün, die Berge hoch, und die Luft ist voll knisternder Kühle. Der Inhalt gehört Victoria. Sie wird dich reich belohnen. Du kannst das Geld aufteilen, die Hälfte bekommen die Kinder, die andere nimmst du für dich.« Celia schloss die Augen, sprach keinen Ton mehr. Mabel zögerte. Dann bückte sie sich, um Celia zu umarmen. Sie gab nach, lag in Mabels Armen wie ein Vögelchen aus Glas. Tränen benetzten Mabels Halsbeuge, sie konnte nicht unterscheiden, ob es ihre waren oder die von Celia.

»Nimm die Kette«, flüsterte Celia.

Mabel gehorchte mit zitternden Fingern. Sie musste zweimal ansetzen, bis sie den Verschluss öffnen konnte.

»Und nun leg sie dir um.«

Mit Celias Hilfe legte sich Mabel die Kette um den Hals. Der Schlüssel glühte. Mabel schauderte.

Celia drückte ihr einen Kuss auf die Lippen. »Farewell, Mabel.«

»Schlafen Sie gut, Mylady.«

»Celia. Nenn mich Celia.«

»Farewell, Celia.«

Mabel ging hinaus, blieb stehen, schwankte. Dann gab sie sich einen Ruck. Auf dem breiten Flur der ersten Klasse wurde es wieder ungemütlich. Sie musste sich am Geländer festhalten und kam kaum mehr vorwärts. Ein Stewart kreuzte ihren Weg.

»Gehen Sie in die Kabine zurück, Anordnung vom Kapitän, verdammt noch mal.«

Mit der freien Hand zeigte Mabel geradeaus. »Geht's da zur Kommandobrücke hoch? Meine Kabine liegt in der Nähe, ich habe mich verlaufen.«

Die nächste Welle schleuderte sie zu Boden. Der Stewart wartete ab, bis sie wieder stand, allerdings ohne ihr zu helfen, dann ging er davon. Mabel lief den Flur entlang bis zur Treppe, packte das Geländer. Oben war die Glastür geschlossen. Mabel öffnete sie und drückte sich hinaus.

Das Geräusch war allumfassend, eine Art Tosen und Brüllen ohne Pause. Sie sah eine riesige Wand, größer als alle bisherigen. Sie wurde höher und höher. Mabel hielt sich mit beiden

Händen fest. Die Masse klatschte auf den Schiffsboden, das Wasser umspülte sie bis auf Brusthöhe. Mabel wartete, bis es verschwunden war, dann rannte sie zur nächsten Treppe. Stufe für Stufe kämpfte sie sich nach oben. Sie ließ sich von der Wand keine Angst mehr einjagen. Wartete einfach jedes Mal ab, auf die kurze Ruhe nach dem Sturm.

»Mabel!«, schrie eine Stimme.

Es war Orel. Über der Uniform trug er Ölzeug wie die Fischer. Sein Gesicht war nass. Er hangelte sich flink an dem Geländer entlang bis zu ihr.

»Gott sei Dank, du bist nicht oben im Ausguck.«

»Da komme ich her, aber ich brauche eine Pause. Peebles hat übernommen.«

Mabel zweifelte, ob er die richtige Wahl war, angesichts der Schnelligkeit, mit der er vorhin geflohen war und sie und die Kinder dem Schicksal überlassen hatte. Andererseits war sie sehr erleichtert, dass sich Orel fürs Erste in Sicherheit befand.

»Hast du nicht gehört, Mabel? Was machst du hier?«

»Ich soll dir etwas von Celia ausrichten.«

»Geh wieder zurück.«

»Aber es ist wichtig.«

»Nein.« Er packte sie mit einer entschiedenen Bewegung und schob sie zur Tür. »Es ist gefährlich.«

Eine neue Welle klatschte auf den Boden. Sie überspülte Mabel bis zum Hals. Das Brausen in der Luft erreichte einen neuen Höhepunkt. Nichts war mehr zu hören als dieses unendliche Brausen.

Orel sah Mabel an. Sein Blick hatte alle Härte verloren, alle Kühle, alle Distanz. »Du bist wunderschön.«

Sie nahm ihn bei der Hand. »Komm.«

Zusammen warteten sie die nächste Welle ab. Am tiefsten Punkt rannten sie zur Tür und die Treppe hinunter. Im Flur umarmten sie sich. Vor der Kabine hielt Mabel inne.

»Wir müssen leise sein.«

Sie betrat ihre kleine Suite und bedeutete ihm, ihr zu folgen. Zuerst warf sie einen Blick in die Schlafkabine der Kinder. Sie schliefen tief, gesichert mit den dünnen Seilen. Nur Honey hob kurz den Kopf und blinzelte.

Mabel blieb stehen. Die Zwischentür zu Celias Kabine stand offen.

»Warte, Orel«, flüsterte sie.

»Ich kann nicht warten.«

»Aber etwas stimmt nicht. Möglicherweise ist jemand hier gewesen, der nichts Gutes im Schilde führte.«

»Ich werde nachsehen. Warte, bis ich dich rufe.«

Orel betrat die Kabine und schloss die Tür hinter sich. Das Schiff hob und senkte sich, und er kam nicht wieder heraus. Was war da los?

»Orel?«

Sie bekam keine Antwort. Welle um Welle ging vorbei.

»Orel?«

Mabels schlimmste Befürchtungen bewahrheiteten sich, als sie eintrat.

»Celia Wilkinson ist tot«, sagte Orel. Seine Stimme klang eigenartig. Er stand neben dem Bett, ein Kissen in den Händen.

»Eben hat sie noch gelebt«, sagte Mabel schnell. »Sie ist nur seekrank, ich muss jemanden holen.«

Aber Orel befahl ihr dazubleiben.

Mabel wehrte sich. »Wieso? Wir brauchen einen Arzt.«

»Sie ist tot, das siehst du doch.« Er warf das Kissen weg und packte sie. »Wir verschwinden. Der Arzt wurde von Celias Mann geheuert.«

Mabel verstand nicht. »Was heißt das? Von Celias Mann ›geheuert‹?«

»Er hat ihr heimlich Milch ins Essen gemischt. Dabei vertrug sie die nicht.«

Mabel dachte daran, wie Alice gespien, wie George gespien hatte. Sie war vererbbar, diese Milchunverträglichkeit.

»Wieso weißt du das?«

»Das ist unwichtig. Wir müssen weg.« Orel zog sie mit sich. »Niemand lehnt sich gegen Wilkinson auf.«

Mabel befreite sich aus seinem Griff. »Wilkinson hat also den

Schiffsarzt beauftragt, Celia zu schwächen. Und du? Solltest du sie bewachen?«

»Nicht sie. Die Kassette. Celia hat ihn durchschaut und mich auf ihre Seite gezogen. Ihr Körper war schwach, ihr Geist war scharf. Sie war ...«, er schluckte, »einzigartig ...«

»Wart ihr ein Paar?«

»... einzigartig, wie meine Mutter wäre, wenn sie noch leben würde.«

Mabel plumpsten Zentnersteine von der Seele.

Orel presste die Kiefer zusammen, sein Gesicht wurde kantig.

»Ich wollte sie beschützen, und es ist mir nicht gelungen.«

»Was ist passiert?«

»Ich kann es nicht sagen, Mabby.« Er schluchzte auf, verlor die Fassung, war wie ein Kind. Wie Alice, von der er Mabels Spitznamen gehört hatte.

Mabel trat zum Bett. Celias Gesicht war angeschwollen und verzerrt, ihre Augen weit geöffnet. Sie sah aus, als ob ihr der Leibhaftige persönlich begegnet wäre.

»Sie wurde erstickt.« Mabel begriff. Sie drehte sich zu Orel, sah das Kissen am Boden.

»Du warst es? Du?«

»Sie hat es mir befohlen. Sie ...«

Mabel unterdrückte die Tränen, es reichte, dass er weinte. Sie wandte sich wieder Celia zu, bemerkte ein aufklappbares Schmuckherz, das um ihre verkrampfte Hand gewickelt war. Darin war ein Bild der Kinder.

Ich werde diese Kinder beschützen, dachte Mabel, mit meinem Leben.

Das Schiff hob sie so hoch wie noch nie.

»Ich muss wieder los«, sagte Orel. »Peebles schafft das nicht allein. Binde sie am Bett fest, decke sie zu und dann geh zu den Kindern.«

An der Tür blieb er noch einmal stehen, drehte sich um. Ein Blick, dann war es vorbei.

Mabel schnitt die Bänder von Celias Spitzenschuhen und band ihre Beine und Hände an den Bettpfosten fest, bevor sie

die Decke erneut über sie legte und feststopfte. Ihre Hände
zitterten.
»Verzeihung«, murmelte sie, als sie Celia das Schmuckherz
aus den Fingern löste.
Dann eilte sie durch den Salon und zu den Kindern.

Ein Knall riss mich aus dem Vorlesen. Verwirrt blickte ich auf,
noch ganz in der Geschichte gefangen.
»Was war das?«
Linda war bereits an der Tür.
»Es kam von draußen. Ich schau nach.«
»Ich mach das. Du bleibst hier.«
Ich eilte durch den Flur bis zum Eingang. Draußen sah ich
als Erstes die Nebelwand, die viel näher war als eben. Erst
danach entdeckte ich den Raben Augenstern. Er lag platt im
Vogelbad. Ganz schwarz, bis auf den gelben Schnabel. Diesmal
gab es keine Flagge. Die Verbindung war auch so klar. Adler,
Eule, Rabe … das Triptychon der massakrierten Vögel war
vollendet.

23

Linda war zusammengebrochen. Der Tod des Vogels, so schien es mir, war für sie schlimmer als der Konflikt mit Tom oder der Streit um ihren Besitz. »Du musst den kriegen, Tereza, wer auch immer es ist. Ein Vogelmörder, pfui Teufel!« Schließlich wollte ich los. Linda weigerte sich erneut, ihr Haus zu verlassen, erklärte sich jedoch bereit, die Tür von innen zu verriegeln. Sie lieh mir einen Rucksack aus, um Augenstern zu transportieren. Tierarzt Lussec sollte bestätigen, was wir vermuteten: getötet durch Gewalt. So wie die Eule und der Adler. Der Adler hatte meiner Meinung nach sogar zwei Auftritte gehabt. Einen an der Felsnase, einen an Josefs Wanderstab.

Ein Gespräch mit Gabriel war unabdingbar geworden. Nachdem ich wieder bei meinem Bike war, notierte ich eilig, was ich erfahren hatte. Ich brachte die Ereignisse in eine Chronologie, grenzte die möglichen Verdächtigen ein, ordnete jedem ein Motiv und ein Alibi zu. Ergänzte die Tatwaffen um Strick und Pfeil. Auch wenn mir manches klarer schien, so hatte ich noch sehr viele Fragen. Die Zeit war verronnen, und ich musste dringend losradeln.

Für einmal hatte ich Rückenwind. Es war wie Ferien. Dabei ließ ich mir noch mal den Schluss des Gesprächs mit Linda durch den Kopf gehen. In Sachen Drummond Castle hatte sie mir leider nicht weiterhelfen können. Sie wusste weder etwas von einer gefundenen Kassette noch von Schmuckstücken. Sie gab einzig zu, dass Patrick oft bei ihr am Strand herumstiefelte. Auch nächtliche Aktivitäten waren ihr aufgefallen. Die Frage war nun, ob im letzten Kapitel der Novelle noch etwas Neues zu erfahren war. Die Drummond Castle hatte Schiffbruch erlitten, und nichts anderes würde die Autorin M. Abel beschreiben. Menschen würden ertrinken, in den tödlichen Strömungen der

Passage du Fromveur, dem Gebiet zwischen Ouessant und der kleinen Insel Bannec, zwischen den Leuchttürmen Kéréon, Jument und der Pointe d'Arlan.

Aber da war Mabel Blair, die nicht registrierte Gouvernante, die alles auf den Kopf stellte. Hatte sie überlebt? War Orel ein Doppelagent gewesen, geheuert von Wilkinson, um die Kassette zu bewachen, und verliebt in sein Opfer? Hatte er Celia in der aufgeheizten Atmosphäre vor dem Untergang umgebracht, um sie aus den Fängen von Wilkinson zu befreien, die bis auf das Schiff gereicht hatten? Hatte es tatsächlich einen Schiffsarzt gegeben, der ihren geschwächten Körper zusätzlich mit Milch vergiftet hatte? Gab es Nachkommen von Wilkinson, die sich möglicherweise dafür interessierten? Oder vielmehr für den Schmuck in der Kassette? Und die alles entscheidende Frage: Hing das mit den Entwicklungen auf Ouessant zusammen?

Mabel und Loics Mörder finden, das waren meine Aufgaben. In umgekehrter Reihenfolge.

Vor lauter Nachdenken verfuhr ich mich und landete am Meer. Die Nebelwand war noch näher gerückt, sie pulsierte vielleicht drei Kilometer entfernt vor sich hin, während sich in unmittelbarer Nähe ein gänzlich anderes Bild präsentierte. Zu meinen Füßen umspülten die Wellen buckelartige Felsen, mehrere kleine und einen großen in Form einer Riesenrobbe. Als wollten sie ein Zeichen setzen, hatten sich die Wolken über der Robbe in einem Halbkreis zusammengezogen, im Kern fast schwarz, nach außen dunkelgrau, umgeben von zarten Nebelschleiern. Ein Stück dahinter, bereits mitten im Meer, stand der Leuchtturm Jument und sendete Signale in die Atmosphäre, gelbliche Blitze, anders als alles, was ich bislang gesehen hatte.

Mein Blick verlor sich in dem Zusammenspiel der Farben. Und dann fiel mir etwas ein. Der Gedanke war so einfach, bestechend und klar, dass ich mich fragte, wieso ich nicht früher auf die Idee gekommen war. Ich schwang mich aufs Rad und fuhr davon, diesmal in die richtige Richtung.

Im »Comtesse« angekommen, ging ich stracks in die Küche. Wie ich richtig in Erinnerung hatte, gab es da ein Laptop für die Bestellungen, angehängt an eine Powerbank, die in jedem Ouessantiner Haushalt vorrätig war. Erst googelte ich die Genealogie der englischen Königinnen, danach die der Familie Malgorne. Ein Link von der Webseite des Drummond-Castle-Museums auf Molène war mir sehr nützlich. Zu mehr Nachforschungen reichte die Zeit nicht.

Ich hackte in die Tasten, bis ich meine Notizen und Erkenntnisse in einem knappen, aber klaren Bericht zusammengefasst hatte. Das Resultat schickte ich an mich. An Gabriel würde ich es erst weiterleiten, wenn ich ihn gesprochen hatte.

∗∗

Im Speisesaal wurde der sehnsüchtig erwartete Film »Die Frau des Leuchtturmwärters« an die weiße Rückwand projiziert. Das Publikum saß dicht gedrängt. Einheimische und Hochzeitsgäste, dazu Nathalie und Yaelle, David und Erica, Auguste und Dr. Lussec, Yannis und Mishi – Gegner und Befürworter der Windkraft für einmal vereint. Neben Sophie-Anne am Beamer stand Fanch und hatte den Arm um sie gelegt. Er half mir, das Handy für eine neue Akku-Auflade-Aktion am Notfallgenerator anzuschließen, der auch den Beamer betrieb.

Die Haupthandlung des Films spielte 1963. Sie drehte sich um einen Leuchtturmwärter auf dem Jument, um seine Frau und deren Love Interest, einen Leuchtturmwärter-Aspiranten mit deformierter Hand und geheimnisvoller Vergangenheit.

Gerade lief eine Szene in einer Sardinenfabrik. Während Antoine, der Fremde, von den Frauen willkommen geheißen wurde, waren der Fabrikbesitzer und weitere Dörfler ziemlich feindselig drauf. Antoine sah gut aus, etwa so, wie ich mir Orel vorstellte, und Sandrine Bonnaire in der Titelrolle könnte in meiner Verfilmung von »Reise in die Hölle« gut Celia Wilkinson spielen.

Als ich mir einen Platz suchen wollte, packte mich eine Hand, und bevor ich mich wehren konnte, stand ich draußen im Flur.

»Wo, verdammt noch mal, hast du den ganzen Nachmittag gesteckt?«

Gabriel Mahon. Sein Haar stand in alle Richtungen ab, und er sah wütend aus.

»Ich habe ermittelt. Und du?«

»Wir sagten doch …«

»Du sagtest, dass du ohne mich weitermachst.«

»Während du als Hochzeitsgast …«

»Gästin.«

»… ach egal, Hauptsache, du hältst dich aus allem raus.«

»Ich dachte, ich sollte ›Die Reise in die Hölle‹ lesen.«

»Das war eine Schnapsidee. Gib mir das Buch zurück.«

»Ich bin noch nicht durch damit.«

Er fasste nach meiner Tasche, es gab ein Gerangel, er war stärker als ich und wurde fündig. Als ich mir die Novelle zurückholen wollte, zog ich so heftig, dass der Umschlag mit einem unschönen Geräusch einknickte.

Wir starrten uns an.

»Komm mit«, zischte ich. »Ich habe Informationen für dich. Wenn dich das überzeugt, lässt du mir das Buch. Sonst kriegst du es zurück, ich verzichte auf den Schluss, und das will was heißen bei einer Buchhändlerin.«

Er gab nach. Ich packte das Buch wieder ein und marschierte ins verlassene und kalte Kaminzimmer, wo der Halbkreis der leeren Stühle und der Geruch nach kalter Asche an den gestrigen Abend erinnerten.

»Dann schieß mal los.« Düster sah er mich an.

Ich holte Luft. »Meine Nachforschungen haben ergeben …«, ich suchte nach Worten, »dass Alibis auf Ouessant so dehnbar sind wie die Zeit hier. Sie sind abhängig davon, wer geht, wer bleibt, wer ankommt, wer abreist, wer wen liebt und wer wen … nicht liebt. Die Motive wiederum sind so vielfältig wie die Wellen, mal geordnet und berechenbar, manchmal überwältigend und vollkommen chaotisch.«

Er räusperte sich. »Das ist alles? In acht Stunden bist du zu dem Schluss gekommen, der jedem Tourismusartikel über

Ouessant vorangestellt wird? Vielen Dank für nichts, Tereza, ich muss weiter. Und jetzt her mit dem Buch.« Er streckte die Hand aus.

Ich verschränkte die Arme. »Liest du es Patrick vor, während er den Inhalt der Kassette überprüft? Und fragt ihr euch dabei, wie ihr Queen Victorias Nachkommen die Unterschlagung von Schmuckstücken beibringen könnt?«

Das zeigte Erfolg.

»Was erzählst du da?«

»Es interessiert dich also.«

Er zuckte die Schultern, mehr bekam ich nicht.

»Fangen wir mit den Vogelmassakern an. In der Zwischenzeit hat sich ein weiteres ereignet, bei Lindas Schreibhütte. Der Vogel war ihr bekannt, ein kleiner Rabe namens Augenstern, der regelmäßig ihr Vogelbad benutzte. Nach Abwägen der Frage, ob Tom, den sie übrigens Major Tom nennt, und sie so weit gehen würden, die Vögel als Druckmittel in ihrem privaten Beziehungsstreit einzusetzen, bin ich zu einem negativen Resultat gekommen. Dies ist jedoch meine sehr persönliche Meinung, darum: Überprüfen bitte, Gabriel.«

»Was soll ich da überprüfen?«

»Ob Tom Augenstern getötet hat, ganz einfach.«

»Aber was hat das mit den anderen zu tun?« Er begab sich zur Feuerstelle.

»Der Vogel ist bereits im Kühlfach des Supermarkts, nach der Untersuchung weißt du mehr«, sagte ich und rief mir den nächsten Punkt auf meiner Liste in Erinnerung. »Ebenfalls solltest du dir das Vogelwartungskomitee anschauen: Nebst den Harpers als Zugereiste gehören ihm die Einheimischen Fanch und Auguste an. Sie haben Kenntnis, wie man sich Vögeln nähern kann, sie tun das auch regelmäßig bei ihren Bustouren, sie könnten die Vögel in der Natur eingefangen und danach für ihre Zwecke benutzt haben.«

Gabriel nahm einige Holzscheite von einem Stapel. Machte er jetzt ein Lagerfeuer?

»An der Stelle kommt Jean Lussec ins Spiel, der die Vögel

untersuchen soll. Ich weiß nicht, ob dir bekannt ist, dass er Tier- und nicht Menschenarzt ist.«

Kein Scheit polterte zu Boden. Er hatte es natürlich gewusst und war nicht überrascht. Ich musste mehr liefern.

»Die Betäubungspistole neben Loics Leiche, die Lussec als Beweis gegen ihn sichergestellt hat, stammt mit Sicherheit aus seiner Praxis, sie gehört zu seiner Grundausstattung. Aber nicht Loic hatte sie dabei, wie du in der Kirche vermutet hast, sondern Lussec hat sie bei der Leiche platziert.«

Gabriel legte ein weiteres Scheit in die Feuerstelle.

»Fingerabdrücke werden keine Beweise liefern, das ist mir klar. Vielleicht aber mein Koffer, der nach einer Odyssee zu einer Schafherde mit Nebelbank in Major Toms Atelier gestrandet ist. Mein Bauchgefühl sagt mir, dass Lussecs Fingerabdrücke darauf sind. Und das wäre dann ungewöhnlich.«

Diesmal polterte ein Scheit. Guten Mutes fuhr ich fort.

»Kommen wir zum Konflikt, der die Insel spaltet. Während er in den vergangenen Monaten friedlich ausgetragen wurde, haben sich mit den Sturmböen die Ereignisse zugespitzt, um in Loics Tod zu gipfeln. Ist er gestolpert, oder wurde er gestoßen? Das ist hier die Frage.«

Der Stapel war nun fertig. Gabriel fasste in die Tasche seines Ledermantels.

»Du hast keine Antwort, Gabriel? Ich auch nicht. Ist er gestolpert, bleibt die Welt in Ordnung. Dass eine Kiste mit Flaggen der Gegner geklaut wurde und ich sie in einem verlassenen Weiler aufgespürt habe, kann man getrost vernachlässigen. Wurde er gestoßen, haben wir ein Problem.«

Gabriel holte eine Packung Streichhölzer hervor.

»Der Kreis der Verdächtigen beschränkt sich auf Leute, die direkt mit Loic zu tun hatten. Auf die Alibis kann man, wie eingangs erwähnt, nichts geben, alle decken sich gegenseitig. Überprüft man die Motive, zeichnet sich dasselbe Bild ab. Alle hätten einen Grund gehabt, ihn zu töten. Bringt uns das weiter?«

Eine Flamme zischte auf.

»Darum habe ich genauer hingeschaut, habe abgewogen, eruiert und konstruiert. Ich habe mit Leuten gesprochen und bin Wege abgefahren, zwanzig Kilometer zeigt das Speedometer meines Bikes an. Und siehe da, ich habe was gefunden: Markiert man die verschiedenen Ereignisse, im Zentrum natürlich die Vogelmassaker und den Mord an Loic, aber auch die Angriffe auf die Strommasten, auf Inneneinrichtungen, auf Handgepäck und Leuchttürme zeitlich und örtlich, ergibt sich eine Art Muster. Entweder es haben viele dazu beigetragen, eine Art Gesamtkunstwerk, gefüttert von kleinen Intrigen und tragischen Zufällen. Oder ... es war ein und dieselbe Person.«

Mit dem Streichholz hatte Gabriel den Stapel entzündet.

»Wie ein Irrwicht ist sie durch die Gegend gerannt, ein Elf, ein Zauberer, und hat da einen Streich gespielt, dort einen Schabernack ausgeführt und dabei ein tödliches Gewebe gestrickt. Eine Person. Eine. Wer könnte das sein?«

Das Holz brannte. Ich trat näher.

»Wer, Gabriel? Patrick? Offensichtlich steht er ganz zuoberst auf der Liste. Da sind verbale Ausrutscher, gegenseitige Beschuldigungen, da ist der Streit in der Bar. Außerdem sein cholerisches Temperament, das Schweigen und die Tatsache, dass er Alkoholiker ist. Nur ist das Offensichtliche nicht immer das Richtige.«

Ein Zischen, die Flammen fraßen das trockene Holz.

»Wie wäre es mit Rosie? Sie ist nach Patrick die treibende Kraft im Komitee gegen die Windkraftanlage. Sie ist fit und trainiert und hat genügend Mittel – die Herkunft ihres Vermögens bleibt zu überprüfen –, um Häuser aufzukaufen, die von den Erben alteingesessener Oussantins verkauft werden. Das weißt du ja bestimmt. Außerdem hat sie ihren Fahrradverleih an einem strategisch wichtigen Ort platziert: Sie sieht, wer ankommt und wer abreist.«

Das Feuer loderte hoch im Kamin, es wurde warm.

»Und was ist mit David, dem Touristen? Hast du das auch gewusst? Während seine Kinder Geocaching betreiben, jagt er Stürme und ist bereit, dafür Risiken einzugehen, was Loic gewusst haben dürfte. Im Auge behalten sollte man auch, ob er allenfalls im Auftrag eines unbekannten Fremden handelt.« Die Heftigkeit, mit der Gabriel ein Scheit nachlegte, ließ darauf deuten, dass ihm Davids Hintergrund neu war. Hundert zu null für mich, dachte ich.

»Kommen wir zur Frage, wer sonst noch von Loics Tod profitieren könnte.« Es war an der Zeit, meine Trümpfe auszuspielen. »Erica hat keine priesterliche Zulassung. Fanch hat kein Wirte-Patent. Lussec ist kein Arzt für Menschen. Tom und Linda haben keinen Kaufvertrag für ihr Grundstück. Mishi hinterzieht Steuern und, und, und … Ich bin sicher, dass du selbst bei den Befürwortern Motive finden würdest. Dass Nathalie vielleicht von Loic am Weiterkommen gehindert wurde, dass er Yaelles Position im Leuchtturm hintertrieben hat und Augustes Getränkehandel-Hehlerei aufdecken wollte.«

»Was ist mit Sean?«, fragte Gabriel plötzlich. »Gibt's da auch Belastendes?«

»Sean ist ein Heiliger. Bis auf die Tatsache, dass er vor der Heirat davonrennt. Er wurde seit gestern nicht mehr gesehen, er vermeidet ein Gespräch mit Nathalie. Ich denke, das ganze Tamtam ist ihm zu viel.«

Er sah mich an. Im Feuerschein schimmerten seine Augen dunkel.

»Sean befragen«, sagten wir gleichzeitig.

Gabriel schluckte. »Ist das alles? Nachdem du die ganze Insel verdächtigst, bräuchte ich einige konkrete Hinweise.«

Das ließ ich mir nicht zweimal sagen. »Kannst du haben. Da wären das mutwillige Offenlassen von Fenstern während der Hauptsturmzeit, das Kappen von Elektroleitungen, die Beschädigung eines Helikopters sowie der Schlösser von Seans Schafstall und Lindas Haus.«

»Und all das war die Koboldin?«

»Oder der Kobold.«

Gabriel wandte sich wieder dem Feuer zu. »Mein Spurensicherungsteam ist aufgeboten und kommt mit der ersten Fähre.«

Er schob die entstandene Glut mit einem Haken zusammen. Seine Aufmerksamkeit schwand.

Fertig mit den Mutmaßungen, du musst noch mehr liefern, Tereza, dachte ich.

»Wenn wir bis dahin noch am Leben sind. Denn nach dem Sturm kommt der Nebel, und dann wird es richtig gefährlich. Wie du ja wissen solltet, wenn du die Geschichte der Drummond Castle im Kopf hast.« Ich zog die Novelle wieder aus der Tasche und strich über den beschädigten Deckel. »In dem Zusammenhang gibt es Hinweise auf einen Strandgut-Schmuggelring. In der Geschichte kommt eine Kassette vor, wie ich eingangs erwähnt habe. Eine Kassette mit Schmuck, der für Queen Victoria bestimmt war. Meine Nachforschungen haben ergeben, dass diese Kassette möglicherweise nach Ouessant gekommen ist.«

Der Feuerhaken fiel.

»Ich vermute, dass Colin Wilkinson den Schmuck seiner Frau hinter ihrem Rücken an Queen Victoria verkauft und Celia die Kassette zur Übergabe anvertraut hat. Celia war eine Adlige, um sieben Ecken herum mit der Königin verwandt. Ihre Mitgift war beträchtlich, ein Verzeichnis findet sich bestimmt in einer Datenbank.« Ich sprach immer schneller. »Wilkinson war vermutlich in den roten Zahlen, die Firma ging nur wenige Monate nach dem Schiffbruch bankrott. Queen Victorias Zahlung hätte sie vielleicht retten können, aber die kam nie an. Denn der Schmuck war weg. Obwohl Wilkinson Vorsichtsmaßnahmen getroffen und Orel Pindy angeheuert hatte, den Fünften Offizier, dessen Name auf keiner Passagierliste auftaucht, um Celia zu überwachen. Im Zuge der dramatischen Ereignisse in der Nacht vom 16. Juni, was morgen genau hundertsechsundzwanzig Jahre her sein wird, vertraute Celia Wilkinson, die sehr wohl über den Inhalt Bescheid wusste, die Kassette Mabel Blair an. Ich bin sicher, dass ich im letzten Kapitel erfahren werde, dass sie in Arlan gestrandet ist, in der Nähe von der Stelle, wo wir heute Morgen standen. Das wird mich jedoch so wenig weiterbringen wie dich oder irgendeinen anderen Menschen, der die Zeilen liest. Denn ich werde keine Ahnung haben, was danach mit der Kassette passiert ist. Wo ist sie? Und wo ist der Schmuck? Weißt du es, Gabriel?«

Er rührte sich nicht. Die Flammen wurden wieder höher, bis sie die Kaminbrüstung berührten.

»Für Mabels und Orels Existenz gibt es keine Beweise, für ihren Tod auch nicht. Anders ist es bei Alice Wilkinson, der kleinsten Wilkinson-Tochter. Sie war offiziell auf der Liste der Toten, zusammen mit ihren Geschwistern und ihrer Mutter. Bei den Malgornes gibt es aber eine Celia Malgorne, geboren 1896, gestorben 1986, verheiratet mit Jean Malgorne. Es kann kein Zufall sein, dass sie genauso heißt wie Wilkinsons verstorbene Frau, Alices Mutter. Was haben die Malgornes mit den Wilkinsons zu tun? Nichts. Absolut nichts. Es sei denn, Alice hätte den Schiffsuntergang überlebt und wäre hier als eine Art menschliches Strandgut ans Ufer gespült worden.«

Ein Stück Holz explodierte. Ich ging einige Schritte, um den Haken hochzuheben. Damit stupste ich Gabriel an.

»Kommen wir am Ende noch zu deiner Rolle. Du bezeichnest Ouessant als deine Wahlheimat. In Schottland sieht es ähnlich aus, gerade auf den von dir zitierten Shetlands, wo deine Familie ein Ferienhaus besitzt. Warum also Ouessant? Man hat mir erzählt, du hättest mal geäußert, dass eine deiner Vorfahrinnen mit einem Leuchtturmwärter auf dem Jument verbandelt gewesen sei. Im Pub, du seist komplett besoffen gewesen. Auf deiner Familie würde eine Schuld lasten. Obwohl du ja immer sagst, auf Ouessant sieht die Phantasie nur, was sie sehen will, habe ich mich gefragt, ob da etwas Wahres dran sein könnte.«

Gabriel drehte sich endlich um. »Das hast du erfunden.«

Ich wurde rot. »Ich bin sicher, dass es so war, dass der Leuchtturmwärter bei seinem Dienst den Schiffbruch der Drummond Castle beobachtet hat. Vom Stiff oder vom Créac'h aus, einem der beiden Leuchttürme, die damals schon gebaut waren.«

Das war der Gedanke, den ich eben am Meer gehabt hatte.

»Nehmen wir an, dass dieser Leuchtturmwärter verzweifelte

Zeichen machte, um den Schiffskapitän zu warnen. Vergeblich, denn damals reichten die Leuchtfeuer noch nicht so weit. Es war neblig, die Sichtverhältnisse mehr als schwierig. Hilflos musste er zusehen, wie das Schreckliche passierte. Vielleicht tat er, als wäre nichts gewesen, vielleicht verharrte er während Stunden. Oder er fuhr mit dem Fahrrad auf die andere Seite der Insel und barg die ersten Leichen, einfach um irgendetwas zu tun. Was nun, wenn er dabei die Überlebende Mabel entdeckt hat? Wenn sie Alice bei sich gehabt hat? Und eine hölzerne Kassette?«

Ich ließ den Haken wieder los. Es war laut, danach still. Gabriel sah so finster aus wie nie. Ich trat zu ihm, stellte mich auf die Zehenspitzen und gab ihm einen Kuss. Nur um mich gleich darauf wieder zu lösen und nach meinem Handy zu tasten.

»Bevor ich gehe, schlage ich noch mal den Bogen zur Windkraftanlage. Ursprünglich hat es zwei mögliche Standorte gegeben, die Pointe d'Arlan von Patrick und die Gegend um die Windmühlen von Karaes von Tom und Linda. Ein drittes Grundstück ist noch offen.« Ich ging in Richtung Tür. »Ich denke, es ist dieses hier. Sophie-Annes ›Comtesse‹. Die Aussicht von meinem Balkon ist berauschend. Das Land hat alles, was es für den perfekten Standort braucht.« Ich blickte über die Schulter zurück. »Steht stichwortartig in meinem Bericht. Zu mehr reichte die Zeit nicht. Den Bericht kriegst du …«, ich drückte auf »senden«, »… jetzt.«

In Gabriels Ledermantel machte es pling. Seine Miene war undurchdringlicher denn je. Seine Augen so glaze wie nie.

In dem Moment kam Sophie-Anne hereingestürmt.

»Da seid ihr ja. Das Notstromaggregat ist ausgefallen, und wir waren noch nicht mal bei der Hälfte des Films. Da drin herrscht das nackte Chaos, die Leute waren viel zu lange eingesperrt und wollen etwas geboten bekommen. Auguste holt Ersatz, aber er braucht eine Stunde. Du musst sie unterhalten, vor allem die Kinder, bitte, Tereza?«

Das passte mir gar nicht. »Könnte Fanch nicht einspringen? Seemannsgarn aus dem Pub?«

»Er hilft Auguste.«

»Und Mishi? Sehnsuchtsgeschichten aus dem fernen Thailand?«

»Die schreien nach der Fortsetzung von ›Reise in die Hölle‹.«

»Können sie nicht einfach miteinander sprechen?«

»Sie wollen Leidenschaft und Drama. Du kannst ihnen das bieten, hast du ja gestern Abend unter Beweis gestellt.«

Ich gab auf und ging hinter Sophie-Anne her.

»Tereza.«

Ich stockte. Drehte mich um. Gabriel sah mich an. »Dein Bericht war gut. Etwas chaotisch, aber gut. Ich geh sämtlichen Hinweisen nach. Aber etwas wollte ich dir noch sagen. Ich habe ja keine Sandkörner gezählt, während du deine ganzen Abenteuer erlebt hast. Vor einer knappen Stunde habe ich Patrick in Gewahrsam genommen. Loics letzter Anruf ist an ihn gegangen. Auf Loics Laptop habe ich Berichte über die Drummond Castle gefunden und über Strandgut, wertvolles Strandgut. Über die Möglichkeiten der Wildvogelzähmung. Patricks Stricknadel war in Loics Appartement. Loic selbst wies eine feine Stichverletzung auf, die wir erst bei der Leichenschau entdeckt haben. Patrick schweigt zu allem. Darum würde ich dich bitten, eine Befragung durchzuführen.«

»Du hast doch gehört, ich muss Sophie-Anne helfen.«

»Er sitzt im Hinterzimmer bei Yannis, er läuft nicht weg. Auch Rosie ist da.«

Das brachte mich dann doch ziemlich aus dem Konzept. »Warum ich?«

»In deiner Eigenschaft als Expertin für die Police nationale Brest. Mit Lohn, die Spesen sind eingeschlossen.« Ein Grinsen huschte über seine Miene. »Du hättest die erste Klasse buchen sollen auf der Fähre.«

»*Merci*«, sagte ich und versuchte, mir meine Freude nicht anmerken zu lassen.

»*De rien.*«

Ein Engel flog vorbei. Ein Engel mit Flügeln in Glaze.

24

In Sophie-Annes Schlafzimmer zog ich mich um, ihr kleines
Schwarzes, das sie bei Beerdigungen trug, passte ziemlich gut.
Etwas Lippenstift, etwas Puder, etwas Kajalstift und fertig.
Der Speisesaal war noch voller als eben, es roch überwältigend nach alten Socken. Yaelle und Fanch waren weg, dafür
war Rosie gekommen, mit heiserer Stimme war sie dabei, die
herumrennenden Kinder zu bändigen. Sora, Davids Älteste,
hatte sich zur Gruppenleaderin erklärt.

»Stopp«, sagte ich. »Ihr könnt hier drinnen nicht rumlaufen.
Geht in die Scheune zum Spielen.«

»Da ist es kalt.«

»Es gibt Spinnen.«

»Und ist dunkel.«

»Wo ist David?«, fragte ich.

Er war der Vater, er war in der Pflicht.

»Er wollte alle Leuchttürme abfilmen. Bevor der Nebel
kommt.«

Super. Da war er eine Weile beschäftigt.

»Wisst ihr was? Ich lese gleich vor, und ihr seid meine Ge-
räuschmacher, ich gebe euch Zeichen. Einmal Nicken ist dramatische Musik. Zweimal Nicken ist Wind. Dreimal Nicken
ist Applaus. Viermal Nicken ist Geschirrklappern. Bei fünfmal
Nicken macht ihr den Schiffsuntergang. Okay?«

Sie fanden es aufregend. Sophie-Anne platzierte sie in
Zweierteams zwischen den Erwachsenen, während ich zum
Bistrotisch ging, den Fanch auf die kleine Bühne gestellt hatte,
dazu ein Glas Pamplemousse und eine Petrollampe, die sogar
den passenden Geruch verbreitete. An der Wand hatte er ein
Poster der Drummond Castle aus dem Souvenirshop aufgehängt.

»Ich habe meine Mikrofon-Anlage geholt«, sagte eine
Stimme. »Sollen wir einen Soundcheck machen?« Mishis

freundliches Gesicht sah mich an. »Mit Headset. Ich müsste dich dafür verkabeln.«

Wir traten kurz beiseite. Das Kleid stellte sich als unpraktisch heraus, es fehlte an Befestigungsmöglichkeiten für den Transmitter, der Bund meiner Unterhose war zu lose, der BH-Träger ertrug keine zusätzliche Last. Die Lösung war Mishis Gürtel. Der meine Taille überbetonte, was nicht ideal war. Egal, keine Zeit mehr.

»Mishi«, sagte ich, »nachdem du meinen ganzen Körper unter deinen Fingerspitzen hattest, kannst du mir eine ehrliche Antwort geben. Aus welchem Grund bist du gegen eine Windkraftanlage? Weiß jemand von deinen Steuerhinterziehungen?«

Mishis Haut wurde fahl. »Woher …?« Er sah sich um. Nervös. Senkte die Stimme. »Das habe ich längst in Ordnung gebracht. Aber nun wollen sie mir den Laden hier wegnehmen. Er ist nur gepachtet. Ich muss den Vertrag alle zwei Monate erneuern.«

»Rosie und Patrick?«

Er wirkte überrascht. »Nein. Mit ihnen komme ich gut klar. Ich weiß nicht, wer es ist. Ich erhalte dauernd diese Briefe.«

Sophie-Anne unterbrach uns. »Seid ihr bereit?«

Ich sah zu Mishi. Wir sprechen uns später, bedeutete mein Blick.

»Eine Frage noch, Sophie-Anne: Wo ist eigentlich Sean?«, fragte ich, als ich neben ihr zur Bühne ging. »Ich habe ihn nirgends gesehen. Gabriel auch nicht. Langsam ist es unheimlich.«

»Nathalie sagt, dass er ihr eine Nachricht geschickt hat. Er ist mit der Reparatur des Helikopters beschäftigt.«

»Das wollte doch Yaelle übernehmen.«

»Offenbar ist sie nicht weitergekommen. Außerdem sind weitere Leuchtturmlampen ausgefallen. Sie musste notfallmäßig verschwinden.«

Mishi machte meinen Sender an. Ab jetzt würde alles, was ich sagte, übertragen.

Ich betrat die Bühne. Auf mein Zeichen brachen die Kids in Applaus aus, sie rissen alle mit. Und, was soll ich sagen, ich nahm das Buch aus der Tasche und tat, was ich von allen Dingen am liebsten machte: Ich las vor.

Reise in die Hölle/Kapitel 6 DER UNTERGANG DER DRUM-MOND CASTLE

Ouesssant, 23 Uhr, 16. Juni 1896

Mabel trug ihr schönstes Kleid. Es war schwarz, mit einem tiefen Ausschnitt, über den sie den lachsfarbenen Schal drapiert hatte. Orel hatte es sich gewünscht. Sie nahm einen Schluck vom kalten Tee. Die Uhr war immer noch stehen geblieben, es würde sie wohl niemand mehr aufziehen. Im Salon war es ganz ruhig, die Kinder schliefen tief. Durch die angelehnte Tür waren Fionas ruhige Atemzüge zu hören. Alice seufzte und George schnarchte, er hatte sich erkältet.

Mabel horchte nach draußen. Der Wind hatte sich mit der Dunkelheit gelegt, alles hatte sich beruhigt. Mabel verbot sich jeglichen Gedanken an Celia. Sie musste durchhalten bis London, um der Kinder willen. Erst da würde sie entscheiden, was zu tun war. Die Tür zu Celias Schlafzimmer hatte Mabel abgeschlossen und den Schlüssel an ihre Kette gehängt. Die Kassette hatte sie unter ihr eigenes Bett geschoben. Sie würde sie kurz vor London in ihrem Koffer verstauen, was bedeutete, dass sie von ihren eigenen Sachen nicht alles mitnehmen konnte, denn die Kassette war ziemlich groß. Mabel würde nicht alles mitnehmen können.

Sie erinnerte sich an das Spiel, das sie mal mit den Kindern gemacht hatte.

»Was würdet ihr mitnehmen, wenn wir nur noch einen Koffer hätten?«

»Meine Bücher«, hatte George vorgeschlagen.

»Meine Sommerkleider«, hatte Fiona gefunden, praktisch, wie sie war. Alice hatte nicht zugehört, sie war ins Spiel mit Honey vertieft gewesen.

Es klopfte. Das musste Orel sein. Endlich.

Mabel war bereits an der Tür, als ihr das Signal einfiel, das sie und Orel verabredet hatten. Dreimal kurz, dreimal lang, dreimal kurz. Das hier war aber nur dreimal kurz. Sie verharrte. Orel hatte sie gewarnt. Da draußen war jemand, der etwas von ihr wollte. Nichts Gutes.

Es klopfte erneut. Eindringlicher als eben.

»Mrs. Wilkinson?«

Mabel erkannte die Stimme nicht.

»Wir haben eine Nachricht bekommen, per Telex von Ihrem Mann.«

Das war eine Finte. Oder ein Code. Das Schiff war in einem schlimmen Sturm gewesen. Niemand konnte da ein Telex schicken.

»Sie haben doch eine Kassette dabei. Die müssen Sie uns aushändigen.«

Mabel schluckte. Um Gottes willen. Wer wollte dieses Ding noch alles? Sie packte die Kette an ihrem Hals. Der Schlüssel kam ihr heiß vor.

»Mrs. Wilkinson? Wir wissen, dass Sie da drinnen sind.«

Warum wir?, dachte Mabel.

»Wir hören Sie atmen. Also machen Sie gefälligst auf.« Der Ton hatte sich verändert, war ordinärer geworden.

Mabel schaute zum Tisch, wo das Messer lag, mit dem sie den Kindern ihr Knäckebrot gestrichen hatte. Mit zwei Schritten wäre sie da.

Nun klopfte es ein ums andere Mal. »Machen Sie auf und geben Sie uns die Kassette, das ist ein Befehl!«

Etwas kam aus dem Zimmer der Kinder geschossen. Honey. Der kleine Pudel stellte sich neben Mabel und bellte. Hoch und spitz und wütend.

Draußen blieb es still. In einer Verschnaufpause von Honey verklangen die weglaufenden Schritte.

»Sch«, sagte Mabel. »Du kannst dich beruhigen.« Ihr Herz raste. »Du hast den Angreifer vertrieben, braver Hund.« Sie beugte sich hinunter und tätschelte ihm das krause Fell.

Als endlich Orels Signal ertönte, öffnete sie und fiel ihm in die Arme.

»Solche Schweine«, sagte er, nachdem er die Geschichte gehört hatte. »Sie werden nicht zurückkehren, du kannst beruhigt sein.«

»Das bin ich erst, wenn wir angelegt haben.«

»Nein, wirklich, Mabel.«

Was hatte er getan, dass er so sicher sein konnte? Mabel fühlte sich unbehaglich.

»Begleite mich«, sagte Orel. »Unten auf dem zweiten Deck wird der letzte Abend an Bord gefeiert.«

Mabel lehnte ab.

»Du musst doch das Kleid ausführen.« Er verschlang sie mit seinem Blick. Es machte ihr Angst. Ihm war alles zuzutrauen, sie hatte ja das Kissen in seiner Hand gesehen, mit dem er Celia von ihrem Leiden befreit hatte.

»Aber ich will die Kinder nicht allein lassen.«

Orels Blick irrte in Richtung von Celias Zimmer. »Es ist doch verschlossen. Also kann auch nichts passieren.«

»Und wenn der Mann trotzdem wiederkommt?«

»Vertrau mir. Du willst es doch auch, so schön angezogen, wie du bist.« Sanft nahm er sie an der Hand und zog sie mit sich.

Mabel ließ es geschehen, hatte keine Kraft mehr, sich zu wehren, er schwang sie nach vorn, überholte sie, schwang sie wieder zurück, ein Reigen, der sie schwindelig werden ließ.

Als sie das Deck betraten, verlor sie die Orientierung.

»Nebel«, sagte Orel. »Warte auf mich. Ich muss schnell nach oben.«

Dass er die Treppe zur Kapitänsbrücke hochstieg, ahnte sie mehr, als dass sie es sah. Gerade als sie wieder zu den Kindern gehen wollte, kehrte Orel zurück.

»Peebles sitzt im Ausguck, dieser Besserwisser.« Er klang beleidigt. »Sie kommen vom Kurs ab. Fühlst du es? Wir drehen nach rechts anstatt nach links.«

Sie standen beide ganz still, ergaben sich dem gleitenden Schiff. Plötzlich küsste er sie.

»Orel, bist du da unten?«, ertönte eine entfernte Stimme.

»Schsch.« Orel ließ seine Lippen auf ihren.

»Kannst du uns helfen? Der Kapitän schickt nach dir. Wir wissen nicht recht, wegen dem Nebel.«

Orels Augen blitzten, er bedeutete ihr, weiterhin still zu sein.

Es kam nichts mehr. Auch keine Schritte waren zu hören. Der Nebel verschluckte alles.

Orel zog sie zur anderen Treppe. »Wir lassen sie eine Weile schmoren, das geschieht ihnen recht. Los jetzt.«

Mabel sperrte sich. »Das kann gefährlich werden.«

»Selbst schuld.«

»Aber ...«

»Das Schlimmste, was passieren kann, ist, dass wir in seichtes Wasser driften und an Land waten müssen. Komm jetzt, Mabby.«

Die Tür zum Salon der ersten Klasse stand weit offen. Nur wenige Tische waren besetzt, die meisten Passagiere waren schon im Bett, mit der Aussicht auf Ankunft nach dem Aufwachen.

Eine Frau mit rotem Haar winkte Orel zu.

»Komm, mein Lieber. Und lies uns was vor.« Ihr Lachen war laut.

Orel ließ Mabel stehen. Sofort wurde er umringt von weiteren Frauen, deren Männer im Rauchzimmer die Welt verhandelten. So wie Colin Wilkinson das immer getan hatte.

Die Rothaarige presste ihm eine Flasche Champagner an den Mund. Er gurgelte, die Flüssigkeit strömte über seine Uniform.

»Wir wollen feiern. Es ist die letzte Nacht. Da ist alles möglich. Alles.«

Nun war es Orel, der sich mitziehen ließ. Er drehte sich zu Mabel um.

Komm auch, formten seine Lippen. Das wird ein Spaß.

In dem Moment geschah es. Ein dumpfer, schwerer Schlag, gefolgt von einer Erschütterung, die durch das ganze Schiff lief.

»Was war das?« Die Rothaarige sah zu Orel.

Alle sahen zu ihm. Er blickte zu Mabel, erstarrt, so als ob er nicht glauben konnte, was gerade passierte.

»Du hast gesagt, wir driften in seichtes Wasser«, sagte sie, ihre wachsende Verzweiflung unterdrückend. Orel verharrte. Schien ins Innere des Schiffes zu lauschen. Nichts, nur diese eigenartige Stille, die er mit einem unsicheren Lachen quittierte. »Alles gut. Wir haben es uns nur eingebildet.« Ein zischendes Geräusch wurde laut. »Lässt der Kapitän Dampf ab? Aus welchem Grund?«, fragte die Rothaarige. Orel schüttelte nur den Kopf, seine Miene war ungläubig. Wieso tut er nichts?, dachte Mabel. Bis sie genug hatte. »Wir sind auf Grund gelaufen«, sagte sie zu Orel, leise, damit die anderen es nicht hörten. Instinktiv ahnte sie, dass sie eine Massenpanik um jeden Preis vermeiden sollten. »Ich hole die Kinder. Wir müssen in die Rettungsboote.«

Ich schluckte schwer. Weiterlesen oder nicht? Das Publikum blickte mich an. Gebannt. Schließlich unruhig. Ich musste eine Entscheidung treffen.

25

An der Stelle wurde die Tür aufgerissen, Sophie-Anne stand im Rahmen.

»Alle mal herhören. Der Beamer läuft wieder. Wir sehen jetzt den Film zu Ende, als Höhepunkt liest uns Tereza den Schluss vor, dann gibt es Abendessen.«

Applaus setzte ein, die Stimmung war aufgeräumt, endlich wurde wieder was geboten.

Während auf der Leinwand der Darsteller von Antoine im Bild war, flüsterte ich mit Sophie-Anne. »Ich muss etwas nachschauen. Bin rechtzeitig zurück.«

»Pass auf dich auf.«

Das war alles. Sie vertraute darauf, dass ich ihr sagen würde, was ich zu sagen hatte, wenn die Zeit gekommen war. Ich mochte sie sehr, diese Sophie-Anne.

Ich machte mich am Gürtel zu schaffen. »Kannst du den Sender abmachen? Gib ihn Mishi zurück, bitte.«

Auf dem Weg zur Tür steckte ich eine Büchse Salz ein. »Darf ich? Und dein Auto würde ich auch gern ausleihen.«

Sie erklärte mir, wie alles funktionierte. »Der Schlüssel hängt hinter der Küchentür, eine Karte ist im Handschuhfach, nur für den Fall.«

* * *

Den Weg fand ich ohne Probleme. Die Landschaft wirkte düster, der Wind hatte sich gelegt, die Nebelwand war auf dieser Seite der Insel nicht zu sehen.

Ich bog zum Schafstall ab. Wie ich befürchtet hatte, waren die Tiere immer noch drinnen, Ouessie rieb sich jämmerlich blökend an meinem Bein. Sean war nicht hier gewesen.

Ich holte das Salz aus der Boule-rouge, zerrieb eine Handvoll Körner zwischen den Fingern und verstreute sie. Dann sah ich

mich nach Wasser um, fand einen Ziehbrunnen, füllte mehrere
Eimer. Die Schafe rauszulassen traute ich mich nicht.

»*Au revoir*, Ouessies«, sagte ich zum Abschied.

Keine fünf Minuten später erreichte ich die Kapelle Bonne
Espérance. War es wirklich erst heute Morgen gewesen, dass
Gabriel und ich Loics Leiche gefunden hatten? Der Kirchturm
ragte steil in den Himmel, Loics Fahrrad war weg.

Ich fuhr weiter, auf die Pointe d'Arlan und Patricks Grundstück zu. Einige Gebäude flankierten die Mühle, es wirkte wie
eine Komposition, ähnlich wie bei Tom und Linda.

Was von Ferne malerisch aussah, war von Nahem betrachtet
allerdings vernachlässigt. Die Mauern bröckelten, eine Regenrinne hatte sich gelöst und baumelte herunter, die Windrose war
geknickt, die Farbe der Läden blätterte ab. Eine Glocke ohne
Schwengel. Ein rostiger alter Deux Chevaux, das aufgebockte
Boot. Die Leine mit getrockneten Fischen. Am Boden einige
Nylonseile. Ein umgekippter Eimer. An der Wand ein Baro-
meter. Kein Mensch.

»Sean?« Ich steckte den Kopf in den Hausflur. »Sean?«

Ich vernahm ein Geräusch. »Hallo? Ich bin es, Tereza, ich
wollte dich etwas fragen.«

Da nahm ich eine Bewegung wahr. Eine Ratte? Honey fiel
mir ein, der Pudel der Wilkinsons. Ich fühlte ein gewisses Un-
behagen, als mir klar wurde, dass ich vergessen hatte, mein
Handy einzustecken. *Mince*, Tereza, Anfängerfehler, dachte
ich. Nun mussten mir Notizbuch und Stift genügen.

Ich verließ das Haus und wandte mich nach links zur Scheune,
wo die Tür lose in den Angeln hing. Ein weiteres Boot, einige
alte Fässer, es roch nach Diesel und überwältigend nach Fisch.

Ich durchquerte das Zimmer, um einen Nebenraum zu betreten, voller Ruten, Kessel, Gitter und Wasserkäfige. Noch
eine Tür. Dahinter eine Liege und ein Tisch, darauf verschiedene Pinzetten, kleine Spritzpistolen, Plastikhandschuhe. An
die Holzwand genagelt einige Bilder. Sie zeigten allesamt den
mit Rosen tätowierten Körper einer Frau. Die Blüten waren
von sattem Orange, schreiendem Blau, schwerem Rot, mit

Dornen und ohne, auf Bauch, Rücken, Po, Beinen, Knöcheln, Nacken. Es wirkte sehr intim, nicht für fremde Augen bestimmt. Das, was ich suchte, fand ich nicht.

Dafür entdeckte ich eine weitere Treppe. Sie führte auf den Dachboden und zu einer verschlossenen Tür – äußerst unüblich in der Bretagne. Und, was soll ich sagen, ich trat sie ein. Zum Glück war sie marode.

Durch die entstandene Luke konnte ich reinfassen und den Riegel lösen. Licht strömte durch Öffnungen, die wie Schießscharten in die Steinmauern gebaut waren. Der Raum war vollgestopft, ein Durcheinander von Regalen und Kisten, die schiere Menge an Gegenständen erschlug mich. Alles Strandgut, wenn ich mich nicht täuschte. Scherben, Besteck, Uhren, Büchsen, Stofffetzen, Gläser, Ketten, Kerzenleuchter, Steuerräder, Gaslampen, Flaschenschiffe. Neben einem rostigen Kompass lag eine haarlose Puppe, neben einem Wecker eine verbogene Gabel. Manche der Stücke waren edel, vieles vermutlich Schund und nur noch von historischem Wert. Schmuck fehlte gänzlich.

Ich rieb den Ring, Nathalies Ring, der immer noch an meinem kleinen Finger festsaß, und fragte mich, wo Sean ihn wohl gefunden hatte und ob Patrick darüber Bescheid wusste.

Nachdem ich den Raum ein zweites Mal abgesucht hatte, wobei mir die Erfahrung von so mancher Dachbodenbesichtigung wegen der Bücher zugutekam, erregte eine Truhe meine Aufmerksamkeit. Sie lag unter einer Plane und war vollgestopft mit weißen Wimpeln. »Windkraft, ja gern«, stand auf dem obersten. Was hatten die Wimpel der Befürworter im Lager der Gegner zu suchen?

Mein Verdacht, dass jemand die Truhe hier platziert hatte, bestätigte sich, als ich daneben einen Schal entdeckte, so wie ihn Loic bei unserer Begegnung mit den Schafen getragen hatte.

In dem Moment vernahm ich ein Summen, das ich als Klingelton eines Handys einordnete. Nach einer Pause klingelte es erneut, der Anrufer ließ nicht locker. Schließlich fand ich das Gerät versteckt unter den Flaggen. Ein pochendes Herz erschien einige Sekunden lang auf dem Bildschirm, bevor es erlosch. Danach blieb es stumm, mein Versuch, ins Menü zu kommen, scheiterte, es funktionierte per Fingerabdruck-Erkennung. Ich steckte es ein.

Als ich aus dem Schuppen trat, war der Nebel angekommen. Ich sah und hörte nichts mehr, ich war komplett eingehüllt. Die Heimfahrt verlangte meine höchste Konzentration. Der Wind wurde zwar weniger, aber er kam von der Seite und in Böen, einmal landete ich fast im Graben. Im Rückspiegel bemerkte ich, dass die Nebelwand zurückblieb, meine Bitte war erhört worden. Aber das wollte nichts heißen. Vermutlich pulsierte sie an Ort und Stelle, um Kräfte für einen weiteren Angriff zu sammeln.

Ich parkte vor dem Hotel und wollte rein zu Sophie-Anne, als mir David über den Weg lief. Er trug seine Sturmjäger-Montur und wirkte gestresst.

»Der Herr Geocacher«, sagte ich. »Hast du wieder was gefunden, für deine Kinder? So einen kleinen Sturm vielleicht, erwischt auf einem Helikopterflug, eingepackt in eine Tupperdose?«

Er war sichtlich schockiert. »Seit wann sind wir per Du?«

Ich drängte an ihm vorbei. »Egal, ich habe keine Zeit für deine Hobbys.«

»Warte, Tereza. Kann ich dir was zeigen?« Als ich mich umdrehte, zog er sein Handy raus. »Ich habe die Lichtsignale vom Jument beobachtet.«

»Das tun viele.«

»Sie sind ungewöhnlich.«

Er trat zu mir und machte den Bildschirm an. Darauf waren dunkle Schatten und ab und zu aufblitzende Lichter zu sehen, ziemlich verschwommen und wenig aussagekräftig.

»Ich vermute, dass es Morsezeichen sind.«

»Ein Poltergeist? Der Jument ist unbemannt. Niemand ist da draußen.«

»Ich glaube eben doch.«

»Dir ist die Phantasie durchgegangen, David. Wieso würde jemand morsen? Wenn es doch Satellitenverbindungen und Funkanschlüsse gibt.«

»Das sind keine Lampensignale.«

Damit hatte er recht. Nach mehr als einem Tag auf dieser Insel kannte ich die Leuchtfeuer. »Der Turm steht mitten im Meer. Wie wäre ein Mensch da rausgekommen?«

»Mit dem Helikopter.«

»Und wo ist der geparkt? Auf dem Dach? Oder hat er ihn reingenommen, in den Lampenraum?«

»Der ist wieder aufs Festland zurückgeflogen.«

»Du behauptest, jemand hat den Leuchtturm angesteuert, sich am Seil runtergelassen, um danach den Helikopter per Fernsteuerung durch den Sturm ans Ufer zu navigieren?«

»Natürlich wurde er von jemandem geflogen.«

»Von dir?«

Er winkte ab. »Bei dem Sturm würde ich mich nicht raustrauen. Tom aber schon. Oder Sean.«

»Der ist abgetaucht, aus Angst vor der Hochzeit.« Ich wollte die Unterhaltung beenden. »Sorry, aber das klingt zu absurd.«

Er blieb beharrlich. »Schau es dir live an, bitte.«

Konnte ich Nein sagen? Ich folgte ihm den Hügel hinauf. Das Meer brandete an die Felsen, die unterhalb des Hotels wie Dinosaurierrücken aus dem Wasser ragten. Große Gischtgarben erhoben sich und klatschten wieder ins Wasser zurück. Am Ende, da wo Meer und Himmel in einer einzigen grauen Fläche zusammenkamen, erhob sich der Jument aus dem Wasser.

Ein schwacher Lichtstrahl leuchtete in unsere Richtung. Kurz, kurz, kurz. Lang, lang, lang. Kurz, kurz, kurz.

»Vielleicht haben die ja so was wie einen Wackelkontakt. Oder es sind Irrlichter, falsche Leuchtfeuer.«

David bewegte sich einige Meter nach links, wo hinter einem Felsen der Nividic in Sicht kam. Dessen Leuchtfeuer war offensichtlich repariert worden. Alle paar Sekunden glitt es übers Wasser, hell, abwechselnd weiß und rot und weiterum sichtbar.

»So sollte ein Turm leuchten.« David zeigte wieder zum Jument. »Das ist das S.O.S.-Zeichen, jemand ruft um Hilfe.«

26

»Nathalie, kommst du mal bitte?«

Sie saß zum Glück in der letzten Reihe. Auf der Leinwand spielte sich der Leuchtturmwärter-Wechsel ab. Antoine wurde im Gleitkorb zur Balustrade hochgezogen, so wie sie das in den sechziger Jahren gemacht hatten.

»Was ist los?« Nathalie folgte mir auf den Parkplatz vor dem »Comtesse« und zu David, der da auf uns wartete.

»Wo ist Sean?«, fragte ich.

Ihre Augen irrten von mir zu David und wieder zu mir. »Ich versuche schon den ganzen Tag, ihn zu erreichen.« Im Licht der Straßenlampe war sie aschfahl, ihre Schminke verschmiert.

»Hat er sich nicht gemeldet?«, fragte ich.

»Eine Nachricht hat er geschickt.«

»Dir?«

Sie presste die Lippen zusammen. »An Yaelle, nicht an mich.«

Das war sehr ungewöhnlich. Man würde doch meinen, dass er zuerst seine Verlobte informierte. »Yaelle hat sie dir gezeigt?«

»Sie hat es mir erzählt. Er sei nicht ›abkömmlich‹, wegen all der Dinge, die passiert sind. Der beschädigte Helikopter, die Leuchtfeuer ...«

»Nicht ›abkömmlich‹? Was soll denn das heißen? Yaelle hat sich doch um all das gekümmert. Es kann nicht sein, dass er den ganzen Tag weg ist. Ihr wollt morgen heiraten.«

»Ja ...« Ihr Blick war verzweifelt. »Das tun wir. Morgen, ganz bestimmt.«

Sean war verschwunden, und sie wollte es nicht wahrhaben.

»Kannst du ihn noch mal anrufen, bitte?«

Sie tippte die Wahlwiederholung an.

In meiner Tasche summte es. Nathalie hörte es auch.

»Was ist das?«

Langsam holte ich das Handy raus. Auf dem Display verschwand das pochende Herz.

»Seans Handy«, flüsterte sie. »Woher hast du es?«

»Aus der Scheune in Patricks Haus. Sean wohnt bei ihm, hast du gesagt.«

»In einem kleinen Cottage, einige hundert Meter entfernt«, sagte sie hastig. »Mit seinem Vater würde er es nicht aushalten.« Sie packte meinen Arm. »Das Handy ...«

Ich unterbrach sie. »Und das Strandgut? Sammeln sie es zusammen?«

»Sie haben unterschiedliche Interessen. Patrick hat Schmuck und Münzen auf dem Schirm, er will alles zu Geld machen. Sean sucht nach besonders geschliffenem Holz, nach bestimmten Steinen. Nach Muscheln. Schmuck interessiert ihn nicht.«

Bis auf den Ring, dachte ich, den Ring an meinem Finger.

»Tereza, er würde sein Handy nie bei Patrick lassen.« Nathalie wirkte panisch. »Es ist sein Navigationsgerät, sein Kompass, sein Tagebuch. Damit dokumentiert er die Natur und die Fundstellen.«

Ich sah zu David. »David denkt, dass Sean auf dem Jument gestrandet ist. Und von da aus Morsezeichen sendet.«

Nathalie erstarrte. Die Tür klapperte und Sophie-Anne kam heraus.

»Was ist mit euch los?«

Ich setzte sie ins Bild.

»Aber der Helikopter ist doch kaputt«, sagte sie.

»Davor, als er noch ganz war.«

»Hier herrschte ein Sturm, ich weiß, man vergisst es schnell. Aber gestern Abend und heute Morgen wären keine Flüge möglich gewesen.«

»Es sei denn, jemand hätte es unbedingt gewollt«, sagte David.

Er weiß, wovon er spricht, dachte ich. Mir fiel das Bild des Fotografen ein, das bei Erica im Flur hing. Auch der hatte dafür einen Sturmflug riskiert.

»Mit welchem Piloten? Irgendjemand muss ihn da rausgeflogen haben. Du warst es doch, David, gib es zu.«

Erneut beteuerte er seine Unschuld.

»Wer außer Sean und Tom kann noch fliegen?«

Sophie-Anne musste keine Sekunde überlegen. »Da gibt es einige, Fanch, Lussec und Patrick.«

Warum erstaunte mich das nicht? »Patrick kann also fliegen.«

»Früher. Er war seit Jahren nicht mehr unterwegs.« Außerdem ist er in Gabriels Gewahrsam, dachte ich. Und Lussec oder Fanch waren den ganzen Tag beschäftigt.

David wurde ungeduldig. »Was auch immer. Jemand setzt da draußen einen Hilferuf ab. Wir müssen etwas unternehmen.«

»Wir sollten antworten«, sagte ich. »Kann jemand von euch morsen?«

Abgesehen vom S.O.S-Notsignal kannte niemand das Morsealphabet. Während Sophie-Anne auf Davids Geheiß eine starke Taschenlampe geholt hatte, kehrte er gleich darauf mit seiner Tochter Sora zurück.

»Sie ist bei den Pfadfinderinnen. Sie kann das Morsealphabet auswendig.«

Hinter Sophie-Anne stiegen wir in den dritten Stock und über eine schmale Treppe ganz nach oben bis zum Dachraum des »Comtesse«. Das Studio hätte mich normalerweise entzückt. Es war rundherum mit bodentiefen Fenstern ausgestattet sowie einem Doppelbett à la française und einer Galerie.

Nathalie, David, Sophie-Anne, Sora und ich … zu fünft standen wir nebeneinander und starrten hinaus zum Jument. Dididi-dahdahdah-dididi, leuchteten die Signale auf, danach gab es eine Pause von etwa zehn Sekunden, beim nächsten Mal betrug sie zwanzig, dann fünf.

»Es ist viel zu unregelmäßig für eine Maschine«, sagte David. »Sora, kannst du antworten?«

»Didididahdi, das ist, glaube ich, das Zeichen für ›verstanden‹.« Während sie sprach, blinkte sie mit Geschwindigkeit und Können. »Nun morse ich: Wer bist du?«

Es dauerte, bis die Antwort kam.

»Dididididahdahdi.«

»Was heißt das?«

»Keine Ahnung.« Sora sendete das Zeichen für »Wiederholen bitte«.

»Dididididahdahdi«, sprach sie mit. »Moment.«

Sie suchte auf ihrem Handy, verglich murmelnd und kam schließlich mit einer Lösung. »S-A-N. Drei Buchstaben. Was könnte das bedeuten?«

»San«, sagte Nathalie langsam. »Das ist Seans Kurzform, damit unterschreibt er die Flugberichte.«

Wir mussten die Nachricht erst verdauen. Danach sprach Nathalie auf Sora ein, wollte ihr das Gerät aus den Fingern nehmen, als es ihr nicht schnell genug ging.

»Wartet«, sagte ich. »Sean ist offenbar fähig, Signale zu senden, also lebt er, und wir können uns etwas entspannen. Sora und Nathalie, findet bitte heraus, warum er auf dem Leuchtturm ist, wer ihn geflogen hat, wieso er keinen Funkkontakt hat und wie wir ihm helfen können.«

»Easy«, sagte Sora mit der Gelassenheit einer Zwölfjährigen, obwohl sie bislang nur im Pfadilager von einem sicheren Ausguck aus gemorst hatte. »Und du?«, fragte sie mich.

»Sie muss zu Gabriel«, sagte Sophie-Anne. »Er hat mich eben angerufen. Sie soll ihm bei einer Befragung helfen.« Sorgenvoll verzog sie die Stirn. »Kannst du dich beeilen, Tereza? Bis zum Filmende bleibt dir eine gute halbe Stunde. Ich gehe zurück zu den Gästen.«

Das klang wie ein Plan.

»Es wäre gut, wenn keiner etwas merken würde, bis wir mehr wissen«, flüsterte ich ihr zu. »Auch nicht die Ouessantiner.«

»Und wer unterhält die Kinder? Bislang hat das Sora gemacht.«

Sora, Sophie-Anne und ich schwenkten unsere Köpfe zu David. »Kannst du das übernehmen?«

Er winkte ab. »Ich dachte, ich fahr schon mal zum Flugfeld und bereite mich vor.«

»Du kannst nicht fliegen, der Nebel kommt«, antwortete Sophie-Anne. »Dahinten.«

Sie hatte recht. Die Wand stand unmittelbar vor dem Jument. Wie ein Gletscher.

»Es gäbe tolle Bilder.« David hatte sehnsüchtig geklungen.

»Vergiss es«, sagte ich. »Im Moment brauchen wir keinen Nebeljäger, sondern einen Kindersitter.«

Er wollte sich immer noch darum drücken. »Sophie-Anne, könntest nicht du?«

»Sie hat alle Hände voll zu tun.«

»Aber –«

»Es sind deine Kinder, Papa«, sagte Sora. »Übernimm endlich die Verantwortung. Sonst erzähl ich es Mama.«

Geschlagen zottelte David die Treppe hinunter.

27

Im Supermarkt brannte Licht im Erdgeschoss. Ich klopfte an und wurde nach einer Weile von Yannis eingelassen. Er hatte Ringe unter den Augen.

»Gut, dass du da bist«, flüsterte er. »Wir kommen keinen Schritt weiter. Patrick ist eben eingenickt, völlig erledigt. Und Rosie ist wild. Mahon konnte sie nicht bändigen. Sie bespuckt und beschimpft ihn. Er musste sich in Sicherheit bringen.«

Rosie war im Hinterzimmer zwischen Kopierapparat, einer Kiste Mineralwasser und einem Karton Thunfisch auf einem Drehstuhl angebunden, neben sich eine Fahrradsatteltasche. Ihre Haare waren zerzaust, die Jeansweste zerfetzt, die Stiefel glichen denen von Gabriel. Der stand vor ihr, mit verschränkten Armen.

Ich beschloss, gleich zur Sache zu kommen. »Sean ist auf dem Jument.«

Sie starrten mich an.

»Wissen Sie etwas darüber, Rosie?«, fragte ich.

»Ich sage keinen Ton, solange der Typ dabei ist. Er stresst mich.« Sie meinte Gabriel.

Er begab sich in den Hintergrund, aus den Augenwinkeln bemerkte ich, wie er sein Handy hervorholte. Er wollte das Gespräch aufnehmen, ich kannte das, er hatte mich schon mehrere Male befragt.

»Er soll rausgehen. GANZ RAUS, verstanden, Polizeimann?«

Sichtlich widerwillig gehorchte Gabriel. »Ich kümmere mich um Patrick.«

Rosie machte einen angewiderten Laut, und Gabriel knallte die Tür zu. So unbeherrscht hatte ich ihn selten erlebt.

Ich wandte mich wieder an Rosie. »Sean ist auf dem Jument, haben Sie verstanden? Es ist ein absolutes Rätsel, wie er dahin gekommen ist. Er könnte verletzt sein. Berührt Sie das nicht?«

»Warum sollte es?«

Ich packte meine Kenntnisse um die familiären Bande aus. »Sean ist der Neffe Ihres verstorbenen Mannes Ludovic und damit auch Ihr Neffe. Patrick ist Ihr Schwager.«

»Mein ehemaliger Schwager.«

»Und heutiger Liebhaber.« Ich deutete auf das Rosentattoo an ihrem Unterarm. »Das hat Patrick gemacht, nicht wahr?«

»Vielleicht.«

Ich hatte keine Zeit, um den heißen Brei herumzureden. »In seiner Werkstatt flickt er nicht nur Schiffe. Er malt Bilder, auf die Haut.«

»Das ist erlaubt.«

»Er hat bestimmt kein Diplom«, sagte ich. »So wie die meisten hier.«

»Sie beleidigen uns.«

»Pardon. Außerdem ist da noch etwas. Ich habe in der Scheune eine Kiste gefunden, mit Flaggen, ›Windkraft, ja gern‹, die Ja-Parole. Was hat die bei Patrick verloren?«

»Da haben Sie sich getäuscht.«

»Bestimmt nicht.«

»Können Sie es beweisen?«

»Leider hatte ich mein Handy nicht dabei.«

»Na also.«

So kam ich nicht weiter. »Sie sagten, Ihnen wurde auch eine Flaggen-Kiste geklaut, mit Nein-Parolen. Die habe ich nicht weit von Ihrem Fahrradladen in dem verlassenen Weiler in der Nähe vom Stiff gefunden.«

»Dreckspack«, sagte Rosie.

»Kennen Sie die Stelle?«

»Ich kenne hier jeden Quadratzentimeter.«

»Können Sie Bogenschießen? Trainieren Sie da?«

»Wenn ja, wären Sie längst tot.«

Ich schluckte. »Also ist es nicht Ihr Weiler?«

»Was geht Sie das an?«

»*Sie* haben die Kiste mit den Flaggen als vermisst gemeldet, nicht ich.« Ein Treffer für mich.

»Danke für den Hinweis. Ich werde sie abholen.«

»Wer steckt dahinter? Die vom Ja-Komitee?«

»Es gibt kein Komitee. Es sind ein paar Einzeltäter, wie Yannis, der Idiot. Die schaffen es nicht mal, sich zusammenzuraufen.«

Okay, diese Spur brachte mich nicht weiter. »Themawechsel. Patricks Scheune ist voller Strandgut. Tassen, Stifte, Stoffe … alles Gegenstände aus der Drummond Castle und von weiteren Schiffswracks, die auf dem Meeresgrund liegen. Mein Eindruck ist, dass Patrick längst nicht mehr fischt und die Sardinen an der Leine verdorren. Er konzentriert sich nur noch aufs Strandgut. Es ist mehr als ein Geschäft, es ist eine Berufung geworden.«

»Falsch. Sean ist der Strandgutsammler.«

»Sean ist ein Romantiker, der Dinge zum Verschenken sucht.« Ich dachte an den Ring an meinem Finger.

»Er wird's schwer haben, wenn sein Papa stirbt. Dann ist keiner mehr da, der ihm Geld gibt.« Das hatte sehr gehässig geklungen.

»Noch lebt er ja, der Papa. Außerdem hat Sean einen richtigen Beruf. Er ist Helikopterpilot. Können Sie eigentlich auch fliegen?«

»Ich mag Drahtesel und die Erde.«

»So sehr, dass Sie dauernd Land dazukaufen müssen?«

»Wie meinen Sie das?«

»Ich spreche von den Grundstücken. Sie sollen ziemlich viele besitzen, jedem, der irgendwie an Pariser verkaufen will, bieten Sie einen besseren Preis.«

»Das ist doch erlaubt. Ein ganz legales Geschäft.«

»Aber nicht, wenn es mit Drohungen verbunden ist. Linda Harper …«

»Eine versponnene Ausländerin.«

»Sie lebt seit zwanzig Jahren hier.«

»Wie gesagt, eine Fremde.«

»… der Sie das Land wegnehmen wollen. Das ist schäbig, Rosie.«

»Sie tun so, als wäre ich eine Kapitalverbrecherin. Dabei besitze ich lediglich einige Grundstücke. Wie viele andere Leute auch. Was denken Sie, woher all die vielen Grenzmauern kommen?«

»Bieten die nicht vor allem Schutz gegen den Wind?«

»In erster Linie zeigen sie den Grundstücksverlauf an. Der ist nicht auf Anhieb zu erkennen. Wir besitzen hier nicht gerade, sondern verwinkelt.«

Unter anderen Umständen hätte ich über die Ausdrucksweise gelacht. »Was meinen Sie mit ›wir‹? Sie sind hier die Großgrundbesitzerin, und Sie erpressen die anderen. Außerdem lassen Sie einige Ihrer Gebäude verfallen.«

»Um alle gleichzeitig umzubauen, fehlen mir die Mittel. Ich bin nicht aus der reichen Schweiz wie Sie. In zwei Jahren eine Buchhandlung samt Wohnhaus renoviert und dafür kräftig die örtliche Bevölkerung ausgebeutet. Da kann ich nur sagen, Chapeau, Madame Berger.«

Das war ... direkt. Alle möglichen Entgegnungen fielen mir ein. Aber dieser Punkt ging an Rosie. Ich holte mein Notizbuch aus der Boule-rouge.

»Wo wohnen Sie eigentlich?«

»Mal da, mal dort. Meistens bei Patrick.«

»Wann haben Sie Sean das letzte Mal gesehen?«

»Gestern.«

»Und Loic?«

»Keine Ahnung. Ich war den ganzen Tag beschäftigt mit den Fahrrädern, die die Touristen irgendwo haben stehen lassen.«

»Haben Sie Loic umgebracht?«

»Nein.« Die Antwort war, ohne zu zögern, gekommen. »Er ist gestolpert.«

»Sein hellblauer Schal liegt auf Patricks Dachboden. Ich glaube kaum, dass er ihn selbst da versteckt hat.«

Rosie sah aus, als ob sie zu einem großen Protest ausholen würde. Stattdessen klappte sie den Mund zu.

»War Patrick Ihr Komplize? Oder tun Sie das alles hinter seinem Rücken?«

»Kein Kommentar.«

»Und was ist mit der Kassette aus der Drummond Castle?«

Sie hob eine Augenbraue.

»Hat Patrick die gefunden, haben Sie die gefunden? Mit Schmuck darin, der ein Vermögen wert ist? Den Sie so nach und nach verkaufen? Ich habe mich schlaugemacht, alle paar Monate tauchen neue Schmuckstücke auf.«

»Das ist gelogen.«

Sie war smart. Ich hatte aus dem Stegreif erfunden.

»Die Kunde von der Kassette und ihrem Inhalt hat Kreise gezogen. Das könnte ein Grund für einiges sein, was hier abgeht. Wo ist der Schmuck, Rosie? Und woher wussten Sie, dass er existiert?«

»Von dem Schundroman hier.« Sie deutete auf ihre Satteltasche. Mit zwei Schritten war ich dort. Tatsächlich fand ich darin ein Exemplar von »Reise in die Hölle«.

Ich rief mir Gabriels Erzählung in Erinnerung. »Woher haben Sie das?«

»Von Mahon.«

»Sie haben es ihm entwendet?«

»Er hat es freiwillig rausgerückt.«

»Sie lügen.«

»Das hätten Sie gern, weil Sie Ihren Schotten im schönen Licht sehen wollen.«

»Es ist nicht mein Schotte.«

»Er hat sich nur noch für diese Geschichte interessiert, krankhaft, richtig manisch. Patrick sollte sie lesen, ob er was rausfinden kann.«

»Hat er?«

»Wir haben nichts entdeckt.«

»Wir?«

»Ich hab's ihm vorgelesen.«

»Rührend.«

»Da stand auf jeden Fall nichts Gescheites drin.«

»Außer das mit der Kassette.«

»Hab ich überlesen.«

Sie war beinhart. Ich stellte mich vor sie, fixierte sie. Aber sie wich meinem Blick aus.

»Ich komme noch mal auf meinen anfänglichen Punkt zurück. Ich denke, dass Patrick ein Geschäft mit Strandgut aufgezogen hat und Schmuck, der ihm nicht gehört, illegal nach England verkauft. An Nachfahren der Ertrunkenen. Da lässt sich bestimmt einiges holen.«

Ich sah ihr an, dass ich recht hatte. Doch sie gab es nicht zu.

»Davon weiß ich nichts. Sie sollten Mahon fragen.«

»Ihm geht es nicht um Geld. Sondern um seine Familiengeschichte.«

»Und Patrick geht es ums Überleben. Wissen Sie, wie es ist, wenn jemand wie er ins Rentenalter kommt und nichts mehr hat?«

»Auch er besitzt mehrere Häuser ...«

»Sie sind mehr als baufällig.«

»... und sein Einkommen aus der Fischerei.«

»Die Gegend ist leer gefischt.«

»Der Schmuck gehört ihm trotzdem nicht.«

»Der Untergang ist längst verjährt.«

»Wie viel Geld haben Sie damit verdient?«

»Sie irren sich, meine Liebe.« Zum ersten Mal sah sie mir in die Augen. »In fast allem.«

Ich schluckte. »Ich finde laufend Beweise.«

»So wie die Ja-Kiste?«

»Das ärgert Sie, nicht wahr?«

»Weil Sie unbefugt auf Patricks Terrain eingedrungen sind. Sollten Sie das wieder tun, schauen Sie sich die Kiste noch mal an. Nur die oberste Flagge hat die Ja-Parole. Auf den anderen steht ›Nein danke‹.«

Mein Handy summte, die Unterbrechung war mir recht. Das Gespräch war anstrengend und Rosie schlagfertig. Geblieben war mir vor allem das Bild, wie sie Patrick vorlas. Leider wirkte das ziemlich sympathisch.

Es war Nathalie, sie hatte mir wie versprochen ein Update geschickt. »Haben alle Nachrichten von Sean entziffert. Er hat sich am Bein verletzt und verliert viel Blut. Er kann es nicht stoppen. Brauchen ärztliche Hilfe. Schicke die Nachricht auch an Gabriel.«

Mince. Wir mussten irgendwie zu dem Leuchtturm raus.

Aus dem Nebenzimmer erklang ein Rumpeln, ein Schrei. Kampfgeräusche.

Rosie zerrte an ihren Fesseln. »Yannis!«

Sie schrie so laut, dass er reinstürmte. Und mit Gabriel zusammenprallte, der aus dem Lagerraum kam. Yannis fiel zu Boden und blieb liegen. Den Moment nutzte Patrick, der Gabriel gefolgt war, um eine Waffe auf uns zu richten.

»Rührt euch nicht!«

Waren wir hier im Film?

»Gilt auch für Sie, Tereza.«

Gabriel hob die Hände. »Ho, Patrick, hör auf. Gib mir die Waffe.«

»Den Teufel werd ich tun. Wir fahren jetzt da raus. Wir beide zusammen.«

»Das ist lebensgefährlich.«

»Lebensgefährlich ist die Verletzung meines Sohnes. Wir holen ihn.«

»Der Nebel ist zu dick. Ich rufe in Brest an, sie sollen sich startklar machen. Sobald die Nebelbank vorbeigezogen ist, fliegen sie los.«

»Bis dahin ist Sean vielleicht tot. Wir fahren.« Patrick machte eine Handbewegung. »Stell dich an die Tür, Gabe.«

Gabe?

Dann sah er mich an. »Und Sie auch, Tereza.«

Ich?

»Nehmen Sie ihr den Gurt ab.«

Er zwang Gabriel, meine Hände mit Mishis Ledergurt zu fesseln.

»Was ist passiert?«, flüsterte ich.

»Er hat Nathalies Nachricht auf dem Handy gesehen, wegen Sean.«

»Stooopp!« Patrick unterbrach uns. »Kein Geschwätz jetzt.

Und du …«, er machte Rosie los, ohne uns aus den Augen zu lassen, »hol den Verbandskasten aus Yannis' Büro.«

Sie ging ohne Murren, kam auch gleich wieder mit einer Blechkiste zurück.

»Nimm dir was raus und flick den mal zusammen.« Yannis regte sich, Blut tropfte aus einer Schläfenwunde. »Er braucht einen Kopfverband. Und am besten einen Maulkorb, damit er nicht rumschwätzt, was hier passiert ist. Und wir drei …« Er sah Gabriel und mich an. »Gehen wir!«

28

Wir fuhren auf Patricks Fischkutter, der Enez Eusa 5, in Richtung Phare de la Jument. Die Sicht war durchwachsen, der Nebel kam in Schwaden, der Wind hatte aufgefrischt. Patrick stand grimmig auf der Brücke am Steuer. Gabriel und ich hielten uns seitlich an der Reling fest, wir hatten uns Schwimmwesten übergezogen, meine Hände waren wieder frei, die Boule-rouge hatte ich eng an mich geschnallt, das nur halb geladene Handy hatte ich davor zum Glück in Sophies Küche eingesteckt. Ich hatte Angst. Vom Ufer aus hatte der Wellengang erträglich gewirkt, trotzdem hob und senkte sich das Boot pausenlos.

»Es ist verrückt!«, schrie ich. »Tu doch etwas. Gabe!«

Das war eine armselige Provokation meinerseits, angesichts der misslichen Lage, in der wir uns befanden.

Durch die Nebelfetzen konnten wir den Turm sehen und den Felssockel, überspült von Gischt und Schaum.

»Wie sollen wir da landen?«

Gabriel war absolut keine Hilfe. Er starrte nur aufs Meer hinaus, während Patrick das Schiff Meter um Meter in die Nähe des Turms steuerte. Da draußen war sein Sohn, er wollte ihn retten. Ich würde nichts anderes tun, wenn es Kai wäre, der verletzt auf dem Leuchtturm läge.

Ich tippte Gabriel an. Stellte mich so nah zu ihm, dass meine Wange seinen Ledermantel berührte. »Sollen wir ihn nicht überwältigen?« Ich gab mir die Antwort gleich selbst. »Okay, blöde Frage. Du kannst nicht navigieren. Und ich habe schon Probleme mit einem Tretboot. Wir könnten ihn zur Umkehr bewegen. Nein, das wollen wir nicht, weil wir Sean retten wollen und darauf hoffen, dass er seinen Papa danach zur Vernunft bringt. Nur, ist das realistisch? Gibt es irgendeine Möglichkeit, auf diesen Turm zu kommen?« In dem Moment verschwand das Bauwerk kurz im Nebel. »Werden wir nicht alle ertrinken beim Versuch, dort anzulegen?«

Gabriel regte sich. »Du hast doch im ›Comtesse‹ eben den Film gesehen. Dann weißt du ja, wie es läuft.«

»Da war ich abgelenkt. Erklär mir bitte, wie diese Landung realistisch gehen soll?«

»Es gibt eine Seilvorrichtung. Sean wird sie in der Zwischenzeit installiert haben.«

Patrick hatte Nathalie Bescheid gegeben, allerdings nur, dass wir auf dem Weg waren. Von den Vorgängen im Supermarkt wusste sie nichts.

»Und die wirft er uns zu?«

»Nicht die ganze Vorrichtung natürlich. Nur eine Leine.«

»Wann wurde die das letzte Mal gebraucht?«

»Vor Jahren. Ich hoffe, die Ratten haben sie nicht aufgefressen.«

»Ratten?« Ich schüttelte mich. »Warst du schon mal auf einem Leuchtturm im Wasser?«

Er nickte. »Ich habe einige Wochen darauf verbracht. Ich wollte das Gefühl nachvollziehen.«

»Und wie ist es, das Gefühl?«

Wasser spritzte, wir wurden übergossen. Gabriel zog mich in den Windschatten der Kapitänsbrücke. Er fasste in die Jackentasche und holte eine Packung Zigaretten raus.

Ich war erstaunt. »Willst du hier rauchen?«

»Wir müssen ohnehin warten, bis Patrick die richtige Position gefunden hat. So ist das. Man wartet oft auf Ouessant.«

Es dauerte, bis sein Zippo den Tabak entzündete.

Er bot mir den ersten Zug an. Er schmeckte … nach Salz.

Eine Weile rauchte Gabriel vor sich hin.

»Du willst also wissen, wie es auf einem Leuchtturm ist? In gewisser Weise ist es sehr normal. Du stehst auf, du machst dein Bett, Ordnung ist wichtig. Dann gehst du die Eisentreppe hinunter. Die Steinmauern sind schwarzgelb vor Feuchtigkeit. Du siehst, dass unter einer Luke Wasser reinströmt und entdeckst die kaputte Scheibe. Du gehst in die Küche. Der Kaffee ist lauwarm. Du trinkst ihn schwarz, Kondensmilch ist nicht dein Ding. Du rauchst eine Gitanes und öffnest das Fenster.

Du siehst hinaus aufs Meer, fragst dich, wie das Wetter in einer halben Stunde sein wird, in einer Stunde, am Nachmittag, wenn deine Schicht zu Ende ist. Du gehst zum Maschinenraum runter, inspizierst die Zahnräder, putzt tropfendes Quecksilber weg. In der Werkstatt holst du einen Lappen und Zitronenwasser, um den Türknauf zu putzen. Du öffnest die Tür einen Spalt. Wasser spült herein. Du gehst wieder hoch, bis zur Balustrade. Da wirfst du die Leine aus. Ein Kormoran fliegt heran, du kennst ihn, er ist gierig auf deine Fischabfälle. Du schaust bis zum Horizont. Es gibt nur das Meer und dich.« Er inhalierte tief. Stieß den Rauch wieder aus. »Du kennst jedes Riff, jede Klippe, jede Untiefe. Und die Wellen, die kleinen nervösen, die regelmäßigen, berechenbar wie ein Uhrwerk, die immer im gleichen Rhythmus kommen.«

»Und was ist mit den anderen?«

»Die bäumen sich auf, diese Massen an Wasser, diese Wand aus Gischt, die langsam emporwächst, deren Augen dich anstarren, wenn sie auf deiner Höhe sind. Nur um über dich hinauszuwachsen und mit bisher ungekannter Wucht auf dich niederzudonnern, das Geländer zu verbiegen wie einen Zahnstocher, alles, was nicht angebunden ist, mit sich in die Fluten zu reißen und damit den Turm – dieses Bollwerk aus Stein, in jahrzehntelanger Arbeit aufgebaut, mit einem Fundament von tausendjährigem Felsen –, diesen Turm aus Stahl zum Wanken zu bringen.«

Er nahm einen Zug. Er hat das erlebt, dachte ich. Er war wirklich da draußen.

»Und dann, Gabriel?«

»Du bist längst wieder drin. Die Zeit zerrinnt. Du rauchst eine letzte Zigarette. Und noch eine. Den Stummel drückst du in einer Konservenbüchse aus.«

Er warf den seinen in hohem Bogen ins Wasser. Dann schwieg er.

»So poetisch kenne ich dich gar nicht«, sagte ich nach einer Weile. »Die Memoiren eines Leuchtturmwärters?«

Er verzog keine Miene.

»Gut, sie haben mich erreicht. Ich habe mit dir gefühlt.«
In dem Moment wurde das Schiff von einer Welle in die
Höhe gehoben. Es war vorbei mit der Ruhe. Ich rutschte ein
wenig, hielt mich an Gabriels Ärmel fest. Ein Rauschen, auch
der Wind war zurückgekehrt.
»Aber sie sagen nichts über die Autorin M.Abel und deine
Verbindung zu der Geschichte. Und darum geht's hier doch.«
Letzteres hatte ich geschrien, weil er mich sonst im wachsenden
Rauschen kaum verstanden hätte.
Er fasste in die Tasche seines Mantels, holte etwas heraus und
hielt es mir vors Gesicht. Er war eine Kette, eine unscheinbare,
feine, matt schimmernde Kette. Mit zwei Anhängern, die sich
im Rhythmus der Wellen drehten.
»Sagt das mehr?« Auch er hatte geschrien.
»Das Herz und der Schlüssel ...«
»Zu Celias Kabinenzimmer. Nur der Schlüssel zur Kassette
fehlt. Die Kette lag beim Roman. Niemand in meiner Familie
ist dem je nachgegangen.«
»Also geht es nicht um einen Leuchtturmwärter, der dein
Vorfahre sein könnte?«
»Da ist die Phantasie mit dir durchgegangen. Damit schlagen sich die Malgornes herum, ich denke, die Schuldgefühle,
dass sein Vorfahre den Untergang beobachtet hat und nichts
dagegen unternehmen konnte, sitzen Patrick tief in den Kno-
chen.«
Er hielt inne. Zog mich ganz nah zu sich. Hielt meinen Kopf
mit beiden Händen und sah mir tief in die Augen.
»Mir geht es um Mabel. Es ging immer um Mabel. Sie hat
ein Kind gerettet und musste zusehen, wie die beiden anderen
ertranken.«
»Stopp«, sagte ich. »Nicht spoilern. Ich habe das letzte Kapitel noch nicht gelesen.«
»Du kennst das Ende doch auch so. Es war ein Schiffbruch,
den sie mit Glück überlebt hat. Danach hat sie das Kind hier-
gelassen, mutterseelenallein, bei fremden Leuten, und ist nach
Schottland gefahren, wo sie sich irgendwann meiner Familie

angeschlossen hat. Bloß, was ist mit dem Inhalt der Kassette passiert?«

Er wusste auch das. Er wusste alles. »Du denkst, sie hat den Schmuck mitgenommen und verhökert, und deine Familie sitzt jetzt auf schmutzigem Geld? Aber, Gabriel, bevor du all das überlegst, brauchst du irgendeinen Beweis, dass Mabel wirklich hier war.«

Er nickte. »Ohne bleibt es Fiktion. Das Buch könnte jede geschrieben haben mit etwas Phantasie, und so eine Kette kaufst du bei irgendeinem Juwelier.«

Also das war der Grund. Er suchte nach einem physischen Beweis, dass es Mabel wirklich gegeben hatte und sie hier auf der Insel gewesen war.

»Haben du und Patrick mal darüber gesprochen?«

Mahon ließ mich los und blickte in Richtung Kapitänsbrücke. »Wir hatten es vor. Aber irgendwie …«

Ich wollte eine Lanze für Mabel brechen, als ein Horn ertönte. Einen Augenblick später waren wir vom Nebel eingehüllt. Der Wind verstummte, selbst die Wellen klatschten lautlos. Man sah nichts mehr, weder vorn noch hinten noch unten oder oben. Nicht mal Patrick auf seiner Brücke.

»Wir müssen umdrehen«, sagte ich. »Umdrehen und abwarten.«

»Ich spreche mit ihm.« Gabriel tastete sich zu Patrick hinüber. Durch den Nebel hörten sich ihre Stimmen eigenartig an.

»Du kannst nicht weiter da raus!«, sagte Gabriel. »Du hast keine Sicht!«

Aber Patrick war wild entschlossen. »Ich fahre diese Strecke fast jeden Tag, ich schaffe sie blind, im Schlaf!«

»Es ist lebensgefährlich!«

»Mein Sohn verblutet!«

»Wir versuchen es später noch mal!«

»Er wartet auf uns, da wette ich mit dir! Noch diese Wand, dann sind wir da.«

Tatsächlich riss der Nebel wieder auf, und damit kehrte auch das Wasserrauschen zurück. Direkt vor uns, vielleicht zwanzig

Meter entfernt, wuchs der Felsen in die Höhe, und oben auf dem Sockel war ein Mensch zu sehen. Eine kleine Figur, an die Wand gelehnt.

»Ist das tatsächlich Sean?« Bis eben hatte ich nicht wirklich daran geglaubt.

»Mein Sohn!«, brüllte Patrick. »Mit dem Seil! Er wirft es dir zu, Gabe, du spannst es ins Gewinde, Sean zieht dich hoch, du springst! Dann setzt du dich mit Sean in den Gleitkorb, und Tereza zieht euch ins Boot!«

Ich sollte mitmachen? »Das könnt ihr vergessen!«

»Es gibt keine andere Chance!«

»Es ist verrückt, Gabriel!«

Aber er stand bereits im Bug.

Sean hob eine Hand. Gleichzeitig türmte sich eine Welle auf, und er geriet aus dem Blickfeld, wir wurden abgetrieben. Es dauerte, bis Patrick das Schiff wieder auf Kurs hatte.

Dann gab es erneut diesen magischen Moment der Pause. Die Wellen wurden schwächer, wir schaukelten elegant.

Patrick ließ wieder das Horn dröhnen, Sean warf das Seil, Gabriel fing es auf und befestigte es.

»Tereza!« Er griff zum Karabiner. »Hilf mir!«

»Nein, du gehst nicht nach oben! Das soll Patrick machen. Du hältst das Boot so lange in Position.«

»Patrick schafft das nicht. Seine Hände zittern zu sehr.«

»Aber wie wollt ihr zurückkommen? Sean ist verletzt, du müsstest ihn an dich binden wie Mabel Alice und Honey.«

Gabriels Finger rutschten vom Seil.

»Das Schiff sinkt, Gabriel, es gibt kein Happy End!«

»Was macht ihr da?«, rief Patrick. »Kommt die Flut, kann ich das Boot nicht mehr halten!«

Ich merkte schon längst keinen Unterschied mehr zwischen Ebbe und Flut. Aber wenn der Kapitän das sagte, verhieß es nichts Gutes.

»Hilf mir endlich, Tereza!«, rief Gabriel.

In dem Moment kam die Nebelwand einmal mehr zurück. Schwaden umfingen uns, Finger griffen nach mir, der Turm verschwand, tauchte wieder auf, direkt über uns war der Felsen namens Tinsell, wie eine winzige Insel mit einem einzigen Haus. Ich wurde gepackt, es war Gabriel. Er zog mich eng an sich und sprach drängend.

»Es wäre Selbstmord, mit Sean runterzuspringen, du hast völlig recht! Sobald ich oben bin, werde ich den Karabinerhaken lösen. Ich habe alles zur medizinischen Versorgung im Rucksack, ich war Militärarzt. Ich habe schon Schlimmeres erlebt.«

»Du warst beim Militär?«

»Mein Vater ist immer noch stolz.«

»Ich dachte, er ist tot.«

»Er lebt und wartet darauf, dass ich ihm von Mabel erzähle.«

»Er kennt ihre Geschichte?«

»Was hast du denn gedacht? Meine Mutter und meine Schwester auch. Wenn du magst, kannst du sie kennenlernen. Leben alle in Aberdeen.«

Gabriel hatte eine Familie? Er war kein einsamer Wolf. Sylvie hatte sich getäuscht.

Er schob mir den Karabiner in die Finger. »Ich werde versuchen, die Funkanlage wiederherzustellen, und sonst überstehen wir die Nacht auch so. Der Helikopter startet in Brest, sobald es geht. Zurück am Ufer, bringst du Patrick zu Yannis. Ich gehe davon aus, dass er und Rosie sich arrangiert haben. Auch Patrick wird sich fügen wie ein Lamm. Er ist in meiner Hand, ich helfe seinem Sohn. Sean steht bei ihm immer zuvorderst, egal, was ist.«

Wasser spritzte uns noch nasser, als wir eh schon waren.

»Du Spinner. Du bist ein absoluter Spinner.«

»Sobald du Patrick abgegeben hast, gehst du ins ›Comtesse‹ zu Sophie-Anne und Nathalie. Keine Ermittlungen à la Tereza.«

Statt einer Antwort hakte ich den Karabiner ein.

Gabriel winkte, Sean oben drehte. Gabriel wurde in die Luft gehoben. Da kam die nächste Welle, das Seil spannte sich, er klatschte hinunter wie eine Strohpuppe. Ich begann zu beten.

Er tauchte wieder auf, halb wurde er gezogen, halb half er mit. Patrick hielt das Boot auf Kurs, ich umklammerte das Seil, bis Gabriel mit einem gewaltigen Sprung auf der Balustrade landete.

»*Ouuiiii!*« Patrick ließ das Steuer kurz los und reckte eine Faust. »Wir haben dich geschafft, Monsieur le Jument!« Er schrie den Leuchtturm an, als wäre er ein Mensch.

Gabriel und Sean gingen zu Boden.

»Kommt runter, ihr zwei!« Zentimeterweise navigierte Patrick das Boot noch ein wenig näher zum Fels.

Da wurde das Seil in die Luft geschleudert, Gabriel hatte den Karabiner gelöst.

Entsetzt starrte Patrick nach oben zu seinem Sohn. Wir wurden abgetrieben. Eine Welle erwischte uns seitlich, wir kippten, ich schrie, das Boot neigte sich, ich rannte auf die andere Seite und klammerte mich mit aller Kraft an die Reling. Wir standen quer zu den Wellen, eine Nussschale, die mit großem Tempo um sich selbst rotierte.

»Patrick! Wir kentern!«

Er erwachte aus seiner Starre, riss das Steuer herum, richtete uns parallel zum Wellenkamm aus, die Enez Eusa schoss mit großem Tempo darunter durch, bis sie in ruhigeres Wasser kam und bloß noch auf und ab schaukelte. Rundherum war wieder die dicke Watte, das Rauschen verschwand, als ich zurückblickte, war der Jument verschwunden.

Ich wartete, bis sich mein Atem beruhigte. Dann kletterte ich zu Patrick auf die Brücke.

»Gabriel wird sich um Sean kümmern«, sagte ich.

»Ich bete dafür.«

»Kann ich bei dir bleiben?« Ich wechselte zum Du, alles andere wäre eigenartig gewesen.

Der Kutter tuckerte langsam dahin, wo ich den Hafen Stiff vermutete.

»Hast du etwas mit Loics Tod zu tun?«, fragte ich nach einer Weile.

Patrick räusperte sich. »Ich wollte ihn in der Kapelle treffen.

Wollte ihm zeigen, dass es ein Irrsinn ist, in Arlan eine Windkraftanlage zu bauen.«

»Weil du dann deinen Strandgut-Schmuggel nicht mehr ungestört durchführen kannst?«

»Schmuggel? Ich sammele Dinge und verkaufe sie. Wenn ab und zu ein Schmuckstück dabei ist …«

»Das ist illegal, du musst sie melden. Sie könnten von der Drummond Castle stammen.«

Aus seinem Mund kam ein brummiger Laut. »Es gibt keinen Schatz der Drummond Castle, reines Seemannsgarn. Du musst nicht alles glauben, was in dem Roman steht. Die Phantasie sieht, was sie sehen will.«

Er sagte das Gleiche wie Gabriel. Die beiden waren wie ein altes Ehepaar.

»Wenn es keinen Schatz gab, dann gab es auch kein wertvolles Strandgut.«

»Leider. Und dabei könnte ich das Geld gut gebrauchen. Rosies Grundstücksverkäufe bringen zu wenig ein.«

»Wofür?«

»Sie und ich …«

Ich hielt den Atem an.

»Wir wollen eine Weltreise machen. Das Segelboot, das wir im Auge haben, kostet eine halbe Million. Es gehört einem Freund von Loic. Der Preis wurde immer höher, und schließlich wollte Loic es nur vermitteln, wenn wir die Nein-Kampagne stoppen.«

»Windkraft gegen Weltreise.«

»Er erpresst Leute für eine gute Sache. Ich war wütend. Darum der Streit in der Bar.«

»Habe ich das richtig verstanden, eigentlich findest du die Windkraftanlage gut?«

»Nicht zu Beginn. Aber Nathalie hat mich überzeugt.« Er verzog den Mund. »Wer kann schon dagegen sein, mit der Energiekrise und allem?«

»Und was ist in der Kapelle passiert?«

»Ich kam in der besten Absicht. Ich hatte mit Sophie-Anne

gesprochen. Sie wäre bereit gewesen, ein Stück ihres Landes für die Anlage herzugeben.«

»Das dritte Terrain?«

»Was?«

»Tom hat mir davon erzählt.«

»Der Maler? Ein Hysteriker. Sieht Gespenster.«

Ich staunte, Patrick war plötzlich sehr gesprächig. Als ob der Kampf mit dem Leuchtturm alle Schleusen geöffnet hätte.

»Du wolltest also Loic Sophie-Annes Vorschlag übermitteln?«

»Ich hatte eine Lösung, die für uns alle geklappt hätte. Und dann sichert dieser Städter die Leiter nicht und fällt. Als ich kam, war er tot.«

»Wozu hat er die Leiter gebraucht?«

»Er wollte sich vielleicht verstecken. Um mich zu erschrecken. Das wäre genau sein Humor gewesen.«

Wenn ich daran dachte, wie mich Loic bei den Schafen hatte liegen lassen, musste ich Patrick recht geben.

»Jean Lussec hat bei Loic eine schmale Stichverletzung festgestellt.« Ich war gespannt, wie er das erklären würde.

»Die stammt bestimmt von meiner Stricknadel. Die ganze Insel war Zeuge, als er im ›Ty Korn‹ die Nadel aus meinem Strickzeug gezogen hat. Eines jeden Strickers schlimmste Phantasie. All die gefallenen Maschen.«

»Und die Stichverletzung?«

»Das soll Gabe rausfinden. Vielleicht hatte Loic die Nadel dabei und ist draufgefallen.«

»Oder jemand hat ihm die Verletzung nachträglich beigefügt. Vielleicht dieselbe Person, die den Adler an Josefs Hand befestigt hat.«

»Ach so, nein. Das war Rosie.«

»Rosie?« Ich kam kaum mehr nach. Patrick, der schweigsame Patrick, hatte für alles eine Erklärung.

»Sie mag Vögel nicht besonders, die verscheißen ihr die Fahrräder. Der Jungadler ist aus dem Nest gefallen und direkt auf die Felsnase. Sie hat es gesehen und die Flagge neben ihm gehisst. Später hat sie ihn da runtergeholt und in der Kapelle deponiert. War wohl keine gute Idee.«

»Nein. Und es ist keine Erklärung für die anderen Vögel.«

»Du meinst die Eule? Die ist abgedriftet und voll in eine Oberleitung geknallt.«

»Darum der Stromausfall?«

»Exakt. Ich hab sie am Boden gefunden. Und dem Sturmjäger vors Zelt gehängt. Der ging mir auf die Nerven.«

Wie einfach das plötzlich alles klang. Aber irgendetwas in dem entworfenen Bild störte mich.

»Und was ist mit Lindas Rabe?«

»Der Augenstern ist auch tot?« Das traf ihn sichtlich. »Dieser Sturm hatte es in sich. Aber ehrlich gesagt, es erstaunt mich nicht. Er war einfach zu frech, der kleine Kerl.«

»Du denkst, es war ein Unfall? Genauso wie beim Jungadler?«

»Niemand würde Augenstern etwas antun.«

»Aber die mythische Bedeutung? Rabe, Eule, Adler sind Sagentiere der Kelten.«

»Es wird wohl so sein. Das passt zu uns. Wir trinken mit den Toten, und wir streiten mit den Lebenden.«

Das Meer war verstummt. Unser Boot glitt wie auf Zauberschienen übers Wasser.

»Warum bist du eigentlich hier, Tereza?«, fragte Patrick in die Stille hinein. »Nur wegen der Hochzeit?«

»Gabriel wollte, dass ich den Roman lese, die ›Reise in die Hölle‹. Weil er Gewissheit haben muss, wer M.Abel ist. Ob Mabel und M.Abel ein und dieselbe Person sind. Er hat gehofft, dass ich mehr darin finden würde als er, eindeutige Hinweise. Bislang ist es mir nicht gelungen.« Gar nichts war mir gelungen. Ich hatte Gespenster gesehen, wo es logische Erklärungen gab.

»Vielleicht kann ich helfen.« Patrick griff in die Brusttasche der Regenjacke und klaubte ein kleines schwarzes Notizbuch heraus. Es war alt und abgegriffen. Und völlig trocken.

»Lies vor«, sagte er. »Die letzte Seite.«

29

Ouessant, 16. Juni 1896

Nach einem milden Tag schüttet es kräftig. Ich stelle mein
Fahrrad in den Werkzeugraum, nicht dass der Sattel durch-
nässt wird und das Leder aus den Nähten platzt. An der Wä-
scheleine hängt ein vergessenes Laken, auch das nehme ich
rein.
»Guten Abend!«, rufe ich durch das Treppenhaus.
Von unten sieht es aus wie ein Schneckengehäuse, das sich
immer mehr einrollt. Meine Stimme gelangt nicht bis nach
oben, Fanch hört mich nicht. Erst in einer Stunde soll ich ihn
ablösen, er hat noch nicht mit mir gerechnet. Bei mir zu Hause
hängt der Haussegen schief. Vovone hat sich über die Makrelen geärgert.
»Ich habe Langusten bestellt!«
Als wäre sie eine englische Prinzessin. Dabei bin ich ja
draußen gewesen, bei den Käfigen. Obwohl der Nordostwind
den Himmel blank gefegt hat, waren die Wellen zu hoch fürs
Einholen.
»Morgen ist besser«, habe ich gesagt. Sie will aber einen
Helden und keinen Erklärer, meine Vovone.
Ich ziehe das Ölzeug aus und schlüpfe in die Pantoffeln,
wegen der nassen Füße, zum Aufwärmen. Die Kälte der Steine
dringt durch den Filz, es tropft irgendwoher. Ich hole einen
Schraubenzieher aus der Werkstatt. Im Lampenraum hat sich
ein Bolzen gelöst, das habe ich gestern Abend noch ins Notizbuch eingetragen. Fanch wird es nicht gelesen haben. Er
kann weder lesen noch schreiben und will es mit seinen gut
siebzig Jahren auch nicht mehr lernen. Dafür kennt er die
Klippen und Felsen unter Wasser wie kein Zweiter. Als kleiner
Junge hat er den Einbau der Fresnel-Linse erlebt und sich gewünscht, ein Lichtstrahl im Dunkeln zu sein. Steht Fanch auf

der Galerie, findet jedes Schiff seinen Weg. Er hat seine eigene Fanch-Lichtersprache, besser als irgendein Navigationssystem. Sein Ruf eilt ihm voraus, die Kapitäne vertrauen ihm. Fanch ist auf seine bescheidene Weise ein Held des Ozeans. Ich bin stolz, dass er mein Lehrmeister war und es bis heute geblieben ist, auch wenn er hässlichen Tabak kaut, Alkohol säuft wie Wasser und einen nie lobt. Wie oft wir schon zusammen da oben gestanden haben, ans verbogene Geländer der Galerie geklammert, Stunde um Stunde in den Horizont gestarrt haben, in völlige Dunkelheit und gleißendes Licht, Richtung Süden zur Pointe de Porz Doun!

Wenn die Schiffe da einbiegen, ist es fast schon zu spät, dann greift die Strömung nach ihnen und lässt sie kaum mehr los. Es sei denn, sie machen die Fanch-Wende. Schräg gegen die Wucht der Wellen das Wasser durchpflügen, den Retourweg angehen und Ouessant rechts vorbeiziehen lassen.

Ich steige hoch, in den Ort, wo ich mich mehr zu Hause fühle als in Vovones Bunkerbett. Ich bin ein gardien de phare. Phare heißt Leuchtturm, weil der erste Leuchtturm im 3. Jahrhundert vor Christus auf der Insel Pharos gestanden hat. Er gehörte zu den Weltwundern und wurde durch ein Erdbeben zerstört. Dieser hier, der Stiff, ist unzerstörbar, er wankt nicht mal bei zehn Beaufort. Dafür hat Vauban gesorgt. Unser bretonischer Architekt. Er hat Leuchttürme und Wehrtürme gebaut, er wusste, wie man sich verteidigt, gegen Wind, Wellen oder eine feindliche Wehrmacht. Fanchs Familie ist mit seiner verwandt, weitläufig.

In der Küche ist es warm und feucht, die Petroleumlampe ist runtergedreht. Seit das Nebengebäude fertig gebaut wurde, vor gut zehn Jahren, haben wir mehr Platz. Fanch hat sich Suppe gekocht. Der Kessel steht neben dem Herdfeuer, der Teller ist abgespült, der Löffel auch.

Ich nehme mir etwas und stelle mich ans Fenster. Die See hat sich beruhigt, die Wellen sind flache Schatten, breit und erschöpft. Ich mag die Stille nach dem Sturm. So wie ich das immer tue, durchquere ich die Küche zur anderen Seite und *sehe dort durch die Lukarne, um nach dem Leuchtfeuer vom Creac'h Ausschau zu halten. Er ist der jüngere Bruder vom Stiff. Dann bemerke ich die Nebelbank. Auch Fanch muss sie gesehen haben.*

Ich steige die letzten Stufen hoch, bis zum Lampenraum. Fanch spuckt Tabak in einen Napf.

»Wie viele ...?«

»Vier. Dreimal Segel, einmal Dampf.«

»Hast du ...?«

»Nichts Besonderes.«

»Der Nebel?«

»Beten wir, dass kein Schiff mehr kommt.«

Wir schweigen eine Weile. Betrachten den Mond, der sich durch den Nebel gekämpft hat. Ein toller Bursche, wir mögen ihn beide. Er zaubert Brücken aufs Wasser und verbindet die Ewigkeit mit dem Jetzt. Bis er sich an den Abstieg macht.

Viele Stunden liegen vor mir. Alle zehn Sekunden verrichtet das Leuchtfeuer seine Arbeit. Ich muss nur aufpassen. Sonst nichts. Vovones Stimme nagt eine Weile, dann verfliegt auch sie.

Mein Hirn wird leer, entleert sich ins Wasser unter mir. Der salzige Nebel kriecht in jede Ritze, sogar hinter den dicken Mauern spüre ich die tropfende Stille. Ich schlafe ein.

Der Text war zu Ende. Ich blickte zu Patrick. »Ist das ein Bericht deines ...?«

»Meines Urgroßvaters. Er hieß Patrick, wie ich.« Patrick nestelte erneut in seiner Jacke und zog ein langes Stück Stoff hervor, feine, verblichene Seide, mit spärlichen Fransen. »Das lag dabei.«

Ein Schauder erfasste mich. Vorsichtig streichelte ich über das Gewebe. Es könnte Mabels Schal sein, dachte ich.

Ich griff in die Boule-rouge, um das letzte Kapitel zu lesen. Das Buch war kaum nass. Auf meine Tasche war auch bei Sturm Verlass.

Ouesssant, 23.10 Uhr, 16. Juni 1896

Mabel rannte hinauf zum ersten Stock, den Gang entlang bis ans Ende. Die Tür stand weit offen. Die Tasse auf dem Tisch schlitterte immer schneller über das Mahagoni, um auf der anderen Seite zu Boden zu knallen und in tausend Splitter zu zerbrechen. Mabel sah ein kleines Teilchen durch die Luft fliegen. Es traf sie an der Wange, sie spürte warmes Blut. Sie wischte es ab, ganz automatisch, und rannte ins Zimmer der Kinder.

»Kommt, aufstehen, meine Schätze!« Schlaftrunken ließen sie sich aus dem Bett ziehen. »Nein, wir kleiden uns nicht an, wir machen ein Spiel, wer am schnellsten ist.«

»Was ist mit Honey?«, fragte Alice und drückte Mabels Schal, den sie zum Schlafen brauchte, an sich.

Honey rutschte in Richtung Tisch.

»Wir holen sie nachher, kommt jetzt.«

»Und die Kassette?«, sagte George.

Mabel erstarrte. »Was weißt du von der Kassette?«

»Sie steht unter deinem Bett. Sie hat mir gesagt, dass wir sie retten müssen.«

»Hol sie schnell, Georgie.«

Mabel schlang den Schal um Alice und hob sie auf den Arm, Fiona an der Hand. Sie bat Georg, als er mit der Kassette zurück war, Fionas andere Hand zu nehmen. So rannten sie über den Flur. Er neigte sich beharrlich, es wurde immer mühsamer, bis sie zur Treppe kamen. Mabel wusste nicht, wie sie es schaffen sollte, die Kinder da hochzubugsieren.

Die Tür zum Deck knallte hin und her. Drei Minuten waren vorbei. Mabel und die Kinder traten hinaus. Der Nebel war verschwunden. Sie erblickte Orel beim Rettungsboot.

»Ich bereite sie zum Fieren vor!«, schrie er ihr zu. »Die anderen kommen gleich! Sie holen ihre Sachen!«

»Wo ist Peebles?«, fragte Mabel, während sie ihre Arme so um die Kinder legte, dass sie möglichst wenig zu sehen bekamen.

»Oben natürlich.«

Aber der Ausguck war leer. Wenn Orel besorgt war, zeigte er es nicht.

Mabel drückte Fiona und George an sich. »Es ist keine Zeit mehr für die Boote, Orel.« Sie sprach so leise wie möglich. »Das Schiff hat Schlagseite. Spürst du es nicht?«

»Doch. Genau diese Situation haben wir trainiert. In zwei Minuten sind wir bereit, in vier Minuten sind die Boote im Wasser.«

Der Klang seiner Stimme strafte seine Worte Lügen. Der schöne Orel hatte die Nerven verloren.

»In einer Minute, Orel«, zischte Mabel, »ist dieses Schiff weg!«

»Wir brauchen Schwimmwesten! Im Kapitänszimmer gibt es welche.«

»Wir holen sie uns. Hilf mir mit den beiden Großen!«

Aber anders als Fiona weigerte sich George, mit ihm zu gehen, er begann zu weinen. »Die Kassette ...«

Mabel nahm sie ihm ab und klemmte sie unter den anderen Arm. »Schön festhalten, meine Kleine«, sagte sie zu Alice und rannte voraus an der Kommandobrücke vorbei, spürte kaum die Last, die durch die Kassette doppelt so schwer war wie zuvor.

Das schreckverzerrte Gesicht des Kapitäns war wie das eines Geistes, die Westen händigte er ohne Widerstand aus, er half Alice sogar beim Anziehen.

»Gehen Sie ganz nach oben!«

Das tat sie. Alarmglocken erschallten erst, als das Schiff fast kopfstand.

»Bleibt hinter mir!«, rief sie Orel zu, der ihr mit George und Fiona gefolgt war, alle drei ebenfalls in Schwimmwesten.

Am obersten Punkt angekommen, klemmte sie die Kassette mit dem Ellbogen fest und setzte Alice auf das Geländer. Zog sich selbst da hinauf und drückte das Mädchen und die Kassette an ihre rechte Hüfte, schlang mit der frei gewordenen Hand den altrosa Fransenschal um sie beide, sodass nichts sie trennen konnte.

Wieder ein Moment der Stille. Sie sah die Umrisse einer Insel, nicht weit entfernt.

Dorthin können wir uns retten, dachte sie.

Dann begann das Schiff senkrecht nach unten zu tauchen; langsam zunächst. Als Mabel sich umdrehte, um nach Orel, George und Fiona Ausschau zu halten, war niemand mehr da.

»Eure Mama sagt Entschuldigung«, sagte sie so leise, dass Alice sie nicht hören konnte.

Mabel klammerte sich mit der freien Hand an die Reling.

»Halt dich an mir fest, Alice!« Sie neigte ihren Mund zum Ohr des Mädchens. »Wenn ich es sage, dann holst du tief Luft, so tief, wie's geht! So wie am Tag der Abreise, als du so tapfer warst!«

Sie wusste nicht, ob Alice sie verstanden hatte. Es gelang ihr, die Schuhe abzustreifen. Das Schiff glitt nach unten. Mabels Magen hob sich.

»Alice, Luft holen!«

Sie konzentrierte sich so darauf, Alice und die Kassette festzuhalten, dass sie kaum merkte, wie sie ins Wasser tauchten. Sie ließ sich mitziehen, bis sie ganz unten waren. Ihre Lunge wurde weit, sie fühlte etwas Hartes unter den Füßen, ein Stück Felsen, gutes altes Gestein, sie kannte das Gefühl vom Strand von zu Hause. Mit aller Kraft stieß sie sich ab und schwamm schräg nach oben. Sie berührte Holz, etwas Weiches, sah schwimmendes Haar. Bis sie auftauchte. Ihr Atmen war ein Schrei, sie keuchte und schwamm los, darauf konzentriert, das kleine Paket, das leblos in ihrem Arm hing und durch den Schal mit ihr verbunden war, über Wasser zu halten.

Bitte, lieber Gott, dachte sie, bitte hilf mir.

Ihre Muskeln brannten, sie bekam Wasser in den Mund, musste husten, die Arme zuckten, sie hustete noch mehr, sie wurde müde, die Arme wollten sich senken.

Bitte, hilf mir. Ich werde nach Hause fahren und nie mehr weggehen, aber bitte hilf mir.

Eine Planke knallte ihr an den Kopf. Sie griff danach, schob Alice darauf, merkte erst jetzt, dass die Kassette geholfen hatte, ihr Gewicht zu tragen.

»Deine Mama entschuldigt sich«, sagte sie. »Entschuldigung, Alice.«

Das Wasser war kalt. Aber nicht so schlimm, wie sie gedacht hatte. Die Sicht war gut, sie hatten die Nebelbank hinter sich gelassen.

Und überall diese Körper. Sie sah ein Pyjamaoberteil. Einen Mann in Uniform. Ein Kind, einen Jungen. George. Und Peebles. Die Augen geschlossen, driftete er auf dem Rücken, am besten sichtbar waren die Ohren. Er wurde von einer Welle ergriffen und verschwand.

Schnell schwamm Mabel weiter, die Planke mit Alice vor sich herschiebend. Aber anstatt vorwärtszukommen, bewegten sie sich auf der Stelle.

Die Strömung, dachte sie, auch das ist wie bei mir zu Hause. Mit aller Kraft kämpfte sie dagegen. Sie würde nicht versinken. Celia hatte ihr die Kinder anvertraut, wenigstens Alice musste sie ans Ufer bringen.

Mabel machte einige heftige Beinschläge, um sich aus dem Sog zu befreien. Links und rechts tauchten Felsen auf, es wurde leichter, die Wellen zogen sie mit, sie achtete darauf, nicht von der Gischt überspült zu werden. Und immer weiter stieß sie die Planke an. Sie spürte, wie ihr Knie über einen Stein schrammte. Ihre Füße fanden Halt. Sie rutschte aus auf Tang und Algen, schob die Planke auf den rettenden Sand, kroch hinterher, kroch nach oben.

»Alice?«, sagte sie, als sie auf den Boden sank, sehr, sehr erschöpft. »Alice? Bist du da?«

»Mabby?«, sagte eine dünne Stimme. »Mir ist kalt.«

30

»Sie haben überlebt«, sagte ich zu Patrick. »Alice und Mabel
haben überlebt.« Ich hatte es gehofft, geahnt, aber so schwarz
auf weiß und in Buchstaben gefasst wirkte es überwältigend.
Patrick nickte stumm, während er das Boot in den Hafen
vom Stiff steuerte und sich mit der freien Hand über die Augen
fuhr. Er hatte geweint. »Im Notizbuch gibt es noch einige wenige Zeilen. Daraus
geht hervor, dass mein Urgroßvater viele Leichen am Strand
gefunden hat. Darum war der Anblick von Alice und Mabel
ein solches Glück. Er und Vovone haben das kleine Mädchen
zu sich genommen.«
Ich strich über den Schal, den Patrick neben das Notizbuch
gelegt hatte. »Das ist es, wonach Gabriel sucht. Ist dir das klar,
Patrick? Dieses Stück Stoff, das Mabel in Kapstadt gekauft hat
und ihrer Familie als Geschenk mitbringen wollte, können wir
überprüfen lassen – Alter, Webart, Färbung. Sollte es aus Kapstadt stammen, wäre das ein konkreter Hinweis darauf, dass
Mabel auf der Drummond Castle gewesen ist, dass sie Alice
darin eingewickelt hat ...«
»Der Schal hat meinen Urgroßeltern auf jeden Fall viel bedeutet. Das war in unserer Familie bekannt.«
»Und wieso weiß Gabriel nichts davon?«
»Er hat nie danach gefragt.«
Männer, dachte ich. Verdammte Männer. Hätten sie miteinander gesprochen, hätte es dieses ganze Riesentheater nicht
gebraucht.
»Wie ging es weiter?«
»Alice wurde zu ihrer Tochter, leibliche Kinder konnten sie
nicht haben. Sie haben sie Celia getauft. Celia Malgorne. Meine
Großmutter.«
»Aber ihr Alter?« Ich versuchte, mich an den Stammbaum
zu erinnern, den ich recherchiert hatte. »Alices Geburtsjahr

wird mit 1896 angegeben. In Wirklichkeit war sie ja schon fast drei, als sie auf der Insel ankam.«

»Das ging in dem Durcheinander unter. Patrick hat die beiden am Strand gefunden. Alice zu verstecken gelang, weil die Insel in Aufregung gewesen ist, wegen der vielen Toten. Die meisten wurden auf Molène beerdigt, darunter war auch ein kleines Mädchen namens Alice Wilkinson.«

»Das war offenbar nicht die richtige.«

»Ich weiß nicht, wer sie war. Da liegen einige Tote unter falschem Namen in den Gräbern.«

»Aus Alice Wilkinson wurde also Celia Malgorne. Woher kannte dein Urgroßvater den ursprünglichen Namen?«

»Von Mabel. Die ist einige Wochen hiergeblieben.«

Es war unglaublich.

»Die Nachbarn müssen doch gemerkt haben, wenn da plötzlich ein kleines Kind aufgetaucht ist.«

»Natürlich. Die ganze Insel wusste es. Aber wir können schweigen wie ein Grab. Warum Mabel abgereist ist und nie wiederkam, verstehe ich nicht.«

Das wiederum konnte ich mir sehr genau zusammenreimen.

»Ihr war bestimmt klar, dass Alice nur hier auf Ouessant sicher sein würde. Sie mitzunehmen wäre zu gefährlich gewesen, jegliche Verbindung hätte sie verraten können. Sie kannte Colin Wilkinson als Patriarchen, wusste, wozu er fähig war, dass er nicht so leicht aufgeben und sie vielleicht aufspüren würde. Es war ein Akt der Liebe für dieses kleine Mädchen.«

»Alice hatte ein gutes Leben«, murmelte Patrick. »Sie war stark. Sie hat unser Haus gebaut, mit ihren eigenen Händen. Sie war Schafshirtin, Köchin, Gärtnerin. Eine echte Malgorne. Sie ist vor fast dreißig Jahren gestorben, gerade als ich volljährig wurde. Ich vermisse sie immer noch. Sie liegt auf dem Friedhof von Lampaul. Direkt neben der Mauer, mit Ausblick aufs Meer. Das hatte sie sich gewünscht.«

Er schwieg. Ich spürte sie. Alice-Celia Wilkinson-Malgorne. Eine Weile schipperten wir vor uns hin. Der Nebel war weg. Das Meer beruhigte sich mit jedem Meter mehr.

»Und Mabel?«, fragte Patrick schließlich. »Wie ging es mit ihr weiter?«

»Weißt du das nicht?«

»Woher sollte ich?«

Noch einmal verdrehte ich innerlich die Augen. Hättest du deinen Freund nur danach gefragt.

»Gabriel vermutet, dass sie nach ihrer Ankunft zu Celias Schwester gereist ist. Die hat sie an die Familie Mahon vermittelt. Auch sie bekam einen neuen Namen. Mabel Mahon, eine entfernte Cousine. Brav und unauffällig. Bis sie unter dem Pseudonym M. Abel kurz vor ihrem Tod die Novelle ›Reise in die Hölle‹ geschrieben und einen Verlag dafür gefunden hat. Wilkinson hat Wind davon bekommen, er hat die Bücher aufgespürt und einstampfen lassen, weil er darin eine schlechte Figur abgab. Alle Bücher bis auf zwei. Eins habt ihr, eines habe ich.« Ich tätschelte meine Boule-rouge.

»Dann kannte Wilkinson den Schluss der Geschichte? Ich frage mich, warum er nicht hier aufgetaucht ist.«

»Vielleicht ist er mal nach Ouessant gefahren, aber wie du ja selbst gesagt hast, ihr seid so eine verschworene Gemeinschaft, dass er vermutlich bereits beim Stiff wieder umdrehen musste. Weil der Wind, der ihm entgegenschlug, viel zu rau war.«

Patrick wirkte ein ganz klein wenig zufrieden. »Ein gutes Seemannsgarn, das du da spinnst, Tereza.«

Wir legten an. Er wollte auf dem Schiff bleiben, half mir aber ans Ufer, eine komplizierte Angelegenheit, da es keinen Steg gab. Schließlich sprang ich auf die Mole.

»Eine letzte Frage noch. Wer könnte Sean zum Jument geflogen haben?«

Er kratzte sich am Kopf. »Es war Yaelle.«

»Yaelle?« Mit der Antwort hatte ich ganz und gar nicht gerechnet.

»Wenn ihre Funkanlage aussteigt, nimmt sie das persönlich. Sean wollte ihr helfen. Er hilft ihr immer. Auch weil es gefährlich ist, den Jument unbeleuchtet zu lassen.«

»Aber warum hat sie ihn da zurückgelassen?«

»Es gab solche Böen, dass er sich beim Abseilen verletzt hat. Trotzdem hat er sich aus dem Karabiner geklinkt. Dachte wohl, es sei nicht schlimm.« Er hatte es gewusst. Alle hatten es gewusst.

»Und dann?«

»Yaelle fuhr zurück, der Helikopter erlitt einen Defekt, der Sturm wurde schlimmer, der Funkkontakt brach ab. So ergab eins das andere.«

»Aus welchem Grund hat sie es Nathalie nicht gesagt?«

Er schüttelte den Kopf. »Ich denke, sie wollten der kleinen Pariserin eine Lektion erteilen.«

»Das war nicht besonders nett. Vor allem nicht vor der Hochzeit.«

»Nathalie hat doch etwas gelernt. Das Brimborium ist weg, sie werden auf dem Leuchtturm Ja sagen, so wie sich das Sean immer gewünscht hat.«

Aha. Ende gut, alles gut.

31

Das »Comtesse« betreten war wie heimkommen. Im Kaminzimmer saßen Fanch und Sophie-Anne ins Gespräch, Nathalie nägelkauend in ihr Laptop vertieft. Bei meinem Anblick sprang sie auf.

»Wo ist Sean?«

Ich erzählte, was passiert war. »Die Nebelbank ist dabei, sich aufzulösen. Sobald die Sicht überall klar genug ist, sollte der Notfallhelikopter in Brest starten können. Vermutlich morgen Früh.«

Nathalie weinte vor Erleichterung. Sie, Sophie-Anne und Fanch versprachen, über die Sache Stillschweigen zu bewahren, bis Gabriel zurückkehrte. Wie man Loics Tod und die Ereignisse auf dem Leuchtturm darstellen würde, war Sache der Polizei und der Betroffenen. Mein Job war getan.

»Tereza, magst du was essen?«, fragte Sophie-Anne.

Ich akzeptierte ein Stück aufgebackenes Baguette mit Chèvre sec, dazu eine eisgekühlte Breizh Cola in der PET-Flasche. Mein Handy hängte ich ans Notstromaggregat. Sicher war sicher.

»Wo wohnt eigentlich Yaelle?«, fragte ich Sophie-Anne. »Mir ist eingefallen, dass ich so ungefähr von allen die Häuser gesehen habe, nur nicht von ihr.«

Das Terrain, das Sophie-Anne mir beschrieb, kam mir bekannt vor.

»Ist es der verfallene Weiler in der Nähe vom Stiff? Ich habe da Pfeil und Bogen entdeckt und eine zerfetzte Flagge. Es sah gottverlassen aus.«

»Soweit ich weiß, bewohnt sie das letzte der Pentys. Sie will alle Häuser wieder instand setzen, so wie sie früher gewesen sind, und ist dabei, die nötigen Mittel aufzutreiben. Den Nationalfonds hat sie schon hinter sich.«

Eine junge Bewahrerin der Traditionen. »Was meinst du mit ›alle Häuser‹?«

»Rosies sämtliche Grundstücke gehören Yaelle.«

»Als ich mit Rosie gesprochen habe, hat sie nichts davon erwähnt.«

»Sie hängt das nicht an die große Glocke, aber sie hat ihr alles überschrieben. Wegen der Erbschaftssteuer. Die ist hoch in Frankreich, je kürzer man die Häuser besitzt, desto teurer.«

»Dann ist Yaelle die heimliche Königin hier?«

»So habe ich das nie überlegt. Sie ist einfach Yaelle.«

»Hat sie einen Freund?«

»Wieso willst du das wissen?«

»Sie soll Trauzeugin sein, normalerweise bringt man ja den Partner mit.«

»Ist denn Gabriel dein Freund?«

Es wurde kompliziert. »Ich mache einen Nachtspaziergang, ihr müsst nicht auf mich warten.«

Auf dem Weg zum Supermarkt begegnete mir kein Mensch, ich hatte Sophie-Annes Fahrrad ausgeliehen und kam gut voran. In meiner Boule-rouge steckten eine weitere Colaflasche und eine Tafel Grain de Sail aus Sophie-Annes Notvorrat, meine Lieblingsschokolade, mit viel Kakao und körnigem Salz.

Der Parkplatz war verwaist. Kein Licht flackerte. Niemand war da. An der Tür hing ein Zettel.

»Lieber Gabriel, ich habe Rosie gehen lassen. Yannis. Du findest mich zu Hause, bei Fragen.«

So war das hier. Das Gefängnis war ein Supermarkt, die Verdächtige wurde zur Zeugin und der Polizist zum Leuchtturmwärter.

Wo Rosie wohl hingegangen war? Vermutlich zu Patrick in den Hafen, bestimmt saßen sie in der Enez Eusa und schwiegen sich an, vielleicht strickte er etwas, und sie zeichnete ein Sujet für ein Tattoo. Sie liebte ihn und er sie. Er würde fast so viel für sie tun wie für Sean. Auf jeden Fall würde er sie beschützen. Und er log für sie.

Tief atmete ich durch, es blies nur noch sanft. Am Himmel glühte ein einzelner Stern. Hinter einem hellen Wolkenfleck vermutete ich den Mond. Die Konturen der Häuser sahen aus wie Scherenschnitte. Dahinter ragte der Kirchturm von Saint Paul steil in den Himmel.

Ich entschied, Celias Grabstein zu suchen, bretonische Friedhöfe standen bei mir hoch im Kurs. Den Eingang und den Hauptweg fand ich auf Anhieb, alles war so, wie Patrick es beschrieben hatte. Das Familiengrab der Malgornes hatte tatsächlich Meerblick. Ein flacher Marmorstein, einige Namen in Gold.»Celia Malgorne 1896 bis 1986«, stand neben Jean Malgorne, der ihren Nachnamen angenommen hatte.

Ich setzte mich auf die Stufe davor und holte die Flasche raus. Trank die Cola in großen Zügen. Neunzig Jahre alt war sie geworden. Dreiundneunzig, wenn man die ersten Jahre als Alice Wilkinson dazuzählte. Es war doch unglaublich, dass die ganze Geschichte nie aufgeflogen war. Sie hatten alle einfach geschwiegen, nichts zu niemandem gesagt. Celia war ein Faden im Geflecht, so dicht eingewoben, dass weder Anfang noch Schluss zu sehen waren, gut beschützt von allen.

Mein Handy brummte. Nathalie. Gabriel hatte es geschafft, sie anzurufen, sein Handy hatte auf der äußersten Ecke der Leuchtturmgalerie Empfang gehabt. Seans Blutung am Bein war gestoppt. Gabriel hatte ihm eine Infusion gesetzt. Er würde durchkommen.

Außerdem hatte Yaelle angegeben, dass der Notfallhelikopter startklar sei und nur noch die Erlaubnis des Lotsen für einen Nachtflug abwarte. Normalerweise wäre das nicht möglich gewesen. Aber für einen Kollegen wie Sean machte man schon mal eine Ausnahme.

Was für eine Erleichterung. Und wie nett von Nathalie, dass sie mir Bescheid gab. Im Gegensatz zu Gabriel. Er war und blieb ein Rüpel. Auch mit Familie. Vielleicht sollte ich mal mit seiner Mutter sprechen.

Ich verließ den Friedhof. Ohne die extremen Windverhältnisse ging es viel schneller. Links und rechts passierte ich Häuser, dann Mauern, dann eine Weile nur Natur. Da war Seans Stall, da hatte ich Ouessie getroffen. An der nächsten Kreuzung ging es nach Arlan, zur Kapelle, zum Flughafen, wie ich jetzt wusste, oder zum Stiff. Ein Stück weiter vorn bog ich in Richtung Yaelles Weiler ab. Einer ihrer Weiler, sie war ja eine Großgrundbesitzerin.

Als der Schotterweg anfing, stieg ich ab. Das Rad ließ ich stehen, keiner würde es klauen. Hier auf Ouessant war alles sicher.

Eine Weile ging ich vor mich hin. Über mir verzogen sich die Wolken immer mehr und ließen den Blick frei für die Himmelskuppel. Yaelle hatte recht gehabt mit ihrer Prognose. Bald würde ein Helikopter vorbeifliegen und Sean abholen. Von Brest her, am Stiff vorbei, dann Richtung Pointe de Doun und zum Phare de la Jument.

Gabriel würde bestimmt mitfliegen. Vielleicht würde er auch die Gelegenheit nutzen, wieder mal eine Nacht auf einem Leuchtturm zu verbringen. Sein Leuchtturmwärter-Monolog war berührend gewesen. Er hatte mir ein Stück seiner Seele gezeigt, genauso wie Patrick. Sensible Männer, unter ihrer rauen Schale. Eigentlich genau meine Kragenweite.

Sei ehrlich, Tereza, würdest du es anders wollen? Einen netten Heinz aus Zürich? Der dich womöglich heiraten will? Nie mehr, hatte ich mir geschworen.

Ob Sean und Nathalie ihre Hochzeit durchziehen würden? Bestimmt nicht morgen. Und auch nicht übermorgen. Vielleicht war es gut so, die beiden mussten erst den richtigen Weg finden, der für sie stimmte. Ein Glück für alle, dass die bretonische Riesenfeier vom Tisch war.

Im Gehen ließ ich nochmals alles an mir vorüberziehen. Die Vögel, das Widerstandskomitee, die Befürworter der Windkraft ... Für die meisten Handlungen gab es nun eine Erklärung, wenngleich sie nicht immer plausibel war. Rosie zum Beispiel: Würde sie wirklich tote Vögel aufhängen in einer Kapelle?

Auch andere Punkte waren noch offen. Die mutwilligen Sturmschäden, die Funkprobleme, die ausgesperrte Katze, das tote Schaf. Mein geklauter Koffer. Die Drohungen gegenüber Mishi, Linda und Tom. Der Bogenschütze. Kam ich deswegen noch mal her, um eine neuerliche Begegnung mit ihm zu provozieren?

Trotz der warmen Jacke fror ich. Wäre ich gewappnet, wenn es zum Schlimmsten käme?

Ich holte mein Handy raus, das sowohl über einen vollen Akku als auch über ein Netz verfügte, und textete eine Nachricht. »Sophie-Anne, wenn ich in einer Stunde nicht zurück bin, verständige bitte Gabriel. Ich bin auf dem Weg zum Stiff.«

Der Weiler war dunkel. Das letzte Haus hatte in der Tat ein Dach und Wände, sogar eine Eingangstür. Im Licht des Mondes, der sich in dem Moment durch die Wolken kämpfte, erstrahlte sie in himmlischem Blau. Es sah unnatürlich aus, weil es so rein war. Ein wenig wie die Farbe von Loics Schal. Der lag immer noch in Patricks Scheune. Es sei denn, Rosie hatte ihn verschwinden lassen.

Möglicherweise hatte Loic die Kassette gesucht. Seit ich die Novelle ausgelesen hatte, war ich überzeugt, dass sie mit Mabel und Alice hier gestrandet war und noch irgendwo sein musste. Und ich war nicht die Einzige. Patrick konnte mir noch so viel erzählen, er und Rosie hatten mit Sicherheit Jagd auf sie gemacht. Man stelle sich vor, Schmuck für Queen Victoria. Der würde ihnen mehrere Weltreisen finanzieren. Bestimmt war das Thema auch in der Familie Wilkinson über die Generationen hinweg präsent geblieben. So wie Gabriel mich eingesetzt hatte, um eine Außensicht zu bekommen, hatten sie vielleicht auch jemanden engagiert, der, einem verdeckten Ermittler gleich, versuchte, ins Innere dieser verwobenen Gemeinschaft zu blicken.

Ich überlegte, wer das sein könnte. Nathalie und Mishi schloss ich aus. David auch, so gern ich ihn in der Rolle des Sündenbocks sähe. Er war zu eitel, zu sehr mit sich selbst beschäftigt, als dass er diskret einer solchen Sache nachgehen könnte. Linda hatte zwar die Kompetenz, aber sie hatte Erfolg, war nicht angewiesen auf Schmiergelder. Sollten denn solche geflossen sein. Bliebe … Tom, der blaue Maler. Er war derjenige, der am meisten Anerkennung brauchte. Und Geld ebenso. Ich holte mein Handy heraus.

Linda hob beim zweiten Klingeln ab. Sie erklärte mir als Erstes, dass Augenstern an seiner eigenen Dummheit gestorben sei. »Ich habe ihn aus der Kühltruhe geholt und selbst untersucht. Er ist voll in die Scheibe geflogen. Keine Spur von menschlicher Gewalt.«

»Wie kannst du das beurteilen?«

»Vier Semester Tiermedizin. Was denkst du, wieso ich so gut Tiere zeichnen kann?«

Ich gab ihr Patricks Erklärungen weiter. »Am Ende sind die alle natürlich gestorben. Eule, Adler, Rabe.«

»Wo, wenn nicht hier, könnte so was passieren?«, sagte Linda. »Ich glaube, das gibt eine gute Grundlage für mein nächstes Ouessie-Buch. Hast du deswegen angerufen?«

Hatte ich nicht. »Als ihr damals hergekommen seid, vor zwanzig Jahren, wie lange kanntest du Tom da schon?«

Falls sie die Frage komisch fand, ließ sie sich nichts anmerken. »Kaum ein paar Wochen. Wir waren frisch verliebt. Nicht mehr ganz taufrisch, aber wie zwei Jungspunde.«

»Wie habt ihr euch kennengelernt?«

»Er hat mich angesprochen. Bei einer Preisverleihung für meinen ersten Comic. Da war ich Mitte dreißig.«

»Schon damals warst du erfolgreicher als er.«

»Ich hatte es einfacher. Sein Zeug wollte irgendwie niemand. Hätte er nicht ab und zu was verkauft ...«

»Was denn? Was hat er verkauft?«

»Bilder.«

»Hast du sie gesehen?«

»Nie. Er wollte nicht. Ich habe es nur daran gemerkt, dass er wieder Geld hatte.«

Ich ballte eine Faust. Meine Theorie, dass Tom eine Art Agent war, könnte stimmen.

»Eine letzte Frage noch. Wieso seid ihr damals nach Ouessant gefahren?«

»Hat er vorgeschlagen. Er wollte schon immer mal dahin. Er war sehr aktiv früher.« Letzteres klang resigniert. »Aber ... vorbei ist vorbei. Manchmal muss man Dinge gehen lassen.«

Ich entschied mich für Klartext. »Linda, könnte es sein, dass Tom kein einziges Bild verkauft, sondern im Auftrag der Familie Wilkinson auf Ouessant nach dem Schmuck gesucht hat, der durch den Untergang der Drummond Castle verloren gegangen ist?«

»Du meinst, den Inhalt der Kassette?«

»Ja.«

Es blieb still. So lange, dass ich dachte, sie hätte aufgelegt.

»Linda?«

»Ich rufe dich zurück.«

Da stand ich nun in der Dunkelheit, die doch keine war, denn der Himmel hatte sich fast ganz aufgeklart. Ein Summton ertönte. Es war kein Anruf. Es war das Foto eines Bankbelegs über fünfhundert Pfund. Auftragsbank war Barclays London. Kontoinhaber war ein Ferdinand Wilkinson. Bingo.

Als ich Linda zurückrief, ging sie nicht ran. Dafür schickte sie eine weitere Nachricht. »Ich muss das zuerst verdauen. Dann rufe ich Mahon an.« War mir recht so.

Gelöst. Blieb nur noch Yaelle.

Ich klopfte an ihre Tür. Geschlossen. Auch kein Schlüssel unter dem üblichen Hortensientopf. Einmal um das Gebäude herumgehen. Durch die Büsche sah man das Meer. Auf der kleinen Mauer fand ich eine einzelne Tasse, sie war benutzt und hatte einen Kaffeerand. Jemand hatte kürzlich daraus getrunken.

Im Wohnzimmer brannte eine Energiesparleuchte. Durch die deckenhohe Scheibe konnte ich hineinsehen. Es gab keine Möbel, bis auf einen Tisch. Darauf ein großer Handschuh, wie Imker sie brauchten oder ... Falkenzähmerinnen? Briefpapier und ein Stift waren wenig verdächtig. Es sei denn, Yaelle hätte damit die Drohbriefe für Mishi geschrieben. Ein Laptop. Werkzeug. Yaelle flickte alles. Helikopter, Funkverbindungen, Satellitenschüsseln. Wetterstationen. Beziehungen. Sie hatte in ihren Wetterclips den Sturm angekündigt, den Nebel und die klare Nacht. Sie hatte Macht. Auf ihre Aussage hin fuhren Fähren früher, wurden Verbindungen gekappt, setzte sich ein

Helikopter in Bewegung. Noch war er nicht zu hören, aber bald würde er wohl am Himmel auftauchen, von Brest zum Jument, um Sean ins Krankenhaus zu bringen.

An einem Garderobenhaken hing ein grüner Regenmantel mit heller Kapuze. Sean hatte den gleichen. Sie waren auch gleich groß, die beiden, fiel mir auf. Und gleich alt. Sie glichen sich überhaupt in vielem, wenn man genau hinschaute. Ich klopfte an die Scheibe. Es klang laut durch die Nacht. »Yaelle? Bist du hier?«

Ich nahm die Flasche aus meiner Tasche und trank gierig den letzten Rest. Seit ich an Land gekommen war, hatte ich unermesslichen Durst.

Yaelle hatte erst gesagt, dass eine herumliegende PET-Flasche ihre Funkverbindung zerstört hätte. Dann hatte sie von einer verschmorten Leitung gesprochen.

Sie hatte kompetent ausgesehen, wie sie dagestanden hatte, vor dem Mikrofon, bereit für die Moderation. Auf dem Tisch war ein Durcheinander gewesen. Ich versuchte, mich zu erinnern. Werkzeug. Ein Mikrofon-Aufsatz. Eine Jacke. Ein Brot. Ein Schal. Ein hellblauer Schal. Loics Schal. Den ich später bei Patrick im Lager gesehen hatte. Nein, das konnte nicht sein. Bestimmt irrte ich mich. Die Phantasie sieht das, was sie sehen will.

Und doch … Wie war das noch mal gewesen? Die vom Süden und die vom Norden. Die unsichtbare Grenze und die Kraft, den Konflikt zu ertragen. Dann hatte das Bild Risse bekommen. Die Drohungen, die Erpressungen, die Ecken und Kanten, alles hatte sich immer um die Frage gedreht, wer recht bekommen würde und mit welchen Mitteln. Und dabei war das alles nicht wichtig. Es ging gar nicht um die blöde Windkraftanlage, die am Schluss alle wollen würden. Etwas anderes war gar nicht vorstellbar auf einer Insel des Windes.

Ich rief Sophie-Anne an. »Wo gehen eigentlich die Kinder von Ouessant zur Schule?«

Am anderen Ende blieb es still. »Wie meinst du das?«

»Gibt es eine Schule hier?«

»Natürlich. Die Primarschule. Für die höheren Stufen fahren sie nach Brest.«

»Mit der Fähre?«

»Jeden Tag.«

»Das schweißt zusammen.«

»Fanch und ich haben uns backbord den ersten Kuss gegeben.«

»Bleibt ihr ein Paar?«

»Er ist zumindest bei mir. Lässt dich grüßen.«

»Ich will nicht stören.«

»Tereza, du klingst so eigenartig. Warum willst du das wissen?«

»Nur so. Waren Sean und Yaelle auch ein Paar?«

»Natürlich. Sie waren süß. Aufs Schiff kam sie allerdings nur einmal mit. Sie reist nicht gern.«

»Hat es darum nicht gehalten?«

»Eigentlich ging es lange gut. Bis er seine Ausbildung im Süden gemacht hat.«

»Du meinst den Süden Frankreichs. Hat er sie verlassen?«

»Weiß ich nicht so genau … Später ist Nathalie ins Spiel gekommen.«

»Denkst du, dass das der Grund ist, warum er die Hochzeit verschleppt? Weil er Yaelle in Wirklichkeit noch liebt?«

Sophie-Anne blieb still.

»Hallo?«

»Kommst du bald nach Hause, Tereza? Ich glaube, du bist müde. Zu viel Seeluft macht die Sinne verrückt.«

»Sophie-Anne? Heute Morgen hat Nathalie ein traditionelles Hochzeitskleid getragen. Könnte das von Rosie sein?«

Sophie-Anne seufzte. »Du kannst es nicht lassen, nicht? Rosie hatte es noch nie so mit den Traditionen. Es ist von Patricks Mutter.«

»Hatte Yaelle die Idee?«

Aber sie hatte schon aufgelegt.

Die Fahrt zum Stiff ging flott voran, es war verblüffend, wie viel der schwach gewordene Wind ausmachte. Nach meiner

Ankunft lehnte ich das Rad an die Mauer. Vom Lampenraum aus leuchteten alle paar Sekunden zwei rote Blitze. Ich betrat den Hof, ging über die Wiese bis zum Eingang, so wie ich es am Morgen gemacht hatte. Beide Nebengebäude waren dunkel. Der Leuchtturm war geschlossen, nicht aber das Museum. Hinter der Verbindungstür zur Toilette baumelten die Schlüssel.

Drinnen war es dunkel und feucht. Die Stufen wirkten steiler als am Vormittag. An den Ausstellungen und der Fotowand vorbei stieg ich hinauf.

Oben stand die Tür offen. Der Raum war nicht mehr leer, einige hölzerne Paneele standen neben den Kanonen.

»Hei, Tereza«, sagte Yaelle. »Kommst du mich besuchen?«

»Beim Vorbeifahren habe ich Licht gesehen.«

Sie trug immer noch ihr kariertes Hemd, das Haar war zurückgebunden. Sie küsste mich dreimal auf die Wangen, ich war Teil ihrer Community geworden.

»Hast du schon gehört? Sean wird abgeholt. Was für ein Glück. Ich hatte schon ein schlechtes Gewissen, weil ich euch nichts gesagt habe.«

Sie war ehrlich. Das nahm mir den Wind aus den Segeln.

»Patrick hat dich in Schutz genommen. Obwohl du Sean da rausgeflogen hast.«

»Wir mussten den Funkturm reparieren.«

»Er war kaputt. Kommt das oft vor?«

»Einmal ist immer das erste Mal.« Sie lachte. »Willst du was trinken?«

»Ich habe meine eigene PET-Flasche. Wie die Touristin, die hier den Funk zerstört hat. Oder nein, falsch, es ist ja was verschmort. «

»Was tust du so komisch? Was soll das?«

Ich konnte es bleiben lassen. Ich konnte Gabriel meinen Verdacht mitteilen. Ich konnte abwarten, was die Untersuchung ergab, wenn es denn überhaupt eine gab. »Ich denke, dass du hinter all den Sachbeschädigungen steckst.«

Sie machte große Augen. »Wie kommst du darauf?«

»Auch beim Helikopter. Und den anderen Leuchtfeuern.«

»Aus welchem Grund hätte ich das tun sollen?«

Das war die große Frage.

»Du wolltest die Hochzeit sabotieren.«

Meine Worte hallten durch den Raum.

»Die von Sean?«

»Und Nathalie. Vor allem von Nathalie.«

»Mit einer defekten Funkanlage?«

»Es hat schon vorher angefangen. Du hast den Sturm in deinem Wetterbericht heruntergespielt, sodass wir alle überrascht wurden. Niemand ist vorbereitet gewesen, ich bin mit einem Rock und einer Jeansjacke angereist. Dann hast du Vögel aufgehängt. Nicht nett, auch wenn sie schon tot waren. Du hast ein Schaf angefahren, meinen Koffer geklaut. Du hast Nathalie seit Monaten belogen, was Seans Vorlieben angeht. Du hast ihr eingeredet, er wolle eine bretonische Hochzeit.«

Yaelle reagierte nicht, wie ich es mir vorgestellt hatte. Sie wirkte immer betretener. »Das mit der Hochzeit war Loic, hat Nathalie selbst zugegeben, heute Morgen.«

»Du warst gar nicht dabei. Du warst im Radioraum.«

»Der ist mit Mikrofonen ausgerüstet. Big Brother und so …«

»Du hast uns abgehört?«

Sie stand vor mir wie ein Schulmädchen, das Mist gebaut hatte. Ein nervöses Schulmädchen, ihr Fuß trommelte einen Rhythmus, und ihre Augen irrten hin und her. »Das mit dem Wetterbericht stimmt nicht. Ich hätte niemanden beeinflussen können …« Sie holte tief Atem. »Meine Clips haben keine Reichweite. Sie werden nur auf der Insel gehört.«

»Das erfindest du.«

»Ich wollte mal Moderatorin werden, aber für die Ausbildung hätte ich aufs Festland gehen müssen. Außerdem bin ich zu unruhig. Ich kann nicht lange an einem Tisch sitzen.«

»Keine gute Ausrede.«

»Vom Schaf weiß ich nichts, vom Koffer auch nicht. Und die Vögel … das tut mir leid.«

»Ich verstehe nicht, warum.«

»Warum was?«

»Warum du alles riskierst. Hast du das für einen Mann gemacht?«

»Meinst du Loic?«

»Ihr hattet eine Affäre.«

»Nicht ich. Nathalie. Bevor sie mit Sean zusammen war.«

»Trotzdem hast du ihm Dinge erzählt. Ich habe mich gewundert, woher er all die Sachen wusste, die er gegen die Leute benutzen konnte, Mishis Steuerbeschiss, Lindas fehlende Besitzurkunde ... alles wegen des Projekts.«

»Da liegst du falsch.« Sie wirkte echt empört. »Die Windkraft interessiert mich null.«

»Du hast Loic instrumentalisiert, du hast die ganze Debatte instrumentalisiert, du hast Konflikte provoziert, um an Nathalie ranzukommen?«

»Ich wollte sie nur loszuwerden. Sie sollte einfach von der Insel verschwinden.«

»Aber Sean liebt sie.«

»Das bildet er sich ein.«

»Du kannst nicht über ihn verfügen.«

»Ich habe das Recht der ersten Liebe. Und auf Ouessant gilt die was. Patrick und Rosie, Sophie-Anne und Fanch ...«

»Du kannst Menschen weder besitzen noch vereinnahmen.«

»Jetzt klingst du wie Erica. Hat sie mir auch erzählt. Das hat sie jetzt davon.«

Mir wurde kalt. Erica, die Priesterin, hatte ich seit Stunden nicht mehr gesehen. »Wo ist sie, Yaelle?«

»Sie sitzt zu Hause und hat ein schlechtes Gewissen, weil die Hochzeit abgesagt wird.«

Ich riss mein Handy aus der Boule-rouge. »Gib mir die Nummer.«

Yaelle diktierte sie.

Erica ging sofort ran. Und bestätigte, was Yaelle gesagt hatte. Nathalie habe angerufen und die Hochzeit abgesagt.

Ich legte auf, Yaelle keine Sekunde aus den Augen lassend.

»Hast du Loic umgebracht?«

»Nein. Ich … sicher nicht. Ich … wir wollten uns da treffen. Er … wenn ich genügend …«

Plötzlich fing sie an zu weinen, es wirkte krampfartig, nicht erlösend. Dabei erzählte sie mir eine wilde Geschichte, wie Loic sie vor Monaten eingespannt hatte. Sie sollte bei den Gegnern Unfrieden säen, um dem Projekt zu helfen.

»Dafür hat er versprochen, dass ich Sean zurückbekäme. Aber es stimmte nicht. Er hat gelogen. Das mit der Hochzeit ging immer weiter. Alle fanden es gut. Dann kamen die Gäste, ihr, du. Bis zum letzten Moment habe ich es nicht geglaubt. Und dann war der Ring weg.«

»Was?« Automatisch hielt ich die Hand hinter den Rücken.

»Sean hat ihn gefunden. Am Strand. Wir waren noch Kinder. Ein Ring der englischen Königin.«

Ich berührte den Stein.

»Wir haben ihn versteckt. ›Den bekommst du später, wenn wir heiraten‹, hat er gesagt. Er hat es mir versprochen. Versprochen.«

»Und wo habt ihr ihn aufbewahrt?«

Ich ahnte, was kommen würde.

»Beim Geocache, als es noch keinen gab. Etwas weiter oben. Ich fand es romantisch, ein vergrabener Ring.« Sie sah mich mit wilden Augen an. In zwei Schritten war sie bei mir, packte meine Hand und drehte sie um, sodass der Ring im Licht der kleinen Spotlampe glitzerte.

»Und plötzlich hast du ihn getragen. Da hab ich gar nichts mehr geschnallt. Vielleicht bin ich auch ein wenig durchgedreht. Erst habe ich Sean zum Jument gebracht, damit er in Sicherheit ist. Und dann wollte ich den Ring zurückholen.«

Ich keuchte auf. »Darum hast du auf mich geschossen?«

»Ich wollte dich erschrecken.«

»Das ist dir gelungen. Du hättest allerdings auch einfach fragen können, Yaelle. Ich hätte ihn dir selbstverständlich gegeben.«

Am Horizont tauchte ein Licht auf. Man hätte es für den

Abendstern halten können, wäre es nicht unaufhörlich näher gekommen.

»Das ist die Rettungsmannschaft! Sieh mal, sie holen ihn.« Aber Yaelle trat zu einer der Kanonen. Erst jetzt bemerkte ich, dass sie nah an die Luke geschoben war. Daneben stand eine Fackel.

»Was machst du da?«

»Was man mit einer Kanone macht. Ich schieße ihn ab.« Ich erstarrte. »Spinnst du?« Meinte sie das ernst?

Sie schluchzte. »Weil alles keinen Sinn macht. Ich komme ins Gefängnis.«

»Du hast doch eben alles erklärt. Nur das mit Loics Tod ist mir noch nicht klar.«

»Er wollte den Vogel, den ich in seinem Auftrag von der Felsnase geholt habe, am Wanderstab aufhängen, und dabei ist er gefallen. Ich habe geschrien, ›Achtung, die Leiter, pass auf!‹, aber es war schon zu spät.«

Sie wurde von einem heftigen Krampf geschüttelt. »Es war so schlimm. Ich wollte ihn aufwecken, und dann waren da dieser Vogel und Josef und Maria. Schließlich sind Patrick und Mama gekommen. Sie haben sich die Bescherung angeschaut und mir gesagt, wenn ich nur einmal lüge und nicht sage, dass ich da gewesen bin, dann machen sie den Rest.«

»Sie wussten es. Und haben dich beschützt.«

»Das tun sie immer.«

»Warst du je weg von der Insel?«

Den Ausdruck ihrer Augen würde ich nie vergessen. Es war tiefste Verzweiflung. »Ich kann nicht. Eine Fähre kann ich nicht betreten. Es ist eine Macke. Eine Verrücktheit. Wenn ich den Inselboden unter den Füßen verliere, drehe ich durch. Deswegen habe ich sogar Sean verloren.«

Sie machte die Fackel an, das Feuerzeug hatte sie rausgezaubert. Die Flamme fauchte, wurde sofort groß. Es fing an zu stinken.

»Wenn ich den Helikopter abschieße, gibt es wenigstens einen Grund für alles.«

Sie zündete die Lunte. Ohne zu überlegen, warf ich mich auf das Rohr, das sich allerdings nicht bewegen ließ. Das Feuer fraß sich schnell vorwärts, es fehlten nur noch wenige Zentimeter bis zur Zündung.

»Das ist keine Lösung, Yaelle. Sprich mit Sean, du willst doch wissen, was er davon hält. Und Nathalie, ich glaube, sie hat schon lange gespürt, dass etwas nicht in Ordnung ist. Vielleicht hat sie deswegen die Hochzeit so aufgeblasen, damit sie platzen muss.« Ich sprach beschwörend, wie zu einem Kind. Zu meinen Kindern, wenn sie drauf und dran gewesen waren, einen Blödsinn zu machen. Noch nie war es allerdings um Leben und Tod gegangen.

Gleich war die Lunte verbrannt. »Weißt du was, wir richten den Lauf geradewegs nach unten ins Meer. Komm, Yaelle, hilf mir, nur du kannst das! Ist dein Metier, Vauban wäre stolz auf dich!«

Endlich erwachte sie aus ihrer Erstarrung. Gemeinsam schafften wir es, das Rohr zu verschieben, bis es im steilsten Winkel nach unten zeigte. Dann gab es einen Knall. Die Kugel flog durch die Scheibe, in hohem Bogen durch die Luft und direkt durch die Wasseroberfläche in die Tiefe. Einundzwanzig, zweiundzwanzig. Nun schob sich eine Wand aus dem Wasser, hoch und höher, bis zu uns, es schien, als ob uns zwei Augen ansähen, bevor alles in einer unendlichen Kaskade explodierte und die Gischt wieder zu dem wurde, was sie war. Wasser.

Ich sah hinauf zum Himmel. Der Helikopter war landeinwärts abgebogen und flog in Richtung Lampaul und zum Phare de la Jument.

Yaelle brach zusammen.

Und alles nur, weil sie ihn so sehr liebt, dachte ich.

Epilog

Die Sonne schien von einem wolkenlosen Himmel. Am Hafen vom Stiff herrschte großes Gedränge. Gleich würde die Fähre anlegen. Nach einem wunderschönen Inseltag fuhren alle wieder nach Hause.

»Kannst du mir helfen?«, sagte ich zu Gabriel und streckte ihm meine Hand entgegen. Er hatte meinen Koffer an Bord gebracht, wir standen vor dem Steg. »Der Ring muss ab.«

»Bist du sicher?« Er nahm meine Hand in seine.

Ich nickte. »Er muss zu Sean zurück.«

»Und wem wird er ihn schenken?«

»Ich glaub, er macht erst mal eine Weile Pause, am besten in Celias Kassette.«

»Sie war übrigens leer, als Sean sie gefunden hat. Bis auf den Ring.«

»Ich vermute, Orel Pindy konnte sich nicht beherrschen und hat alles gestohlen. Möglicherweise wurde ihm das zum Verhängnis, stell dir vor, wie sehr ihn das Gewicht des Schmucks nach unten gezogen haben musste.«

Gabriel nickte. »Eine gute Theorie. Behalt sie für dich. Sonst haben wir hier ein Heer von Schatzsuchern am Hals.«

»Na ja. Wenn Mabels Novelle erst als Roman erscheint, dann könnte es durchaus einige Neugierige nach Ouessant bringen.«

»Als Roman?« In seiner Miene arbeitete es. »Dafür bräuchte es die Rechte.«

»Ich bin sicher, dass man mit der Familie Mahon verhandeln kann.«

»Und einen Verlag ...«

Ich zuckte die Schultern, so wie er das sonst tat. »Es gibt da eine neue Edition ›Wunderblau‹. Die suchen noch nach geeigneten Stoffen.«

»Aha. Mir scheint, dass ich die Verlegerin kenne.« Ein Blickwechsel. Ein Zwinkern. »Wir könnten das bei einem Glas Pamplemousse besprechen. Bei dir in der Küche.«

Ich fühlte ein Lachen aufsteigen, ganz tief aus meinem Innern. »Ich habe eben mit Ayala telefoniert. Sie wollte ja auch zur Hochzeit kommen. Sie hat mich gefragt, wen Sean denn jetzt heiratet. Was glaubst du?«

»Vermutlich nicht Nathalie. Ich habe sie eben noch mal gesprochen. Die Aussicht, keine Hardcore-Bretonin zu werden und ihre restlichen Tage nicht auf Ouessant verbringen zu müssen, bekommt ihr.«

»Ob das Windkraftprojekt je umgesetzt wird?«

»Wenn nicht dieses, dann ein anderes. Bei dem Umweltbewusstsein meiner Inselfreunde kann ja nichts schiefgehen.« Er hielt immer noch meine Hand. »Dann wollen wir mal.«

Vorsichtig drehte er am Ring. Es sah linkisch aus. Am meisten rührte mich der Schmutz unter seinen Fingernägeln. Er hatte viel gearbeitet in den vergangenen Tagen.

Mit einem Plopp rutschte der Ring vom Finger. Einen Moment lang fühlte es sich nackt an, so als ob mir etwas fehlte.

Gabriel wollte meine Hand nicht loslassen. »Ich glaube, da sollten wir für Ersatz sorgen«, sagte er leise.

»Frag bei Patrick nach. Der hat ja ganz viel Krempel.«

Er steckte den Ring in die Jeanstasche.

»Aber nicht verlieren.«

Er schüttelte den Kopf. »*Au revoir*, Tereza. Ich mache hier alles fertig. In einer Woche bin ich zurück.«

»Viel Glück«, sagte ich.

»Es wird schon schiefgehen. Hauptsache, Sean geht's bald besser. Dann entspannt sich Yaelle, und sie kann sein Krankenbett verlassen. Und Rosie kann endlich ihre Weltreise planen.«

Rosie war komplett zusammengebrochen, die starke, toughe Rosie hatte sich als überbesorgtes Muttertier ihrer hochsensiblen Tochter entpuppt. In einer Zürcher Schule hätte man bei Yaelle schon als Kind eine Aufmerksamkeitsstörung und eine Bindungsobsession diagnostiziert. Hier war sie damit groß geworden, und alle hatten sie gestützt und getragen. Wenn sie etwas nicht zu Ende brachte – offenbar eine ihrer größten Herausforderungen –, übernahm es jemand für sie. Wenn sie Moderatorin sein wollte, gab man ihr eine Frequenz für die Insel. Auf den Leuchttürmen hatte sie zwar alles in Schuss gehalten, mit den Funksachen und Satelliten jedoch hatte sie nichts zu tun. Als Ass im Helikopterfliegen galt sie bloß inoffiziell, in der Prüfung war sie immer am theoretischen Teil gescheitert. Darum fuhr sie auch »nur« ein Elektroauto. Um sie vor Verletzungen und Schmerz zu schützen, halfen alle in ihrem Umfeld mit, ohne sich abzusprechen, es war einfach so. Wie sie damals Celia aufgenommen hatten, sorgten sie für Yaelle.

»Einen Cent für deine Gedanken«, sagte Gabriel.

Ich sah hinauf zum Berg, wo ich den Lampenraum des Stiff über der Kuppe leuchten sah. »Ich freu mich schon aufs nächste Mal«, sagte ich.

Er grinste. So breit wie nie. »Ich wusste es.«

»Was?«

»Dass es dich erwischt, das Inselfieber. Du bist eine von denen, die gehen, um wiederzukommen.« Er legte seine Arme um mich und drückte mich. Wir blieben so stehen, bis ein Horn ertönte.

Der Kapitän winkte von der Brücke. »Letzter Aufruf für Passagierin Berger.« Das Horn ertönte erneut.

Gabriel küsste mich. Und, was soll ich sagen, es war glaze.

***

Eine Stunde später kam Camaret-sur-Mer in Sicht. Zuerst die Tour de Vauban, dann die Häuser, aufgereiht wie Holzperlen. Die bunten Katamarane. Das spiegelglatte Wasser.

Die Überfahrt war ein Klacks gewesen. Das Schiff voller Touristen. Morgens gekommen, abends wieder zurück. Aber sie sahen zufrieden aus. Sie hatten die Leuchttürme gesehen und die Wellen, in der Buchhandlung einen Ouessie-Comic gekauft und in Lampaul einen Pamplemousse getrunken. Sie dachten, sie hätten richtig viel erlebt, vom Sturm hatten sie nur gehört, er war bereits Geschichte.

Wir legten an. Der Steg fuhr herunter. Einer nach dem anderen stieg aus. Da ich eine der Letzten war, sah ich erst spät, wer alles auf mich wartete. Sylvie und Aimon. Ayala und Kai. Merguez mit Isidore.

»Wo ist dein Koffer, Tereza?«, fragte er.

»Zu Strandgut geworden. Ich reise lieber mit leichtem Gepäck.« Ich tätschelte erst den Hund, dann die Boule-rouge. »Hier drin ist alles, was ich brauche.«

»Omi!«, schrie eine Stimme. Dann wurde ich von zwei Kinderarmen umschlungen. Es war Mathilde. »Wir haben dich vermisst. Es gibt ein Problem mit der Naturdusche vom Gästehaus.«

»Und eine Bücherlieferung ist nicht gekommen«, sagte Sylvie.

»Kannst du übers Wochenende Mathilde hüten?«, fragte Kai. »Ich muss Ayala helfen.«

Sie nickte. »Meine Kurse laufen einfach zu gut.«

Ich lachte. Der Alltag hatte mich wieder.

Dank der Autorin

Schon immer wollte ich ein »Huis clos« schreiben, ein Drama, das sich auf einer Insel im Sturm abspielt, Ouessant war perfekt dafür. Ich liebe diesen wilden Fleck Erde. Es geht mir wie Tereza: Ich bin gegangen, um wiederzukommen.

Von meinen vielen Recherche-Lektüren erwähne ich eine ganz besonders: »Un feu sur la mer«, erschienen bei »Les îliennes«, dem einzigen Ouessantiner Verlag. (Das bringt mich auf neue Ideen …) Die Informationen über den Untergang der Drummond Castle habe ich aus verschiedenen Artikeln und in den beiden Museen auf Molène und Ouessant zusammengesucht. Auf der Passagierliste gibt es viele Namen, aber keine Familie Wilkinson. Und auch keinen Vertrag mit dem National Heritage Fund.

Ein großes *Merci* geht an Beni, Magdalena und Nicole, meine Erstlesenden, an Susann, meine Lektorin und an Nadine. Ihre vielen Erzählungen und ihre Liebe zu Ouessant waren der Grundstein für die Geschichte. Kult geworden ist Terezas Boule-rouge-Tasche. Danke, Beatrice, dass ich damit Tereza das beste Requisit der Welt schenken konnte.

Ein großer Dank geht ans Emons-Team, an Familie Emons sowie Christel, Nina, Sophie, Leslie, Hannah, Mike, Dominic, Inka, Karo und alle anderen, die dazu beitragen, dass die Tereza-Berger-Reihe nicht nur ankommt, sondern weitergeht.

Ebenso an Hanna Baus, die Sprecherin der Hörbücher, an Maik Reumann von Saga und an Murielle Rousseau und das Team von Buchcontact.

Danke an euch, liebes Lesepublikum. Ich freue mich, wenn ihr Tereza auch im nächsten Abenteuer treu bleibt.

Und zum Schluss, *as always*, geht mein größter Dank an meine Liebsten: Franz, Flo, Beni und Sam. *Merci*.

Gabriela Kasperski, im Februar 2023

Alle Bücher von Gabriela Kasperski
Auch als eBook erhältlich

Bretagne-Krimis

Bretonisch mit Meerblick
ISBN 978-3-7408-0796-2

Bretonisch mit Aussicht
ISBN 978-3-7408-1158-7

Bretonisch mit Herz
ISBN 978-3-7408-1497-7

Zürich-Krimis

Quittengrab
ISBN 978-3-7408-0430-5

Nachtblau der See
ISBN 978-3-7408-0642-2

Zürcher Filz
ISBN 978-3-7408-0930-0

Zürcher Glut
ISBN 978-3-7408-1348-2

Zürcher Verstrickungen
ISBN 978-3-7408-1588-2

www.emons-verlag.de